Los reyes de la casa

Delphine de Vigan

Los reyes de la casa

Traducción de Pablo Martín Sánchez

EDITORIAL ANAGRAMA

BARCELONA

Título de la edición original:
Les enfants sont rois
© Éditions Gallimard
    París, 2021

Ilustración: © Ludwig Hofmann #experimentalHofmann

Primera edición: octubre 2022
Segunda edición: diciembre 2022
Tercera edición: diciembre 2022
Cuarta edición: febrero 2023
Quinta edición: junio 2023
Sexta edición: junio 2024

Diseño de la colección: Julio Vivas y Estudio A

© De la traducción, Pablo Martín Sánchez, 2022

© EDITORIAL ANAGRAMA, S. A. U., 2022
    Pau Claris, 172
    08037 Barcelona

ISBN: 978-84-339-8126-4
Depósito legal: B. 15162-2022

Printed in Spain

Romanyà Valls, S. A.
Verdaguer, 1, 08786 Capellades (Barcelona)

OTRO MUNDO

Tuvimos la oportunidad de cambiar el mundo y preferimos la teletienda.

STEPHEN KING, *Mientras escribo*

DESAPARICIÓN DE LA NIÑA KIMMY DIORE

Asunto:

Transcripción y descripción de las últimas *stories* de Instagram colgadas por Mélanie Claux (apellido del marido: Diore).

STORY 1

Difundida el 10 de noviembre, a las 16.35 h
Duración: 65 segundos

El vídeo está grabado en una tienda de zapatos.

Voz de Mélanie: «Queridos, ¡acabamos de llegar al Run-Shop para comprarle a Kimmy unas zapatillas nuevas! ¿Verdad que necesitas unas zapatillas nuevas porque las que tenías empezaban a apretarte un poco, pichoncito? *(La cámara del teléfono móvil se vuelve hacia la niña, que tarda varios segundos en asentir, sin demasiada convicción.)* Pues aquí tenéis los tres

9

pares de la talla 32 que Kimmy ha seleccionado. *(En la imagen aparecen los tres pares alineados.)* Os las enseño más de cerca: unas Nike Air doradas de la nueva colección, unas Adidas con sus tres rayitas y unas sin marca con la puntera roja... Vamos a tener que decidirnos y, como bien sabéis, Kimmy odia elegir. Así que, queridos, ¡contamos con vosotros!»

Sobreimpresionado en la pantalla aparece un minisondeo: «¿Cuáles debería escoger Kimmy?
A) Las Nike Air
B) Las Adidas
C) Las que tienen el mejor precio.»

Mélanie vuelve a dirigir la cámara hacia sí misma y concluye: «Ay, queridos, ¡menos mal que estáis ahí y sois vosotros quienes decidís!»

10

Dieciocho años antes

El 5 de julio de 2001, día de la final de *Loft Story*, Mélanie Claux, sus padres y su hermana Sandra se encontraban sentados en su lugar habitual frente al televisor. Desde el 26 de abril, cuando empezó el concurso, la familia Claux no había fallado a su cita ni un solo jueves por la noche en horario de máxima audiencia.

A pocos minutos de su liberación, tras setenta días encerrados en un chalet prefabricado –con jardín falso y gallinero auténtico–, los cuatro últimos candidatos estaban reunidos en el amplio salón, los dos chicos juntos en el sofá blanco y las dos chicas sentadas a ambos lados en sendos sillones a juego. El presentador, cuya carrera acababa de tomar un rumbo tan fenomenal como imprevisto, recordó con entusiasmo que había llegado –al fin– el momento crucial, tanto tiempo anhelado: «Empiezo a contar desde diez... ¡y cuando diga cero os quiero fuera!» Preguntó por última vez si el público estaba dispuesto a acompañarlo y empezó la cuenta atrás, «diez, nueve, ocho, siete, seis, cinco», respaldado por un coro dócil y vehemente. Los candidatos se apresuraron hacia la salida, maleta en mano, «cuatro, tres, dos, uno, ¡cero!». La puerta se abrió como empujada por una corriente de aire y estalló una ovación unánime.

El presentador tuvo que desgañitarse a partir de entonces para sobreponerse al alboroto de la muchedumbre congregada en el exterior y al clamor del público impaciente que llevaba más de una hora esperando en el plató. «¡Ya han salido! ¡Están llegando! ¡Tras setenta días, Laure, Loana, Christophe y Jean-Édouard vuelven a la tierra!» Un plano general mostró repetidas veces los fuegos artificiales lanzados desde el tejado del inmueble que los había albergado durante aquellas largas semanas, mientras los cuatro finalistas recorrían la alfombra roja desplegada para la ocasión.

Ya estaban fuera, sí, pero el exterior era extrañamente parecido al interior. Una horda sobreexcitada se apretujaba contra las vallas, los fotógrafos intentaban acercarse, personas desconocidas les imploraban autógrafos, los periodistas tendían los micrófonos. Algunos enarbolaban banderolas o pancartas con sus nombres, otros los grababan con pequeñas cámaras (pues los teléfonos móviles eran por entonces unos aparatos rudimentarios que solo servían para hacer llamadas).

Lo que les habían prometido se había hecho realidad. En pocas semanas, se habían vuelto famosos.

Los cuatro candidatos desfilaron entre sus fans escoltados por guardaespaldas, mientras el presentador seguía analizando su avance, «están a escasos metros del plató, atención, están subiendo las escaleras», sin que la redundancia entre la imagen y el comentario redujese lo más

12

mínimo la tensión dramática, sino todo lo contrario, dándole de pronto una dimensión inédita, subyugadora (un procedimiento que sería explotado en sus más diversas formas durante décadas). Los gritos arreciaron y un telón negro se abrió para dejarlos pasar. En el plató, donde los esperaban sus familiares y los otros nueve candidatos (que habían abandonado la casa por propia voluntad o tras ser eliminados en semanas anteriores), los nervios estaban a flor de piel. En medio de un ambiente caldeado y de un desorden creciente, la muchedumbre empezó a corear un nombre: «¡Loana! ¡Loana!»

Coincidiendo con el público, los Claux querían que ganara Loana. A Mélanie le parecía sencillamente estupenda (con sus pechos operados, su vientre plano, su piel morena) y a Sandra, dos años mayor, le impresionaban su soledad y su aire melancólico (la muchacha se había visto desplazada al principio por su forma de vestir y luego, a pesar de su aparente integración, había continuado siendo la destinataria principal de rumores y cuchicheos). Aunque apenada por la eliminación de Julie, una joven candidata simpática y alegre, que era de lejos su favorita, la señora Claux no había podido evitar emocionarse con la historia de Loana –marcada por una infancia difícil y con una hijita entregada a una familia de acogida–, que la prensa del corazón había aireado a los cuatro vientos. Por lo que respecta al padre, Richard, solo tenía ojos para la hermosa rubia. Las imágenes de Loana en shorts, en minifalda, con la espalda al descubierto o en bañador y con aquella sonrisa desencantada lo perseguían por las noches y a veces incluso a lo largo de todo el día. La familia Claux al completo estaba de acuerdo en eliminar a Laure, a quien veían demasiado pija, y a Jean-Édouard, el niño consentido, inconsecuente y estúpido.

Poco después, cuando los dos vencedores habían sido ya elegidos por los telespectadores y se dirigían todos juntos al lugar secreto donde debía proseguir la velada, una comitiva de coches negros y de motoristas equipados con cámaras abandonó la Plaine Saint-Dennis. Un despliegue técnico digno del Tour de Francia. Aprovechando los semáforos en rojo, algunos micrófonos se colaron por las ventanillas bajadas para captar las impresiones de los ganadores.

«¡Esto me recuerda cuando Chirac ganó las elecciones!», comentó el presentador, cuyo maquillaje no conseguía ya disimular su agotamiento.

En las proximidades de la Place de l'Étoile se formó un atasco. La muchedumbre llegaba a la Avenue de la Grande Armée desde todas las calles adyacentes y algunos abandonaban sus vehículos para acercarse a los concursantes. A la entrada de la discoteca, centenares de curiosos los estaban esperando.

«Todo el mundo nos quiere, ¡es genial!», le dijo Christophe, uno de los dos ganadores, a la presentadora que la cadena había enviado para cubrir la noticia.

Loana bajó del coche, vestida con un top de ganchillo rosa pálido y unos vaqueros desteñidos. Irguiéndose sobre sus tacones de cuña, desplegó su espectacular cuerpo y observó a su alrededor. Hubo quien percibió en su mirada una suerte de ausencia. O de perplejidad. O bien el trágico anuncio de un destino.

Mélanie Claux tenía entonces diecisiete años y acababa de terminar 1.º de Bachillerato humanístico en el instituto Saint-François-d'Assise de La Roche-sur-Yon. De carácter más bien introvertido, tenía pocos amigos. Aunque nunca creyó realmente que su futuro dependiera del improbable éxito de sus estudios, siempre se mostró como una alumna aplicada y obtuvo unos resultados correctos. Lo que más le gustaba era la televisión. La sensación de vacío que sentía sin poder describirla, como una suerte de inquietud o de miedo a que la vida se le escapara entre las manos, una sensación que en ocasiones se abría paso en su vientre como un pozo estrecho y sin fondo, no desaparecía hasta que no se sentaba frente a la pequeña pantalla del televisor.

A cientos de kilómetros de allí, en Bagneux, a las afueras de París, Clara Roussel miraba sola y a hurtadillas la final de *Loft Story*. A las puertas del Bachillerato, su innegable facilidad para el estudio y el nivel mediocre de sus compañeros de clase le permitían obtener unos resultados satisfactorios sin dar un palo al agua. Le interesaban más los chicos, con predilección por los rubios de pelo corto: un perfil en el que la competencia le parecía menos dura, pues por entonces triunfaban los morenos de pelo negro. La forma que tenía de expresarse –a menudo se metían con ella por el vocabulario que utilizaba y por su afición a las frases alambicadas–, impropia de su edad, suponía una buena baza en materia de seducción. Sus padres, una pareja de profesores muy comprometidos con la vida local y asociativa, pertenecían desde su fundación al colectivo Sonreíd, que os graban (una asociación de personas deseosas de no sucumbir a una sociedad dominada por la tecnología represiva, muy activas en la lucha contra cualquier forma de videovigilancia), un colectivo que había animado a los telespectadores a boicotear el programa y, varias semanas atrás, a vaciar sus basuras frente a la sede central de la cadena M6. Aquel día tiraron huevos, yogures, tomates y montones de desechos. Por supuesto, los padres de Clara participaron en la acción y luego se sumaron a otra ambiciosa operación orquestada por Zaléa TV (una cadena alternativa que llevó a cabo a principios de siglo un experimento inédito de televisión libre). Al menos doscientos cincuenta militantes consiguieron acercarse al chalet para liberar a los concursantes. Incluso llegaron a superar un primer muro de protección. Philippe, el padre de Clara, apareció en un pequeño reportaje emitido en el telediario de France 2.

«La Cruz Roja entra en los campos de prisioneros, ¡nosotros reclamamos el mismo derecho! Están mal alimentados, agotados, expuestos a la luz de los focos, se pasan el día llorando, ¡liberad a los rehenes!», exigió ante el micrófono de una periodista.

«¡Soltad a las gallinas!», gritaron a coro cuando una barrera de antidisturbios les impidió seguir avanzando.

Huelga decir que a los padres de Clara, que la noche de la final estaban en una reunión del colectivo debatiendo sobre el tema «¿En qué sociedad queremos vivir?», no les habría hecho ninguna gracia saber que su hija de apenas quince años iba a aprovechar su ausencia para arrellanarse en el sofá y tragarse el diabólico programa, síntoma evidente de un mundo donde todo se había vuelto mercancía, gobernado por el culto al ego.

Once millones de telespectadores siguieron aquella noche la final de *Loft Story*. Nunca una emisión televisiva había suscitado semejante pasión. La prensa escrita había empezado opinando profusamente sobre la llegada del nuevo formato a Francia, para poco a poco, de sorpresa en sorpresa y de revelación en revelación, dejarse atrapar en sus redes, dedicándole portadas, crónicas y debates. Durante varias semanas, sociólogos, antropólogos, psicólogos, psiquiatras, psicoanalistas, periodistas, editorialistas, escritores y ensayistas estuvieron desmenuzando el programa y los motivos de su éxito.

«Habrá un antes y un después», podía leerse aquí y allá.

Querían salir en la tele para darse a conocer. Ahora eran conocidos por haber salido en la tele. Serían para siempre los primeros. Los pioneros.

Veinte años después, los momentos estelares de la primera temporada —la célebre «escena de la piscina» entre Loana y Jean-Édouard, la entrada de los candidatos en el chalet y la final al completo— podían verse en YouTube. En uno de los vídeos, el primer comentario de un internauta resonaba como un oráculo: «La época en que abrimos las puertas del infierno.»

Tal vez fue, efectivamente, a lo largo de aquellas semanas cuando todo empezó. La permeabilidad de la pantalla. El tránsito posible entre quien mira y quien es mirado. La voluntad de ser visto, reconocido, admirado. Una idea al alcance de todos, de cada uno de nosotros. Se acabó la necesidad de construir, de crear, de inventar para tener derecho a nuestros «quince minutos de fama». Bastaría con mostrarse y permanecer en el encuadre, frente al objetivo.

La llegada de nuevos soportes no tardaría en acelerar el fenómeno. A partir de entonces, la gente existiría gracias al incremento exponencial de sus propias huellas, en forma de imágenes o de comentarios, unas huellas que pronto descubriríamos imborrables. Internet y las redes sociales, accesibles a todo el mundo, no tardarían en tomar el relevo de la televisión y en ampliar considerablemente el abanico de posibilidades. Mostrarse por fuera, por dentro, por todas partes. Vivir para ser vistos, o vivir vicariamente. La telerrealidad y sus variantes testimoniales se extenderían poco a poco a los más variados ámbitos, imponiendo durante largo tiempo sus códigos, su vocabulario y sus modos narrativos.

Sí, ahí fue donde todo empezó.

Cuando la madre de Mélanie se dirigía a su hija, lo hacía por lo general en segunda persona, evitando así hablar de sus propios sentimientos, y empezaba casi siempre con una negación. *No haces nunca nada, no habrá manera de que cambies, no me habías avisado, no has vaciado el lavavajillas, no irás a salir con esas pintas.* La segunda persona y el «no» eran inseparables. Cuando Mélanie decidió estudiar Filología Inglesa, tras haber obtenido sin brillantez pero a la primera el título de Bachillerato, su madre le dijo: «¡No creerás que vamos a pagarte diez años de estudios!» Estudiar, hacer carrera, era cosa de chicos (la señora Claux, muy a su pesar, no había tenido hijos varones), mientras que las chicas debían preocuparse antes que nada de encontrar un buen marido. Ella misma había dedicado toda su vida a la educación de sus hijas y no podía entender que Mélanie quisiera estudiar fuera, algo que le parecía una forma de esnobismo. «¡Hay que ver qué aires de grandeza se dan algunas!», añadió renunciando por una vez al uso de la segunda persona. A pesar de la advertencia, en el verano de sus dieciocho años Mélanie hizo las maletas y se instaló en París. Primero vivió en el distrito VII, en una

19

buhardilla con el baño en el rellano, a cambio de cuatro noches de canguro semanales, y más tarde alquiló un estudio minúsculo en el distrito XV (gracias a un pequeño empleo que encontró en una agencia de viajes y a los doscientos euros que su padre le mandaba todos los meses).

Ni ella misma sabría explicar por qué acabó dejando la universidad para trabajar a tiempo completo en la agencia, más allá de que a veces le parecía que todo estaba escrito, tanto los éxitos como los fracasos, y de que no había recibido ninguna señal que la animara a continuar sus estudios: no sacaba malas notas, pero algunos de sus compañeros hablaban ya sin ningún acento y escribían un inglés perfecto. Además, cuando desde el *present continuous* intentaba proyectarse hacia el futuro, no veía nada. Absolutamente nada. En cuanto quedó libre, la directora de la agencia le ofreció un puesto de asistenta que conjugaba tareas administrativas y de recursos humanos, y ella lo aceptó sin pensárselo dos veces. Los días pasaban volando y Mélanie se sentía a gusto. Por las noches volvía a su pequeño estudio de la rue Violet, que ahora pagaba ella sola, se preparaba algo de cenar y no se perdía ningún *reality show. La isla de las tentaciones,* aunque demasiado inmoral para su gusto, y *Bachelor,* de corte más romántico, eran sin duda sus preferidos. Los fines de semana quedaba con su amiga Jess (a la que conocía desde la escuela y que también se había mudado a París) para ir a tomar birras a algún bar o vodka con naranja a alguna discoteca.

Algunos años más tarde, a causa de la competencia creciente del turismo en línea, la agencia de viajes que había permitido a Mélanie entrar en la vida activa pasaba por momentos difíciles y estaba a punto de declararse en bancarrota.

Una noche, mientras consultaba una web especializada en contratar candidatos para programas de telerrealidad (lo cierto es que había respondido ya a unas cuantas ofertas sin que la hubieran contactado nunca), vio un nuevo anuncio. Bastaba con tener entre veinte y treinta años, ser soltera y enviar las dos fotos de rigor: un retrato y una imagen de cuerpo entero, preferiblemente en *body* o bañador. Al fin y al cabo, pensó, unos días de esperanza, unos días acariciando un sueño, eso no se lo quitaba nadie. La llamaron una semana después. Una voz joven, cuyo género tardó varios minutos en determinar, le hizo una veintena de preguntas sobre sus gustos, su físico, sus motivaciones. Mélanie mintió sobre dos o tres detalles y se mostró más atrevida de lo que era realmente. Tenía que ser original si quería gozar de alguna oportunidad. Le dieron cita para la semana siguiente.

Llegado el día, tardó más de una hora en decidir qué ponerse. Era perfectamente consciente de que tenía que optar por un estilo, reconocible e impactante a la vez, que marcase de inmediato algún rasgo distintivo de su carácter. Lo malo era que vestía siempre igual —vaqueros, jersey, blusa— y que, bien mirado, no estaba segura de tener ningún carácter que mostrar.

Mélanie Claux soñaba con ser una mujer fascinante y arrebatadora; pero no era más que aquella joven reservada, de apariencia discreta, que tanto detestaba.

Acabó decidiéndose por su pantalón más ceñido (tuvo que tumbarse en el suelo para poder subir la cremallera, a pesar de que la prenda llevase licra) y por una camiseta de publicidad de Nestlé —empresa en la que su padre acababa de ser ascendido—, que Mélanie recortó por debajo de los pechos, haciendo desaparecer así el logo de la marca. Se puso unas zapatillas deportivas y se miró en el espejo. Se había pasado un poco con las tijeras: se le veía buena parte del sujetador, pero marcaba estilo, indudablemente. La cita era a las seis. Y para asegurarse de no llegar con retraso, se había pedido la tarde libre.

Llegó con cinco minutos de adelanto a las oficinas de la productora. Se había pintado las uñas de color rosa pálido y el maquillaje –una pizca de color en los pómulos y una discreta capa de rímel– le daba un aire juvenil. Le hicieron pasar a una amplia sala cuadrada en cuyo centro había una cámara montada en un trípode y un taburete. El chico que la había conducido sin decir palabra a través de un laberinto de pasillos la dejó sola. Mélanie esperó. Pasaron varios minutos, un cuarto de hora, media hora. Convencida de que la cámara la estaba grabando subrepticiamente, se esforzó por no hacer ningún gesto de irritación o de contrariedad. Siendo la paciencia una de las cualidades requeridas para un buen candidato de *reality show,* Mélanie decidió seguir esperando sin decir nada, convencida de que se trataba de algún tipo de test.

Al cabo de una hora, una mujer furiosa irrumpió en la sala.

–Pero, bueno, podrías haber dicho que estabas aquí, ¿no? ¡Que no soy adivina!

–Lo... lo siento. Pensaba que ya... lo sabía...

Cuando se ponía nerviosa, Mélanie hablaba entrecortadamente y con un hilo de voz.

La mujer pareció calmarse.

–Tendrás que hacer más ruido si quieres que te oiga. ¿Cuántos años tienes?

–Veintiséis –respondió apenas más alto.

La mujer le dijo que se pusiera de pie mirando a cámara. Luego de perfil, de espaldas y otra vez de perfil. Le pidió que diera unos pasos. Que se riera y se peinara. Le hizo un montón de preguntas –cuánto pesaba, cuáles eran sus virtudes, qué era lo que más le gustaba de su aspecto físico, qué era lo que más odiaba, qué era lo que más le recriminaban, si tenía algún complejo, cómo era su hombre ideal, si aceptaría cambiar de look, de actitud o de físico por amor–, a las que Mélanie respondió lo mejor que pudo. Tal vez estuviese algo rellenita, pero no era fea, le gustaba decir las cosas a la cara y tenía un carácter alegre, soñaba con vivir una gran historia de amor junto a un hombre tierno y atento, quería tener hijos, por lo menos dos, y sí, estaba dispuesta a hacer muchas cosas por amor, aunque no cualquier cosa.

La mujer escuchaba con cara de fastidio, pero sin decidirse a poner fin a la entrevista (no en vano se había formado con Alexia Laroche-Joubert, una emblemática productora de telerrealidad en Francia, cuyo lema era el siguiente: «Un buen candidato te seduce o te desquicia, si te aburre, olvídalo»). Y Mélanie la horripilaba. Tal vez fuera aquella voz de pito que se hacía más aguda cuanto mayor era su emoción, o aquellos enormes ojos que le recordaban de algún modo a los de las vacas de los dibujos animados. Hacía ya tiempo que los llamados *reality shows* de encierro no se conformaban con grabar las veinticuatro horas del día el aburrimiento abismal de un puñado de jóvenes cobayas. Al exhibicionismo original se le habían tenido que añadir otros ingredientes: enredos, desinhibición, sexualidad exacerbada. Los cuerpos habían ido mutando al mismo ritmo que los nombres de los concursantes, ya fuesen reales o ficticios. Dylan, Carmelo, Kellya, Kris, Beverly, Shana habían sustituido a Christophe, Philippe, Laure y Julie.

La directora de casting estuvo a punto de poner fin a la prueba varias veces. No estaba buscando una niña bien. Necesitaba gente *trash* con un punto grotesco, mentiras y manipulación. Necesitaba antagonismos y rivalidades, frasecitas chocantes que pudieran llamar la atención del espectador mientras hacía *zapping*. Sin embargo, no lo había hecho. Por un instante tuvo la sospecha de que se encontraba ante una candidata mucho más interesante de lo que parecía a simple vista. ¿Y si aquella engañosa banalidad esondiera en su interior la más brutal, salvaje y ciega ambición que jamás hubiera visto? Tanto más terrible por el hecho de estar perfectamente oculta. Pero la idea se esfumó tal como había llegado y se encontró de nuevo frente a Mélanie Claux, una joven apocada que se balanceaba de un pie al otro y no sabía qué hacer con sus manos.

Un buen casting para un *reality show* requería siempre los mismos ingredientes, que los profesionales del sector resumían así: una mala pécora + una rubia tonta + un graciosillo + un guaperas + un chulo piscinas. La experiencia había demostrado, sin embargo, que una personalidad menos marcada podía ser muy útil. Un chivo expiatorio, un mediador, un pasmado o un encantado de la vida podían funcionar perfectamente. Pero, incluso para ese papel, Mélanie sería siempre una segunda opción.

En el cuaderno que tenía a mano, la directora de casting anotó en color rojo:

Una cualquiera. Resp.: No, gracias.

–Ya te llamaremos –dijo secamente dirigiéndose hacia la puerta.

Mélanie cogió el bolso que había dejado en la silla, dispuesta a seguirla. Al levantar los brazos para ponerse la chaqueta, sus pechos, cuya opulencia no le había pasado desapercibida a la directora, asomaron bajo la camiseta.

Ciertamente, Mélanie tenía unos pechos enormes, naturales, maleables y de apariencia mullida, que el sujetador de encaje rosa contenía con dificultad. Asaltada por la duda o la intuición, la directora la detuvo con un gesto cuando se disponía a abandonar la estancia.

–Dime una cosa, Mélanie, ¿cuántos novios has tenido?

–¿A qué se refiere con *novios?* –preguntó Mélanie, consciente de estar jugando su última baza.

–Lo diré sin tapujos –suspiró la mujer–. ¿Con cuántos tíos te has acostado?

Hubo varios segundos de silencio, hasta que Mélanie clavó su mirada en la de la directora de casting y respondió:

–Con ninguno.

Cuando salió de la sala, la directora escribió bajo su foto, con tinta roja:

26 años. VIRGEN.

Luego lo subrayó tres veces.

DESAPARICIÓN DE LA NIÑA KIMMY DIORE

Asunto:

Transcripción y descripción de las últimas *stories* de Instagram colgadas por Mélanie Claux (apellido del marido: Diore).

STORY 2

Difundida el 10 de noviembre, a las 16.55 h
Duración: 38 segundos

Mélanie Claux está dentro de su coche. Sujeta el móvil con el brazo extendido y habla a cámara. El nombre del filtro utilizado («ojos de ciervo») aparece en la esquina superior izquierda de la pantalla.

A continuación enfoca a sus hijos, sentados en la parte posterior del vehículo. Sammy sonríe a cámara, Kimmy se chupa el pulgar y se frota la nariz con un camello de tela. La pequeña hace caso omiso del móvil que la está apuntando y no sonríe.

Mélanie: «¡Millones de gracias, queridos! Habéis sido muchísimos los que habéis votado para ayudarnos... ¡y habéis elegido las Nike Air doradas para Kimmy! Por supuesto, como siempre, hemos seguido vuestros consejos, ¡y son esas las que hemos comprado! ¡Son es-tu-pen-das! Un montón de gracias por vuestra ayuda y vuestra participación. Luego, cuando se las ponga, os las enseño. ¡¡¡Le quedan genial!!!

¡Y ahora nos vamos a casa! ¡Pero no os abandonamos! ¡Hasta muy pronto, queridos!»

Clara Roussel estaba terminando sus estudios de Derecho en la Sorbona cuando decidió opositar a policía nacional. Tenía veinticuatro años. No sabría explicar cómo se le ocurrió la idea, una buena mañana, sin que nada en los días precedentes hubiese hecho presagiar semejante giro de guión. A lo sumo podía argumentar cierta necesidad de justicia, de sentirse útil, de proteger y defender a la ciudadanía, una serie de argumentos banales que no eran más que pretextos. Porque entonces no podía reconocer, como acabaría haciendo más tarde, sin vergüenza y sin escrúpulos: quiero ver la sangre, el horror y el Mal de cerca. No es que hubiera leído muchas novelas policíacas (más allá de algunas de Agatha Christie durante un lluvioso verano en Bretaña) y no veía ninguna serie. Clara era ya adolescente cuando sus padres aceptaron comprar un televisor, pero limitando su uso a debates y documentales. Dos películas vistas en el cine habían conseguido, no obstante, despertar vivamente su imaginación: *Serpico,* de Sidney Lumet (una película de culto para su padre), y *Police,* de Maurice Pialat (su novio de entonces acababa de entrar en la Escuela Nacional de

29

Cine, la Femis, y se había propuesto hacerle descubrir el cine francés).

Clara había dejado el domicilio familiar tras su segundo año de carrera para irse a vivir a un piso compartido en el distrito XIII, a dos pasos de la Porte de Gentilly. El alquiler era razonable y el apartamento estaba amueblado. Vivía con una pareja de dudosa credibilidad: no solo eran la noche y el día, sino que no parecía haber entre ellos ninguna química sexual. Y con motivo. Clara no tardó en *descubrir el pastel,* como decían en su casa con indisimulado gusto por el sentido figurado; a saber: que ambos mantenían una relación amorosa de verdad con otra persona de su mismo sexo y que lo suyo no era más que una tapadera para guardar las apariencias frente a unos padres chapados a la antigua. Los padres de Clara, en cambio, habrían aceptado sin problemas que su hija fuese lesbiana –aunque no parecía ser el caso–, pero creyeron que se trataba de una broma de mal gusto cuando les dijo que estaba opositando para ser policía.

«La primera prueba es una disertación sobre cultura general», continuó Clara, tras haberles explicado que para presentarse al examen de acceso a oficial bastaba con tener una licenciatura o un título equivalente. Si aprobaba, entraría directamente en la escuela de policía.

Tanto los detalles como el tono de voz de su hija, que excluían la hipótesis inicial de que aquello no fuera más que una ocurrencia posadolescente, obligaron al padre a sentarse. Durante varios minutos le costó respirar con normalidad y Clara pensó en aquella expresión tan suya: «dejar a alguien sin aliento». Su madre, con manos temblorosas, hacía esfuerzos por no cruzar su mirada.

«¿Puede uno decir lo que quiera en internet?» fue el tema de cultura general propuesto a los candidatos de aquel año. A continuación, Clara tuvo que resolver un caso práctico a partir de un expediente con documentos de carácter administrativo, contestar con respuestas breves a un cuestionario sobre derecho administrativo y libertades públicas, luego a otro de conocimientos generales y, por último, superar un examen sobre procesamiento penal. Solo entonces pudo acceder a las pruebas físicas: un test de resistencia cardiorrespiratoria y un recorrido para evaluar las habilidades motrices. El primero lo superó con éxito, el segundo le dejó un sabor agridulce. Clara era poquita cosa. «Un cachito de pedazo de mujer», como decía su tío Dédé, una expresión que la sacaba de sus casillas. De niña le habían hecho toda clase de pruebas médicas para encontrar una explicación a su baja estatura. Durante algunos meses se estuvieron planteando incluso iniciar un tratamiento con hormonas del crecimiento, pero Réjane y Philippe, de común acuerdo con su hija, decidieron finalmente dejar que la naturaleza siguiera su curso. Al llegar a la edad adulta, Clara había alcanzado el metro cincuenta y cuatro. Era bajita, pero estaba bien proporcionada. Ágil, atlética y resistente, no tenía ningún miedo a aquella prueba. Pero, tras un inicio prometedor bajo la atenta mirada del inspector M., un hombre rubio de unos cuarenta años, con una presencia y un magnetismo innegables, Clara perdió el equilibrio en el potro, se cayó, se incorporó y siguió apresuradamente en sentido equivocado. Las risas estallaron en el gimnasio y una voz tronó irónicamente: «La salida es por aquí, señorita.» Clara se detuvo y se tomó varios segundos para calmar su respiración. Luego miró al inspector a los ojos, buscando permiso para continuar. La expresión del hombre era indescifrable. Orgullosa, retomó su ejercicio sin decir palabra.

Al volver a casa, Clara pensó que había demostrado una habilidad motriz cuestionable, pero una indiscutible tolerancia al sentido del ridículo, lo que sin duda sería muy útil en el cuerpo de policía.

Mélanie recibió la llamada a las nueve de la mañana. ¡Había sido elegida para participar en la primera temporada de *Cita en la oscuridad!* Escogida, designada, seleccionada. Se puso a saltar de alegría repitiendo a voz en grito: «¡No me lo creo! ¡No me lo creo!», antes de que un súbito ataque de náuseas la obligara a tumbarse panza abajo. Luego llamó a su madre, que al principio pensó que fantaseaba, para acabar exclamando: «¡Menudas ideas de bombero jubilado!» Pocos días después, pedía un permiso no remunerado en la agencia, ya que el programa se grababa entre semana. No era el mejor momento, pero la directora aceptó su petición.

Llegado el día, un asistente la llevó en coche hasta la ciudad de Chambourcy, donde estaba la casa que la productora había alquilado.

Aún puede encontrarse en Wikipedia la presentación del programa:

«*Cita en la oscuridad* es un concurso francés de televisión que empezó a emitirse en TF1 el 16 de abril de 2010 y finalizó el 11 de abril de 2014 (tres temporadas en total).»

El principio del programa aparece descrito sucintamente:

«¿Encontrarán el amor? Tres mujeres solteras y tres hombres solteros viven en un enorme chalet: los hombres en una parte de la casa, las mujeres en la otra. El único espacio común es un cuarto oscuro, equipado con cámaras infrarrojas, al que acuden para conocerse en la oscuridad más absoluta y donde deben elegir a una pareja con la que les gustaría verse a solas. Al final del programa se hace la luz, descubren al compañero o compañera elegido/a y deciden si quieren seguir adelante.

Tras unos índices de audiencia decepcionantes, el concurso fue sustituido por *¿Quién quiere casarse con mi hijo?*»

De las tres chicas, Mélanie fue la primera en llegar. En el armario ropero una etiqueta con su nombre delimitaba su territorio y colocó las cosas en la parte que le correspondía. Había llevado sus prendas más llamativas, aunque la productora le había advertido que podría proponerle otra ropa más acorde con su estilo si lo consideraba oportuno. Un segundo asistente asomó la cabeza para saber si necesitaba algo, a lo que Mélanie respondió que no, por muy hambrienta, aterrorizada y congelada que estuviera (el regidor había olvidado encender el radiador eléctrico de la habitación). La invitó entonces a dirigirse al salón, pues las otras dos candidatas no tardarían en llegar. Era el momento de conocer a sus rivales. Por supuesto, sus reacciones al descubrirse mutuamente serían grabadas. Sentada en un amplio sofá cubierto con una tela de color rosa, Mélanie se acordó de Loana. Pero esta vez era ella, Mélanie Claux, la que se encontraba frente a la cámara, en el lado bueno de la pantalla. Era ella la que estaba en el foco, la que sería vista bien pronto por millones de telespectadores, reconocida por la calle, perseguida, idolatrada. Se dejó embargar por la emoción y durante unos instantes se vio saliendo de un coche de lujo, rodeada por una marea de fans que blandían papeles o fotos para conseguir un autógrafo suyo, podía notar físicamente aquella avalancha de amor y de admiración que tanta felicidad le producía –un estado de gracia, un viejo anhelo por fin satisfecho–; pero enseguida, consciente de que la ensoñación estaba llegando demasiado lejos y empezaba a liberar en su cerebro una molécula poderosa y adictiva, apartó aquella visión de su mente.

A través de los ventanales, vio que una mujer rubia se acercaba a la puerta arrastrando una enorme maleta. Durante varios segundos fue incapaz de apartar la vista de sus piernas, unas piernas larguísimas, delgadas y morenas, realzadas por unos tacones de aguja de al menos diez centímetros. Mélanie sintió cómo la sangre abandonaba su rostro y fluía hacia sus pies. La competencia se anunciaba dura. Savane entró en la estancia y la saludó con un tono de voz que anunciaba la arrogancia y la conciencia que tenía de encarnar las fantasías masculinas: una superioridad sensual, erótica, que pocas mujeres podían igualar. Llevaba un bustier de leopardo y una minifalda de cuero negro, «por no decir un cinturón», pensó Mélanie. Le costaba disimular su angustia y apretó los puños. No se mordía las uñas desde hacía años, pero a veces le volvían las ganas de un modo compulsivo. Las dos mujeres se besaron y, bajo la ávida mirada de las cámaras, intercambiaron algunas banalidades. La telerrealidad había renunciado tiempo atrás al directo, lamentablemente exento de tensión dramática, pero ambas sabían que cada una de sus frases y cada uno de sus gestos podían ser incluidos en el montaje. Luego llegó la tercera candidata, tan morena como rubia era Savane, «e igual de vulgar», pensó Mélanie, fascinada de todos modos por su peinado (una larga cabellera de ébano, lisa y brillante) y por su short vaquero cuya tela deshilachada no llegaba a cubrir por completo la parte baja de sus nalgas. Indiscutiblemente guapa, tenía esa belleza seductora y sexual que Mélanie nunca alcanzaría; un poder de atracción que envidiaba más que nada.

Una vez terminadas las presentaciones, les pidieron que se pusieran su ropa más sexy y que pasaran a la sala de maquillaje. Luego deberían volver al salón. Mélanie encontró sobre su cama una falda corta y un top de espalda abierta que se puso sin hacerse preguntas. La maquilladora se encargó a continuación de darle el mejor aspecto. A Mélanie le chocó la cantidad de maquillaje que le ponía, pero el asistente la tranquilizó: sabían lo que se hacían. Un peluquero le alisó el pelo con una plancha y se mostró admirado por su color: pocas veces había visto un castaño tan intenso. Empezaba a anochecer cuando Mélanie se miró en el espejo y tuvo la sensación de estar ante otra versión de sí misma. Una versión idealizada, sublimada, pero efímera. «Las carrozas acaban siempre convirtiéndose en calabazas», pensó, «y los vestidos de noche en harapos.»

Les sirvieron el primer cóctel en el salón. El licor azul, que Mélanie no conocía, mezclado con la soda y adornado con una rodaja de limón, fue relajándole poco a poco las extremidades, el cuello, los hombros. Al otro lado del chalet, en una parte del inmueble a la que ellas no tenían acceso, acababan de llegar los chicos. Tras varias copas, las chicas empezaron a reír y se dejaron envolver por una dulce complicidad. Desde producción, una voz orientaba ligeramente sus conversaciones a través de un bafle situado sobre el sofá, animándolas a describir su tipo de hombre ideal o a explicar por qué estaban solteras. A Vanessa y a Savane les gustaban los hombres fuertes, musculosos, Mélanie tenía debilidad por los hombres rollizos, algo entrados en carnes. «En plan osito de peluche», precisó, y las tres se echaron a reír. Savane tenía un hijo al que criaba sola, Vanessa acababa de romper con un hombre celoso (una sombra de dolor cubrió fugazmente su rostro), Mélanie les contó que era una romántica y que esperaba a su *media naranja,* el hombre con el que poder formar una familia.

Tres o cuatro cócteles después, las tres dieron un brinco cuando la Voz las interrumpió de nuevo:

«Savane, Vanessa y Mélanie, dirigíos al cuarto oscuro...»

Mélanie no esperaba que la oscuridad fuese tan densa. Avanzó a tientas, con los brazos extendidos. Tropezó con algo, comprendió que se trataba de un sillón y se sentó. Lo único visible eran las señales luminosas de las cámaras infrarrojas que había en las cuatro esquinas de la habitación. Savane y Vanessa entraron después y Mélanie las ayudó a localizar los dos sillones que había a uno y otro lado del suyo. Una vez instaladas, hicieron entrar a los chicos. Un intenso olor a almizcle se esparció al instante por toda la estancia.

Nunca la oscuridad le había parecido a Mélanie tan negra. Fueron diciendo sus nombres, primero las chicas, luego los chicos. Terminadas las presentaciones de rigor, la Voz los animó a levantarse y a conocerse de un modo más táctil.

«¡Podéis tocaros, palparos, reconoceros! No podéis ver nada, así que debéis usar los demás sentidos para conoceros.»

Uno de los chicos se acercó a Mélanie y la agarró por la cintura. El cuerpo de la joven se puso en tensión. Aun así, Yoann intuyó el volumen de sus pechos y, para confirmarlo, la atrajo un poco más hacia sí. Pero cuando acercó la nariz al cuello para aspirar su olor, Mélanie no pudo reprimir un gesto de retroceso.

–¡Vaya! Nos ha salido arisca la doncella... –exclamó el chico.

La Voz intervino:

«Mélanie, no tengas miedo de conocer a tus pretendientes.»

Justo entonces oyó a su lado suspiros y risas ahogadas. Savane y Carmelo se habían acercado significativamente.

Yoann, decepcionado, se separó de ella y fue a probar suerte con Vanessa.

Durante el resto de la sesión las chicas y los chicos se tocaron, se olieron, se acariciaron. Los tres chicos se concentraron alrededor de las otras dos chicas, aventurando hacia ellas sus manos, ociosas y sensuales. Se trataba de seducir, de camelar, pues su suerte dependía de ello. Mélanie percibía a su alrededor los efluvios de la transpiración mezclados con los distintos perfumes; el olor del deseo, intenso y agrio, había ido invadiendo poco a poco la sala. Unos pocos minutos habían bastado para apartarla del juego. En varias ocasiones la Voz pidió a los chicos que se acercaran a ella y los chicos obedecieron, sin llegar a tocarla.

Tras un tiempo infinitamente largo que no habría sido capaz de calcular (tras el montaje, la secuencia no duraría más de diez minutos), la Voz les ordenó que salieran del cuarto oscuro y regresaran a sus respectivos espacios.

Más tarde, en el confesionario, cuando los chicos tuvieron que anunciar a cámara con qué chica querían encontrarse cara a cara, ninguno eligió a Mélanie.

Abandonó el chalet al día siguiente, acompañada por uno de los asistentes. La productora le permitió quedarse con la falda y el top, y le entregó, no sin un exceso de pompa, un surtido de productos de maquillaje ofrecido por la marca de cosméticos que patrocinaba el concurso.

En el coche, no pudo contener las lágrimas. Considerando que era la solución menos embarazosa para ambos, el asistente subió el volumen de la radio.

Mélanie vio desfilar árboles, campos y pueblos, hasta que empezaron a aparecer, en las inmediaciones de París, las naves industriales y los grandes bloques de pisos. Cuando el coche entró en la ronda de circunvalación, su mirada se posó en un cartel publicitario gigante que había en lo alto de un flamante edificio y que anunciaba el pintalabios Color Riche de L'Oréal. Se fijó en el tono mate y en la aparente densidad de la materia. La barra del pintalabios parecía erigirse como un monumento, un pene o un estandarte. Tras ella, el rostro de Laetitia Casta reflejaba una luz procedente de ninguna parte, como reservada para ella sola. Entonces lo vio claro. Sería una de aquellas mujeres. Deseaba aquella luz cálida, aquellas sombras esculpiendo su rostro, aquella boca carnosa. En pocos meses la agencia cerraría y ella se iría al paro, pero no volvería a La Roche-sur-Yon. No. Se quedaría allí, en París, porque era allí donde pasaba *todo*.

Se quedaría allí y, algún día, sería famosa.

DESAPARICIÓN DE LA NIÑA KIMMY DIORE

Asunto:

Transcripción y descripción de las últimas *stories* de Instagram colgadas por Mélanie Claux (apellido del marido: Diore).

STORY 3

Difundida el 10 de noviembre, a las 17.18 h
Duración: 42 segundos

Mélanie Claux está frente a la cámara. Solo le vemos la cara y la parte superior del tronco. A lo largo de todo el vídeo irán apareciendo sobreimpresionados diferentes *gifs* o emojis animados: corazones de todos los colores, la Sirenita, Frozen y otro personaje de Disney (¿un oso?) enarbolando una pancarta con un corazón que palpita.

Mélanie: «¿Qué hay, queridos? ¡Acabamos de volver del

41

centro comercial y Kim y Sam ya no están en casa! ¡La modorra del coche no les ha durado mucho! Han visto que había niños jugando en el jardín y han bajado corriendo. Creo que están jugando al escondite, así que voy a aprovechar para guardar las compras y preparar la masa para las crepes de esta noche. ¡Claro que sí! Como os he dicho esta mañana, hoy es miércoles y ya sabéis que un miércoles al mes toca... ¡crepe *party!* Y, por supuesto, ¡no faltará la Nutella! *(Un tarro de Nutella animado aparece sobreimpresionado.)*

¡Ya sabéis cómo es Sammy! ¡No hay crepes sin Nutella! No os preocupéis, que compartiré la receta para aquellos que aún no la hayan apuntado.

¡Ya veis que no os olvidamos, queridos! ¡Hasta luego!»

Una lluvia de corazoncitos multicolores inunda la pantalla.

Cada familia cultiva su fábula. O al menos una versión épica de su historia, enriquecida con los años, a la que poco a poco van sumándose hazañas, coincidencias, detalles extraordinarios, y hasta algunas invenciones. A la familia de Clara –sus padres, sus abuelos, sus tíos y, con el tiempo, sus primos– le encantaba recordar las huelgas, las manifestaciones, las asambleas, en fin, todo un conjunto de batallas más o menos pacíficas, ganadas o perdidas, que anclaban su propia historia a una remota tradición de luchas sociales. Las fechas así lo demostraban: Réjane y Philippe se habían conocido en junio de 1985 durante la gran fiesta organizada por SOS Racismo en la Place de la Concorde. Clara había sido concebida la noche de las manifestaciones contra el proyecto Devaquet de reforma de la universidad y sus padres se habían casado, cuando ella ya tenía nueve años, al día siguiente de retirarse el plan Juppé para la reforma de la financiación de la Seguridad Social y de los regímenes especiales de jubilación.

Con el paso de los años, las versiones fueron enriqueciéndose con pinceladas novelescas, en detrimento a veces de la coherencia cronológica. Porque si uno se fijaba bien, las fechas no siempre cuadraban. Por ejemplo, ¿cómo era posible que Clara, nacida en 1986, hubiese sido concebida en noviembre de aquel mismo año?

De las famosas huelgas y protestas de 1995, sin embargo, Clara conservaba un recuerdo preciso. Su padre, ocupado en controlar posibles desmanes en la cola de la comitiva, le había soltado la mano. Y ella, en vez de dejarse llevar por la marea y seguir avanzando, había sido desplazada hacia un lado (¿o se había apartado expresamente?) y se había quedado esperándolo en la acera. Pasaron varios minutos hasta que entendió que su padre ya no iba a aparecer en su campo de visión y que se había perdido. Los eslóganes pronunciados a voz en grito por los megáfonos desaconsejaban cualquier intento de pedir auxilio. De modo que decidió sentarse en el suelo repitiendo para sus adentros una frase gritada por los manifestantes que le había gustado especialmente: «¡Quien siembra la penuria cosecha nuestra furia! ¡Quien siembra la penuria cosecha nuestra furia!» Poco a poco, los últimos grupos fueron dejando atrás a la niña, enarbolando pancartas y haciendo repicar cazuelas. Clara no tuvo miedo. Dos o tres personas se detuvieron amablemente para preguntarle qué hacía allí sola, pero ella respondió siempre con idéntica calma y sensatez: estaba esperando a su madre, que había ido al baño. En realidad, Réjane había optado por manifestarse junto a sus colegas del colegio Romain-Rolland, en la parte central de la comitiva, dejando a Philippe a cargo de la niña. Clara sabía que no debía, en ningún caso y bajo ningún concepto, irse con desconocidos.

No conocía muy bien París, así que se quedó un buen rato contemplando a su alrededor las fachadas de los inmuebles de estilo haussmaniano. Empezaba a tener frío cuando vio que se acercaban dos policías uniformados.

Siempre había oído decir que había que desconfiar de los polis: se puso en pie de un salto e intentó escapar, pero no tardó en ser atrapada por el más joven de los dos. No sabría decir cuánto tiempo había pasado desde la desaparición de su padre. Las primeras versiones de la anécdota hablaban de unos veinte minutos, luego subieron a media hora, hasta que el relato se fijó de manera más o menos definitiva en una espera de dos horas, menos verosímil pero más impresionante.

Lo que es indiscutible es que Clara acabó en la comisaría del distrito XII, mientras varios agentes intentaban localizar a sus padres. Ella se dedicó a jugar al ajedrez con un policía en prácticas y a disfrutar de la piruleta que le ofreció un hombre mostachudo con pinta de ser el jefe.

Estas fueron las imágenes que le vinieron a la memoria cuando aquella mañana de junio se dispuso a anunciar a sus padres que había aprobado con todas las de la ley la oposición para entrar en la Escuela Nacional Superior de Oficiales de Policía. Réjane y Philippe llevaban semanas esperando, sin querer admitirlo, que su hija suspendiera alguna de las pruebas, pero Clara no hacía más que informarles de cómo iba superándolas: tras haber sido preadmitida, había tenido que pasar varios test psicotécnicos por escrito, luego una prueba individual de simulación de un caso real, más tarde una entrevista con el tribunal y, por último, un examen oral de inglés. Viendo las numerosas etapas que había tenido que franquear, su padre se había mordido la lengua para no preguntarle cómo era posible que los polis fuesen tan tontos tras una selección tan dura.

El día en que Clara recibió el correo de admisión, decidió ir a casa de sus padres para darles la buena nueva.

Por una parte temía aquel momento, pero por otra quería mantener la confianza. Sus padres siempre le habían dicho que lo importante era la realización personal y habían respetado sus decisiones. ¿Acaso no le habían dejado irse a Londres tras acabar el instituto, en vez de obligarla a empezar de inmediato sus estudios universitarios? ¿Acaso no se lo habían tomado con humor e indulgencia cuando se enteraron, dos años más tarde, de que no había trabajado como *au pair* en una zona residencial sino como camarera en un bar de copas?

Clara pasó bajo el porche del primer inmueble y atravesó el jardín del complejo residencial. No pudo evitar pensar en sus juegos de infancia y en lo bien que se lo pasaba haciendo explotar petardos entre los arbustos o, si se terciaba, entre los excrementos de los perros. Entró en el segundo edificio y subió los peldaños de tres en tres. Notaba un nudo en la garganta y cierta aprensión que le agarrotaba el cuerpo. Al llegar al segundo piso, oyó música. A semejantes horas, aquello era impropio de sus padres. Llamó al timbre, pero nadie abrió la puerta. Su madre debía de estar en la otra punta de la casa. Volvió a llamar y nada, así que acabó sacando su juego de llaves. Al entrar se encontró a sus padres, a su tío Pascal y a la mujer de este, Patricia, disfrazados de policías. Se habían alineado, montando una guardia de honor jovial y disparatada. Nunca llegó a saber de dónde habían sacado aquellas gorras y aquellos silbatos, que tenían toda la pinta de ser auténticos.

«¡Documentación!», exigió el tío Pascal.

Solo entonces la dejaron pasar, tronchándose de risa. Su compañera de piso les había dado el chivatazo y anunciado su visita. La mesa estaba llena de botellas de vino y de champán, así como de todo tipo de quiches, tartas y cremas que sus padres habían aprendido a hacer en sus habituales fiestas, reuniones y demás pícnics comunitarios. Una manera de demostrarle que, a pesar del sentimiento de incomprensión –por no decir de traición– que a duras penas conseguían disimular, querían celebrar con ella su éxito. Después de brindar, su primo Mario y su prima Elvira improvisaron una coreografía con las manos esposadas.

Al final de la velada, su tío Dédé, que se había unido a la cena, cogió la guitarra de Réjane y se puso a cantar «Hexagone», de Renaud:

> *La France est un pays de flics,*
> *À tous les coins d'rue y'en a cent.*
> *Pour faire régner l'ordre public,*
> *Ils assassinent impunément.*[1]

[Francia es un país de polis,
Hay cientos en las esquinas.
Por cumplir la ley y el orden,
Impunemente asesinan.]

Cuando Clara ya se disponía a protestar, Philippe se la llevó a la cocina. Le pidió que se sentara, se tomó el tiempo de abrir la ventana antes de instalarse frente a ella, carraspeó y encendió un cigarrillo. Abrió la boca para decir algo, algo serio que sin duda llevaba preparado, una frase, un consejo, unas palabras de ánimo, algo contundente y definitivo. Pero no le salió nada. Los ojos se le lle-

---

1. «Hexagone», letra y música de Renaud Séchan, © Warner Chappell Music France - Catálogo Mino Music.

naron de lágrimas. Suspiró y se limitó a sonreír con las manos abiertas, en señal de rendición.

Tiempo después, aquella sonrisa permanecería en el recuerdo de Clara intacta y precisa, por encima de todas las demás. Su padre era el rey de las sentencias y de los aforismos, de las profesiones de fe y de las teorías alambicadas, elaboradas a partir de fórmulas matemáticas que se divertía aplicando a las vicisitudes de la vida cotidiana. Sin embargo, aquella noche había querido decir unas palabras tan sencillas que se le habían ido de la cabeza. Había querido decir: *Ten cuidado.*

Apenas unos meses después, estaba muerto.

Cuando se vieron por primera vez, habían pasado diez años desde que Mélanie Claux llegara a París y Clara Roussel entrara en la Escuela Nacional Superior de Oficiales de Policía. Diez años transcurridos como una ráfaga de viento o un golpe de porra, de esos que te dejan aturdido, medio grogui, sin saber muy bien qué ha pasado. Años de juventud, fugaces y decisivos, que tanto a la una como a la otra les habría costado definir si se lo hubiesen pedido. O tal vez los habrían calificado de alegres y tristes al mismo tiempo. Años que no tardarían en verse envueltos en una especie de niebla, cada vez más espesa, de donde surgirían no obstante algunas fechas administrativas, afectivas o simbólicas.

Mélanie Claux se casó en 2011 con Bruno Diore, a quien había conocido varios meses antes a través de la web Attractive World. Durante algún tiempo se planteó adoptar el apellido de su marido, soñando incluso con hacer las gestiones necesarias para suprimir esa *e* muda (Dior era mucho más chic y la habría colocado indiscutiblemente a otro nivel), pero acabó renunciando por la complejidad de

49

los trámites y la obligación de justificar motivaciones legítimas. Así que acabó manteniendo su apellido de soltera. Aquel mismo año dio a luz a un niño, Sammy. Su marido, algo mayor que ella, trabajaba por entonces en una empresa de servicios en ingeniería informática y acababa de obtener un importante aumento de sueldo. Por su parte, Mélanie había decidido no reincorporarse al puesto de auxiliar administrativa que desempeñaba desde hacía algún tiempo en la misma empresa que él, para dedicarse a tiempo completo a la crianza del hijo. Tras casarse, se habían mudado a Châtenay-Malabry –donde Bruno había pasado una parte de su adolescencia y donde vivían sus padres–, a un espacioso apartamento situado en un complejo residencial de reciente construcción, a cuatro pasos del parque de Sceaux. Una niña llamada Kimmy había nacido dos años después, cuando la pareja no pasaba por su mejor momento. Mélanie había decidido ser ama de casa, una opción que la satisfacía plenamente, a la espera de un hipotético destino.

Tras varios años en el SAIP (el Servicio de Acogida y de Investigación de Proximidad) del distrito XIV, donde había llamado la atención de sus superiores jerárquicos por sus dotes de anticipación y de deducción, así como por una insólita capacidad de redacción, Clara Roussel pasó a formar parte de la Brigada Criminal de París, «la Criminal». Las prácticas que había realizado allí anteriormente, durante el proceso de reclutamiento, habían reafirmado su voluntad de trabajar en la Policía Judicial. Aunque al principio barajó la idea de incorporarse a la Brigada de Protección de Menores, lo poco que había podido ver en materia de crimen infantil la acabó disuadiendo: no era lo suficientemente fuerte para ello. Durante sus dos primeros años en la Criminal, Clara tuvo la suerte de conocer los famosos locales situados en el número 36 del Quai des Orfèvres. Luego trasladaron la dirección regional a la rue du Bastion, en el distrito XVII. El cambio no fue del agrado de todos y provocó un número importante de salidas y traslados. Varias figuras legendarias de la Brigada aprovecharon el momento para irse. Gracias a estos ajustes, y más rápido de lo previsto, Clara obtuvo el puesto de *procédurière* y fue destinada al grupo Berger, uno de los seis grupos que se ocupaban de los casos de derecho común.

El término «*procédurière*» no tenía mucho glamour, pero era su sueño. Sonaba a empollona y a rata de biblioteca, por no decir a tedio y aburrimiento; pero le traía sin cuidado. No tenía nada que ver con la imagen que proyectaban las series de televisión, con las persecuciones peligrosas, las detenciones arriesgadas, las redes de soplones o las infiltraciones en organizaciones criminales. Sin embargo, nada de todo esto se hacía sin que pasara por sus manos. Desde el primer minuto de la investigación hasta el último, Clara consignaba cada etapa, por escrito y en imágenes. Le gustaba explicar en qué consistía su trabajo, que solo existía como tal en la Brigada Criminal. La *procédurière* era la responsable de que los expedientes llegaran al juez o al fiscal con plenas garantías: coherentes, sólidos, sin falla. Para empezar, debía gestionar el conjunto de elementos encontrados en la escena del crimen, recopilar todas las huellas y los indicios, precintar los objetos. Además, acostumbraba a asistir a la autopsia para entregar al forense la información necesaria. También era responsable de las partes de la investigación derivadas a terceros, así como de todos los documentos que se enviaban a los tribunales. Debía asegurarse de su pertinencia y su conformidad. Más allá de sus propios escritos, Clara revisaba las actas de sus colegas. Señalaba los puntos débiles, los pasajes oscuros, exigía precisiones o cuestionaba la redacción. A veces incluso se mostraba sorprendida por una pista abandonada demasiado pronto.

Que el relato judicial fuese sólido... y a ser posible que cupiese en un archivador, tal era su cometido. Que fuese legible, comprensible. Irreprochable. De hormigón armado. Que ningún abogado pudiese alegar un defecto de forma, que nada estuviese dejado al azar y que no quedase ningún cabo suelto. Una profesión obsesiva, de tiquismiquis, de chupatintas, añadía a veces con una sonrisa.

Se había ganado a pulso su reputación. Nada se le escapaba, ni en cuanto al fondo ni en cuanto a la forma. Era perfectamente capaz de devolver un acta porque la sintaxis dejaba mucho que desear o de detectar en una ambigüedad gramatical el resquicio de una coartada.

Desde un punto de vista más íntimo –un tema del que nunca hablaba en público–, Clara se había enamorado en dos ocasiones. Y en las dos había acabado renunciando. Una sensación, una disposición, una debilidad propias del enamoramiento, un estado físico, fisiológico, que denotaba ciertas expectativas, o cierta dependencia, o una simple alteración del ánimo, un estado que le daba la impresión de reducir sus facultades en lugar de ampliarlas, acababa siempre por cortarle las alas. Entonces aparecía el miedo, un miedo cerval, irracional, que la llevaba a distanciarse. De su última relación, la más intensa, la más obsesiva, no quedaba más que una correspondencia vía email. Clara escribía correos al hombre que había amado y este, tras varios meses de silencio, había empezado a responderle.

Desde su entrada en la Criminal, Clara vivía en Saint-Mandé, en un edificio propiedad de la policía donde la mayoría de los inquilinos pertenecían al cuerpo. A su alrededor, las familias se formaban y las barrigas engordaban. Tener hijos no entraba en sus planes. Por un lado, no estaba segura de ser una persona madura; por otro, la época actual le parecía verdaderamente hostil. Tenía la sensación de que se estaba produciendo una mutación silenciosa, profunda, solapada, de una violencia sin precedentes –una etapa de más, un funesto umbral franqueado en la línea del tiempo–, sin que nadie fuese capaz de detenerla. Y ante semejante panorama, sin sueños ni utopías, le habría parecido de locos traer al mundo otra vida.

Cuando tenía tres o cuatro años, sus padres la llevaron a casa de la madre de Philippe, cerca de la frontera belga. Clara quería mucho a su abuelita, pero esta vivía en un apartamento oscuro, abarrotado de objetos, de bibelots y de pinturas al óleo que la atemorizaban. La señora, encantada de acoger a su nieta unos días (Réjane y Philippe tenían previsto irse de vacaciones los dos solos), había preparado la merienda para recibirlos. A pesar de la angustia que le producía saber que sus padres no tardarían en marcharse, Clara permaneció sentada pacientemente en el taburete mientras se tomaba su chocolate caliente. Luego, una vez terminada la merienda, con todo el tacto de que fue capaz dijo: «Abuelita, me gusta mucho tu casa, pero... no me voy a poder quedar.»

Algunas noches, cuando Clara había bebido unas copas, más allá de los argumentos habituales que utilizaba para justificar su soledad o su soltería, se escudaba en los tiempos que corrían o en la deriva del mundo. Y lo hacía con la sensación de ser un bicho raro, pero con la certeza,

vana y necesaria a la vez, de estar en el lado bueno del table-
ro. A veces, para dar por concluida la conversación, como
en una *private joke* que se hiciera a sí misma y cuyo sentido último prefiriera no plantearse, murmuraba: «... además no sé si voy a poder quedarme».

El 10 de noviembre de 2019, alrededor de las seis de la tarde, la hija de Mélanie Claux, de seis años de edad, desapareció mientras jugaba al escondite con otros niños del complejo residencial.

Alertada por su hijo, Mélanie empezó a dar vueltas por el jardín, ayudada enseguida por algunos vecinos. Gritaron el nombre de la pequeña a los cuatro vientos, antes de llamar metódicamente, inmueble por inmueble, a todas las puertas. Inspeccionaron los trasteros y los pasillos, se repartieron en dos grupos, le pidieron al portero que abriese la sala comunitaria. Este, tras una hora de infructuosa búsqueda, sugirió llamar a la policía. Mélanie se echó a llorar desconsoladamente. Un inquilino de la planta baja se encargó de telefonear a comisaría y explicar la situación.

Media hora más tarde, una decena de agentes se desplegaban por el lugar en busca de la niña. El «Dudú-sucio» de Kimmy (un pequeño camello de tela raída) lo encontraron en el suelo, no lejos de la zona de juegos infantiles.

Tras una hora de batida a la que se sumaron nuevos vecinos y una vez peinada cada escalera, cada acceso, cada rincón del jardín, no quedó más remedio que aceptar su desaparición.

Hacia las nueve de la noche, Mélanie y Sammy fueron conducidos a la comisaría de Châtenay-Malabry. Bruno, el marido de Mélanie, estaba de viaje de trabajo. En cuanto conoció la noticia, se metió en el coche y salió pitando, pero el GPS indicaba que no llegaría antes de la medianoche.

Una joven policía se encargó de hablar con Sammy para recabar todos los detalles sobre la desaparición de su hermana. El muchacho, de ocho años, parecía demasiado impresionado para un verdadero interrogatorio. No sin dificultad, la mujer consiguió que le contase cómo se había desarrollado el juego. Al parecer, Kimmy se dirigía a toda prisa hacia el cuarto de la basura cuando Sammy la vio por última vez. El chico estaba muy preocupado por su hermana y daba muestras de agotamiento. En un momento dado, empezó a frotarse los ojos y no tardó en quedarse dormido en la silla. La agente fue a buscar a su madre, que lo tumbó de costado sobre el asiento contiguo, le estiró las piernas y lo cubrió con su abrigo de plumas.

Poco después, en el despacho del comisario S., tras pedir una bebida caliente, Mélanie Claux fue interrogada por primera vez. El comisario tecleaba con soltura en el ordenador mientras ella contaba con detalle cómo se habían sucedido los hechos desde el principio: volvían los tres del centro comercial Vélizy 2 cuando Sammy y Kimmy vieron que varios niños del complejo residencial jugaban al escondite en el jardín. Uno de los niños, el pequeño Léo, les propuso enseguida unirse a ellos. Sammy y Kimmy se volvieron hacia su madre, esperando su aprobación. Mélanie dudó, pero acabó aceptando.

Como no parecía haber entrado en calor, el comisario S. pidió que le trajeran algo de abrigo. Un minuto después se arropaba con una estola de lana que alguien había olvidado en un perchero, sin dejar de rodear la taza con las manos. El comisario dejó que el silencio se adueñara de la estancia, pero no un silencio suspicaz –por mucho que los padres sean siempre los primeros sospechosos cuando desaparece un niño–, sino más bien un silencio neutro, vacío, que pedía que alguien lo llenase. El marido estaba de camino, él mismo se encargaría de interrogarlo cuando llegara.

Mélanie acabó por alzar los ojos.

–Somos famosos, ¿sabe? Los niños y yo. Muy famosos... Estoy segura de que tiene algo que ver.

Una mirada rápida a su ayudante le confirmó que el agente F. tampoco había oído nunca hablar de aquella mujer ni de sus hijos. En materia de trastornos psiquiátricos, el comisario S. había visto de todo, algunos casos realmente graves, como los que se creían Dios, Céline Dion o Zinedine Zidane. Pero la experiencia le había enseñado que la mejor estrategia era dejar que hablaran. La voz de Mélanie le pareció de pronto más aguda, desafinada, en otras circunstancias la habría calificado de bastante desagradable.

–Casi toda la gente nos quiere. Nos lo dicen, nos lo escriben, hacen cientos de kilómetros para vernos... Es una locura todo el amor que recibimos. No se lo puede imaginar. Pero últimamente ha habido algunos rumores, algunas calumnias, y ahora algunas personas se meten con nosotros. Quieren hacernos daño. Porque están celosas...

–¿Celosas de qué, señora Claux? –preguntó el comisario con la mayor delicadeza posible.

–De nuestra felicidad.

Consciente de la incredulidad a la que se enfrentaba, Mélanie sacó su teléfono móvil para mostrar al comisario y a su ayudante el canal de YouTube que gestionaba, con cinco millones de suscriptores. Todos los vídeos publicados en Happy Break tenían varios millones de visitas. Luego se conectó a su cuenta de Instagram y les explicó las cifras: más allá del número de seguidores y de visitas, lo que contaba era el número de *likes* y de comentarios. Todo aquello era mucho, insistió Mélanie, todo aquello los convertía en... –dudó un momento sobre la palabra más apropiada, pero no encontró nada mejor–: sí, todo aquello los convertía en estrellas.

A la pregunta sobre los beneficios que les reportaba dicha actividad, Mélanie se negó a responder. Según el contrato firmado con la plataforma, no tenía derecho a divulgar semejante información. El comisario S. le recordó secamente que se trataba de la desaparición de su hija: «No podemos descartar un secuestro con intereses criminales», precisó, una hipótesis que se vio reforzada cuando Mélanie reconoció unos ingresos anuales «superiores» al millón de euros. El comisario no pudo contener un silbido. Como era su obligación, llamó de inmediato al juez de guardia.

A las 21.30 h, Mélanie Claux recibió un escueto mensaje en su Instagram. El autor, cuyo nombre le resultaba desconocido, no tenía ningún seguidor. Todo parecía indicar que la cuenta había sido creada con el único fin de enviarle el siguiente mensaje: «Niña desaparecida... Negocio a la vista», confirmando la hipótesis de una petición de rescate.

A las 21.35 h, viendo el rumbo que tomaba el asunto y teniendo en cuenta la notoriedad de la familia (las afirmaciones de la madre habían sido confirmadas), la Fiscalía de Nanterre decidió recurrir a la Brigada Criminal.

A las 21.55 h, los miembros del grupo Berger, de guardia desde primera hora de la mañana, entraban en el complejo residencial Le Poisson Bleu. Clara Roussel y su jefe de grupo fueron de los primeros en llegar, poco antes de que lo hicieran el jefe de sección y el director de la Brigada. En este tipo de casos, los altos mandos se ponían el mono de trabajo.

Media hora más tarde, una veintena de agentes se había desplazado hasta el lugar de los hechos. Mientras empezaban a interrogar a los vecinos, Clara Roussel designó las zonas de recogida de muestras y dio instrucciones a los técnicos especialistas.

Alrededor del lugar donde habían encontrado el dudú de la niña, delimitó un amplio cerco con cintas perimetrales y ordenó precintar los accesos al parking y al cuarto de la basura.

El dudú, varios kleenex usados, una veintena de colillas, un papel grasiento con el logo de una panadería, la cabeza desgreñada de una Barbie y un compás roto acabaron en bolsas de plástico selladas. También sacaron fotografías de las huellas de pisadas en la tierra, por muy numerosas y poco nítidas que fueran.

Una vez tomadas las muestras, el jefe de sección decidió poner a trabajar a los perros rastreadores. A partir de un vestido de la niña, los dos perros recorrieron exactamente el itinerario previsto: tras pasar por el cuarto de la basura, la pista se perdía en el parking.

Mientras sus colegas continuaban interrogando a los vecinos, en busca de algún testimonio decisivo, Clara permaneció en la zona comunitaria.

Debía reconstruir la escena del crimen. Describir los lugares tan minuciosamente como le fuera posible. Anotarlo todo, registrarlo todo. Detectar cualquier rastro de sangre, de esperma, de pelos. O constatar su ausencia. Como si la niña hubiese salido volando.

Esbozó el plano del complejo residencial, marcó las entradas, la ubicación de los tres edificios, la zona de juegos infantiles, el cuarto de la basura y el parking subterráneo. Luego hizo una lista de todas las muestras recogidas en el exterior y en el interior de la vivienda, destinadas estas últimas a determinar el ADN de los cuatro miembros de la familia. Los agentes habían explorado la habitación de los niños en busca de algún indicio de que la pequeña hubiese quedado con alguien, pero no habían encontrado nada.

De momento, si bien el secuestro con petición de rescate era la hipótesis más plausible, tampoco podían descartarse la venganza, la trama pedófila o el encuentro desafortunado. Teniendo en cuenta la edad de la niña, la fuga era altamente improbable.

Sea como fuere, la cuenta atrás había empezado. Las estadísticas no dejaban lugar a dudas: cuando el secuestro de un menor terminaba en homicidio, en nueve de cada diez casos se producía durante las primeras veinticuatro horas.

Poco antes de las dos de la madrugada, cuando Clara vio llegar a los padres de la niña, escoltados por un agente y por un negociador que les haría compañía por si los secuestradores intentaban ponerse en contacto con ellos, se acercó y se presentó.

La primera vez que Mélanie Claux y Clara Roussel se vieron, a pesar del estado de tensión extrema en el que ambas se encontraban, Mélanie se sorprendió de la autoridad que proyectaba aquella mujer tan bajita y Clara se fijó en las uñas de Mélanie, pintadas de rosa y salpicadas de una purpurina que brillaba en la oscuridad. «Tiene pinta de niña», pensó la primera. «Parece una muñeca», se dijo la segunda.

Hasta en los dramas más terribles las apariencias cuentan.

Desde la muerte de sus padres, Clara Roussel había adquirido una conciencia aguda de la fragilidad humana. A los veinticinco años, y para el resto de su existencia, había aprendido que se puede salir de casa un buen día, sereno y confiado, y no volver nunca más. Es lo que le había pasado a su padre, atropellado por una furgoneta un sábado a las ocho y media de la mañana cuando bajaba a comprar cruasanes. En realidad, el vehículo había pasado rozándole, pero el retrovisor había impactado contra su cabeza con tal violencia que le había arrancado una parte del cráneo. Pocos meses después, su madre murió en plena calle por la ruptura de un aneurisma. Desde entonces, cada vez que acudía a la escena de un crimen, cada vez que pasaba por casualidad junto a una de esas aglomeraciones que se forman en pocos segundos cuando se produce alguna fatalidad o algún accidente, cada vez que veía una ambulancia o un camión de bomberos detenido en la vía pública, se despertaba en ella la certeza de que cualquier día, cualquier minuto, cualquier segundo te puede cambiar la vida. Pero no se trataba de un dato, de un hecho que se conformaba con saber de manera racional, como la mayoría de la gente. Era una sensación física, de terror, que le oprimía el pecho durante horas. A veces más, incluso. Por eso, cuando la llamaban para un nuevo caso, el primer contacto con los familiares de la víctima le costaba tanto. Era incapaz de no sentir físicamente, como un eco proyectado sobre su propio cuerpo, la descarga de adrenalina que circulaba por el de ellos. Durante unos segundos se convertía en la mujer a la que acababan de comunicar la muerte de un hijo, en el marido cuya mujer había sido apuñalada, en la anciana cuyo hijo acababa de ser detenido.

Para todos los policías de la Criminal que habían visto volver del Bataclan a sus colegas, el mes de noviembre sería siempre un mes sombrío. Infeliz. La noche del 10 de noviembre de 2019, Clara acababa de encontrarse con su amiga Chloé en un bar del distrito XIII cuando el mensaje de Cédric, su jefe, apareció en el grupo de WhatsApp. Aquel mismo día había cerrado el expediente de un triple homicidio con premeditación en el que habían estado trabajando durante semanas. Le habría gustado tener tiempo para poder brindar por el éxito del caso, uno de los más complejos a los que había tenido que enfrentarse durante su carrera, pero la guardia del grupo Berger acababa de empezar y los mensajes intempestivos nunca llegan en buen momento. «Vuelta a empezar», pensó, haciendo crujir los dedos, una manía adolescente de la que nunca había podido librarse.

Se había preparado a conciencia y había sabido adaptarse a las llamadas en plena noche o de madrugada, a las comidas interrumpidas, a los días festivos malgastados pelándose de frío o bajo los fluorescentes de su despacho, a las vacaciones aplazadas, a toda aquella mitología más o menos heroica vinculada con su profesión. Pero lo que nunca habría imaginado era el estado de tensión, perfectamente tangible, al que se vería sometido su cuerpo durante todos aquellos años. Incluso mientras dormía, sus músculos y sus articulaciones se mantenían activos. De hecho, a cualquier hora del día o de la noche, era capaz de ponerse en pie de un salto, vestirse y salir corriendo en menos de lo que canta un gallo.

Pasada la primera impresión, durante los pocos minutos en que estuvieron cara a cara, bajo la luz amarillenta de las farolas del jardín, Clara pudo apreciar el desasosiego de Mélanie. Un desasosiego brutal, absoluto. Cuando la joven madre miró a su alrededor por última vez, como si su hija fuese a salir de detrás de un arbusto, como si todo aquello –los policías atareados por todas partes, las cintas de plástico desplegadas entre los árboles– no pudiera ser real, Clara tuvo la sensación de absorber su sufrimiento. En el tiempo que duró el breve intercambio de palabras, creyó percibir cómo el terror se apoderaba de cada célula de su cuerpo. Agarrada al brazo de su marido, Mélanie revivía por enésima vez aquel tiempo inaccesible que habría deseado con todas sus fuerzas extirpar de la realidad, un tiempo imposible de eliminar y contra el cual nada podían hacer ni la mayor de las penas ni el más profundo de los arrepentimientos: el momento en que su hijo había subido del jardín para decirle que no encontraba a su hermana.

Hacia las dos y media de la madrugada, tras haber recogido todos los atestados y las bolsas precintadas, Clara volvió por fin a casa. Tenía que intentar dormir al menos un par de horas antes de regresar al Bastion.

64

Sin embargo, en lugar de acostarse, encendió el ordenador, y buscó Happy Break en internet. En la página de inicio de YouTube aparecían una treintena de miniaturas con los últimos vídeos publicados por la familia. Bajo cada una de ellas se indicaba el número de visitas: entre cinco y veinticinco millones. Clara fue pasando las miniaturas, que parecían no tener fin. Estaba demasiado cansada para ponerse a contar. Había sin duda varios centenares de vídeos de Kimmy Diore y de su hermano. Observó unos instantes la cara de la niña, sus rizos de oro, sus enormes ojos oscuros, «una criatura adorable», pensó, intentando apartar de su mente todas las imágenes que empezaban a asediarla, antes de mirar dos o tres vídeos al azar.

En la corta noche que siguió a la desaparición de la niña, una frase perfectamente nítida despertó a Clara. Era algo que le ocurría de vez en cuando: palabras límpidas, ordenadas, como procedentes de su propia boca, la arrancaban brutalmente del sueño. Y aquellas frases oníricas, surgidas del inconsciente o de algún lugar de la noche al que no tenía acceso, acababan adquiriendo sentido (e incluso, en alguna ocasión, la magnitud de un presagio).

A las 5.20 h se sentó en la cama y, en el silencio de su habitación, oyó la frase que ella misma estaba pronunciando: «Es un mundo cuya existencia se nos escapa.»

Aquella criatura de seis años había desaparecido en el mundo de verdad, un mundo cuyos peligros Clara conocía perfectamente. Pero Kimmy Diore había crecido en un mundo paralelo, un mundo poliédrico, virtual, desconocido para ella. Un mundo que obedecía a unas reglas que ignoraba por completo.

El temor había entrado en el cuerpo de Mélanie en una fracción de segundo, ácido, ardiente, para propagarse por cada uno de sus miembros. El temor recorría sus venas con una fuerza inusitada, mucho más de lo que nunca habría podido imaginar. Y eso que en la tele o en Netflix había visto montones de historias de niños desaparecidos y de madres desesperadas. Con un kleenex en la mano, se identificaba con los protagonistas. Sufría con ellos y se imaginaba por un instante, solo por un instante, que algo así podía ocurrirle a ella. El tiempo justo para decirse: «No podría soportarlo.»

Pero esta vez no estaba ante uno de esos personajes cuya sangre fría o cuyo valor admiraba, esta noche era ella la que estaba allí, de pie en el salón, agarrotada, tensa, incapaz de sentarse, incapaz de soportar el más mínimo roce, ni siquiera el de la mano de su marido en la espalda.

No se le borrarían jamás de la memoria la voz sofocada de Sammy, la palidez de su rostro, su respiración entrecortada.

Y luego toda aquella agitación a su alrededor, aquellas preguntas veinte veces repetidas, las bebidas calientes en vasos de plástico, la manita de su hijo en la suya, el frío, y aquel chal que le habían puesto sobre los hombros, impregnado de perfume de mujer, un perfume parecido al de su madre que le había dado náuseas. Por fin, poco antes de la medianoche había llegado Bruno. A él también le habían hecho un montón de preguntas, como si fuera sospechoso de haberse llevado a Kimmy a alguna parte. Pero bastaba con mirarle para darse cuenta de que era incapaz de hacerle daño a una mosca, ella lo había visto enseguida, desde el primer día, desde el primer minuto. Bruno había respondido con calma y con paciencia, sin dar la menor muestra de irritación. Esperó a llegar a casa y a llevar a Sammy medio dormido a la cama para echarse a llorar. Se sentó en el sofá y el llanto apenas duró unos segundos, pero aquel sollozo ahogado, reprimido, la había impresionado enormemente.

Tras todas aquellas idas y venidas por el complejo residencial, tras los perros, los registros y la recogida de muestras, todo el mundo se había ido excepto aquel tipo que iba a quedarse allí, en su casa, hasta que Kimmy apareciera, según les habían dicho. Un tipo que pertenecía a una brigada de intervención, o algo por el estilo, encargado de hacerles compañía y de aconsejarlos en el caso de que los secuestradores intentasen ponerse en contacto con ellos. El tipo se había instalado en la habitación del fondo, que tenían previsto convertir en despacho, pero que por el momento les servía de trastero y donde casualmente había un sofá cama que podía desplegarse. Si un número desconocido llamaba al móvil de Mélanie o al de Bruno, tenían que avisarlo de inmediato, antes incluso de responder. Tras haberles dado las instrucciones, el tipo se había eclipsado, y Bruno y Mélanie se habían quedado un rato los dos solos en la cocina, incapaces de irse a la cama. En mitad del silencio, la nevera se había puesto a ronronear, como si todo aquello no fuese más que una broma de mal gusto, una inocentada, y por un instante Mélanie creyó que iba a desvanecerse. Se agarró a la mesa, cerró los ojos, intentó acompasar su respiración a la imagen de una vía férrea perdiéndose en el infinito, y el vértigo la abandonó. Al abrir de nuevo los ojos, Bruno estaba sentado en una silla, con la cabeza entre las manos, y volvía a respirar con dificultad, de manera entrecortada, irregular, como si contuviera un gemido.

Aquella mañana se habían levantado como todas las mañanas, sin saber que no les quedaban más que unas horas de felicidad, de serenidad, y que aquella noche su vida zozobraría por culpa de un desastre que no tenía nombre. ¿Quién podía imaginar algo así? Mélanie habría dado lo que fuera por volver atrás. Unas horas. Solo unas horas. Decir no. Nada más que eso. *No, ni hablar de ir a jugar al jardín.* Bastaba con tan poco, apenas nada. Alguien, en algún lugar, tendría que concederle ese favor: retroceder en el tiempo y pronunciar una frase distinta. Una frase que se le había pasado por la cabeza, que había asomado a sus labios, pero que había descartado en un momento de debilidad. Había estado a punto de decir que no. No, no hay tiempo, tenéis que acabar los deberes y luego grabar un vídeo en Instagram. Pero Kimmy y Sammy se habían mostrado tan entusiasmados con la idea de jugar con los otros niños que Mélanie había pensado: «Va, por una vez», y había dicho que sí.

¿Una vez, una sola vez había bastado para destrozarle la vida?

Mélanie necesitaba tiempo para asumir la gravedad de los hechos. De momento, era como uno de esos extranjeros que solo entienden la mitad de la frase que se les dice y se ven obligados, mediante un intenso esfuerzo, a reconstruir su significado. Era plenamente consciente, sin poder verbalizarlo, de que una parte del enunciado se le escapaba. La verdad estaba por encima de sus fuerzas. La capacidad de resistencia que había demostrado en las últimas horas le había permitido aguantar el tipo y responder a las preguntas. No se le podía pedir más.

Ahora estaba allí, de pie en la cocina, reproduciendo mentalmente aquel momento, una y otra vez, y rogando en voz alta a una instancia superior que todo aquello no hubiese sucedido.

Sin embargo, tarde o temprano tendría que sentarse. Incluso dormir un rato. Y aceptar la idea de que su hija había desaparecido.

DESAPARICIÓN DE LA NIÑA KIMMY DIORE

Asunto:

Acta de la primera declaración de Mélanie Claux (apellido del marido: Diore).

Tomada el 10 de noviembre a las 20.30 h en la comisaría central de Châtenay-Malabry por el comisario en funciones S.

(Extractos.)

Pregunta: Dice que ha dejado la ventana abierta para oír a sus hijos, ¿estaba preocupada por algo?

Respuesta: No, no, qué va... No quería que se pelearan. A algunos vecinos no les gusta que jueguen en el jardín porque hacen demasiado ruido. En cada junta de propietarios hay discusiones por ese motivo, que si vuelcan las papeleras o pisotean las flores. Además, yo por lo general prefiero que se queden en casa. No me gusta que se crucen con el señor Zour, el del perro amarillo, a los niños les da miedo. Aunque estos días

71

no está, parece ser que lo han ingresado en el hospital, por eso también he aceptado...

Pregunta: Aparte de los vecinos, ¿alguien más podría saber que los niños estaban jugando en el jardín?

Respuesta: Pues no..., bueno, sí. He colgado una *story.*

Pregunta: ¿Una qué?

Respuesta: Una *story.* Un pequeño vídeo en Instagram. Efímero. Solo está disponible veinticuatro horas. Los *posts,* tanto las fotos como los vídeos, se quedan para siempre.

Pregunta: ¿Una *story* es una historia?

Respuesta: No, no exactamente..., son más bien momentos de la vida cotidiana que compartes con tu comunidad. O sea, con la gente que te sigue, con tus *followers.* He colgado una *story* cuando los niños han bajado. Simplemente he dicho que los niños estaban jugando en el jardín y que eso me daba un respiro y algo de tiempo para preparar la cena. Antes había colgado otra en Vélizy 2, cuando hemos comprado las zapatillas de Kimmy, tenemos un acuerdo con Nike, así que debo mostrar sus productos, en fin, es un poco complicado de explicar...

Pregunta: ¿Y esos vídeos pueden verse?

Respuesta: Sí, todavía están disponibles en mi Instagram. Luego se quedan en la carpeta «Archivos», yo soy la única que tiene acceso a ellos.

Pregunta: ¿A qué hora exacta ha colgado esa *story* en la que decía que sus hijos estaban jugando fuera?

Respuesta: No sé..., hacia las 17.15 o las 17.30.

Pregunta: ¿La gente que la sigue conoce la dirección de su casa?

Respuesta: No, no. En absoluto. Bueno, a lo mejor algunos sí, porque eso se sabe, en la escuela, en la comunidad de vecinos la gente sabe quiénes somos. Somos conocidos, así que supongo que lo comentan con sus amistades, que presumen de vivir en el mismo sitio que Kim y Sam. Yo no les dejo

72

jugar fuera muy a menudo, porque algunos niños se burlan de ellos. Ya sabe lo crueles que pueden llegar a ser los niños. O los padres dicen cualquier tontería y luego sus hijos la repiten. Un día, varios niños se metieron con Sammy y le dijeron cosas muy feas, cosas horribles. Le prohibí que volviera a verlos, que volviera a hablarles. Pero no eran los que jugaban fuera esta tarde, no era la pandilla de Kevin Tremplin, sino otros niños más pequeños con los que Kim y Sam se llevan bien: el pequeño Léo, la pequeña Maëva, el hijo de los Filloux, que ahora no me acuerdo de cómo se llama, es muy majo ese chaval..., por eso les he dicho que sí... *(Interrupción sollozos / varios minutos.)* Yo voy todos los días a buscar a mis hijos al colegio en coche, soy una mamá oso, ya me entiende. Nunca pensé que pudiera ocurrirles algo aquí, este es un complejo de alto *standing.* Puede que Kimmy esté herida, que se haya caído en algún agujero, tal vez habría que seguir buscando.

Pregunta: Así que usted ha colgado la *story* entre las 17.15 y las 17.30, y su hijo ha venido a decirle que no encontraba a su hermana a las 18.15, ¿es correcto?

Respuesta: Sí, algo así. Cuando ha subido, yo acababa de mirar la hora y me disponía a asomarme a la ventana para llamarlos. Estamos en una segunda planta y los había oído justo abajo pocos minutos antes. Sammy tenía que hacer los deberes, no quiero que se relaje ni siquiera en vacaciones, y el viernes es el día que solemos colgar nuestro vídeo en YouTube, así que tenemos que hacer una *story* en Instagram para anunciar que el vídeo está disponible.

Pregunta: ¿Cómo ha reaccionado cuando su hijo le ha dicho que no encontraba a su hermana?

Respuesta: He bajado enseguida. He llamado a mi hija por todo el jardín y en todos los sitios donde hubiese podido esconderse. He ido a casa de algunos vecinos que tienen niños, por si estuviera allí. Me sentía..., me sentía aterrorizada.

73

Pregunta: Ha dicho que «tienen que» hacer *stories* y cosas de esas, ¿es porque alguien se lo pide?

Respuesta: No, no, nadie nos lo pide, lo hacemos porque queremos, yo soy la que lo organiza todo, la que decide lo que colgamos en YouTube, en Instagram, es mucho trabajo, requiere estar activo continuamente y yo soy la que se ocupa de todo.

Pregunta: De modo que tenían que grabar una *story* para anunciar el vídeo, si he entendido bien.

Respuesta: Exacto. Por lo general, en nuestro canal Happy Break publicamos dos o tres vídeos por semana. Son unos vídeos muy elaborados, sobre todo últimamente, hacemos auténticos montajes, de eso se ocupa mi marido. Con estos vídeos familiares llenamos de contenido nuestro canal de YouTube, ese que le he enseñado, el que tiene cinco millones de suscriptores. Las *stories* son otra cosa. Las cuelgo en Instagram durante todo el día, para compartir lo que vivimos. Cuento lo que hacemos, dónde estamos, adónde vamos... A nuestros fans les encanta. También las usamos para anunciar los nuevos vídeos... No sé si me explico con claridad, estoy muy cansada, lo siento... Cuando llegue mi marido se lo contará mejor que yo.

Pregunta: ¿A Kimmy le gusta grabar esos vídeos?

Respuesta: Oh, sí, le encanta. A veces refunfuña un poco, sobre todo cuando está cansada, pero en realidad le gusta mucho tener tantos fans, imagínese, a su edad...

Pregunta: ¿Se le ocurre algún motivo, algún conflicto, alguna pelea, que pudiera justificar que Kimmy haya preferido esconderse antes que volver a casa?

Respuesta: No, no, para nada. Ningún motivo. Todo iba estupendamente.

*

Descripción de la niña en el momento de su desaparición:
6 años.

Pelo rubio, rizado, media melena.

Altura: 1,18 m, 20 kilos (constitución delgada).

Abrigo de plumas rosa con cuello de piel sintética.

Jersey rosa pálido.

Pantalones vaqueros ligeramente desteñidos.

Calcetines azul marino.

Zapatillas de deporte blancas.

Al día siguiente de la desaparición de Kimmy Diore, cuando aún no habían dado las seis, Clara preparó las bolsas precintadas con las pruebas recogidas la víspera para enviarlas a los diferentes laboratorios. Luego se enfrascó en la lectura de las primeras declaraciones de Mélanie Claux, tomadas en la comisaría de Châtenay-Malabry.

Al leer el documento, tuvo una sensación extraña. Faltaba algo. Algo que debería haberse dicho se había mantenido en silencio. Reflexionó unos instantes y evocó la impresión que le había producido Mélanie Claux. La mujer estaba aterrorizada, de eso no cabía ninguna duda. Pero había cierta esperanza en aquel terror. Minúscula, absurda, inconfesable, pero esperanza al fin y al cabo. Clara se dejó llevar un instante por semejante idea, hasta que fue entrando en razón.

Ser policía –y perseverar en ello– había modificado progresivamente su manera de pensar. La sospecha y la desconfianza se habían infiltrado en sus mecanismos mentales, adueñándose de sus afectos y propagándose como una enfermedad lenta e ineluctable. Dudar, ponerlo todo en entredicho, en eso consistía su profesión. Buscar la fisura, la incoherencia, la mentira. Dar la vuelta a las evidencias, a las intuiciones, a las impresiones. Indagar en las zonas oscuras y en los recovecos. «Aunque eso altere profundamente mi forma de ver las cosas», había tenido que aceptar. Una deformación profesional, se justificaba, de la que no se libra ningún policía.

Cuando desaparece un niño, la pista familiar es siempre la primera que se contempla. Peleas, celos, adulterio, intentos de separación o de fuga, toda una serie de motivos para el secuestro que hay que descartar cuanto antes. En los últimos años la familia Diore había ganado dinero. Mucho dinero. Seguramente bastante más de lo que Mélanie y su marido habían confesado. Hasta el punto de tentar a más de uno. De común acuerdo con el fiscal, la Brigada había decidido no activar el plan de alerta por secuestro. Más allá del temor al alboroto mediático, la difusión masiva de una foto de Kimmy podía asustar a los secuestradores e incitarlos a deshacerse de la niña. Tras sopesarlo detenidamente, habían optado por la discreción.

La sala de crisis se constituyó aquella misma noche. O «se armó», por usar la jerga policial, del mismo modo que se arma un batallón, un escuadrón o un buque. Se crearon varios grupos de trabajo a las órdenes del director adjunto de la Brigada: un equipo de investigadores se encargaría de interrogar a los vecinos, otro de localizar a posibles testigos, otro de rastrear las llamadas telefónicas y otro más de revisar las grabaciones de las cámaras de videovigilancia. Todos los grupos tenían que ponerse a trabajar a la vez y sin pérdida de tiempo: encontrar testigos, estudiar las agendas y los itinerarios de todas las personas cercanas a la familia, identificar los números de teléfono sospechosos utilizados en las inmediaciones, visionar las imágenes grabadas por las cámaras municipales y por las de los comercios de los alrededores. Toda la información debería compartirse en tiempo real a través del servidor. Un último grupo se estaba constituyendo, con la misión de detectar una eventual filtración a través de las redes sociales y de examinar con lupa los comentarios recibidos por Mélanie Claux en los últimos meses.

Si la Criminal había sido elegida para investigar el caso era por su capacidad de despliegue. Más allá de poder movilizar a varias decenas de agentes en una sola noche, contaba con expertos en todas las materias. Los jefes de sección, el jefe de grupo, su ayudante y su *procédurière* estaban convocados a las ocho de la mañana en la sala de crisis, contigua al despacho del jefe. Conforme entraban, fueron sentándose alrededor de la larga mesa que había en el centro. En la pared del fondo, una decena de pantallas mostraban en directo imágenes de la ciudad.

Lionel Théry, el director de la Brigada, saludó rápidamente a la asamblea. No estaba de humor para circunloquios. La voz firme, los gestos enérgicos, la frente fruncida, todo revelaba el estado de estrés en que se encontraba. Cada minuto era oro y no podían permitirse ningún paso en falso. El más mínimo error de apreciación podía condenarlos. La desaparición de un niño, más allá de la carga emocional que comportaba, tenía una repercusión mediática mayúscula y una capacidad para perjudicar la imagen de la Policía Judicial mil veces demostrada. La vida de una criatura de seis años estaba en juego. No sin esfuerzo, habían logrado el compromiso por parte de todas las redacciones de guardar silencio hasta nueva orden. Lionel Théry ignoraba cuánto tiempo duraría la tregua, pero de momento tenían la suerte de poder trabajar sin un enjambre de periodistas revoloteando en la acera. Un agente de la BRI (la Brigada de Búsqueda e Intervención) había pasado la noche en casa de los padres y tenía órdenes de permanecer allí para gestionar los eventuales contactos con los secuestradores. A lo largo de la mañana acudiría también al domicilio una psicóloga para ofrecer apoyo a Mélanie Claux y a su marido.

El director terminó recordando los principios que deben imperar en toda gestión de crisis: recopilar toda la información posible, analizarla y compartirla. Insistió en este último punto separando bien las sílabas: las pugnas entre grupos o entre polis lo sacaban de sus casillas. Un balance de la situación cada dos horas debería permitirles ir ajustando las prioridades.

Una vez trazadas las grandes líneas de la investigación, Cédric Berger miró a Clara, obtuvo su consentimiento tácito –imperceptible para alguien que no fuera él–, tomó la palabra y se dispuso a resumir las primeras conclusiones extraídas del trabajo realizado la noche anterior.

–El complejo residencial consta de dos accesos: uno para peatones y otro para vehículos. En principio, el primer acceso está cubierto por una cámara de videovigilancia municipal. Ya hemos emitido la solicitud para ver las cintas, deberíamos poder hacerlo a lo largo del día. Sin embargo, el acceso para vehículos, que se encuentra en una calle distinta, no está cubierto por ninguna cámara: la primera se encuentra a trescientos metros y está orientada hacia el otro lado. Se necesita un mando para entrar en el parking, situado bajo el edificio A y comunicado directamente con los trasteros y el cuarto de la basura. Solo tiene cuarenta plazas para un total de ochenta y cinco viviendas. Lamentablemente, el sistema no registra ni las entradas ni las salidas. El portero nos proporcionará hoy el listado de los residentes que poseen actualmente un mando. Dejadme recordaros también que anoche recogimos diversos objetos que fueron debidamente precintados, en particular el dudú de la niña, encontrado en el exterior, cerca de la zona de juegos. Podéis consultar en el servidor los planos del complejo residencial, del jardín, de los trasteros, del parking y de las calles adyacentes, elaborados por Clara. Por lo que respecta a los primeros testigos, una vecina asegura haber oído a un niño pidiendo ayuda al atardecer. La hemos citado esta mañana para tomarle declaración. Mélanie Claux estaba en casa, con la ventana abierta, y afirma no haber oído nada. El padre de la niña estaba en Lyon por motivos laborales y volvió a casa a las doce menos cinco de la madrugada, estamos comprobando que los datos sean ciertos.

Berger hizo una pequeña pausa, constató la excepcional atención de su auditorio y continuó:

–Un equipo volverá esta mañana para terminar la investigación de vecindario. Ayer citamos ya a algunas personas y varios vecinos vendrán a prestar declaración a lo largo del día. De momento nos decantamos por la hipótesis de un secuestro en coche, a través del parking. Allí es donde se pierde el rastro de la pequeña, tras haber pasado por el cuarto de la basura, según hemos podido confirmar. Puesto que nadie la ha visto salir, tampoco podemos descartar que se encuentre secuestrada en el interior del complejo residencial. El portero y su mujer han sido citados aquí esta mañana. Queremos saberlo todo. Quién es amigo de quién, quién se lleva mal con quién, las rencillas vecinales, los viejos conflictos enquistados, los celos y las mezquindades. Las declaraciones del pequeño Sammy y de todos los demás niños que estuvieron jugando al escondite las tomarán en la cuarta planta los colegas de la Brigada de Protección de Menores. Por lo demás, no hemos tenido ningún problema en localizar la dirección IP del autor del mensaje que mencionaba un negocio a la vista, recibido por Mélanie Claux a las nueve y media de la noche y enviado bajo seudónimo a través de una cuenta de Instagram creada al parecer recientemente. Se trata de un muchacho de quince años que vive en el propio complejo residencial. Varios agentes han salido hace un cuarto de hora para interrogarlo y registrar su domicilio. Confieso que, teniendo en cuenta el contexto, me parece una explicación demasiado simple.

–Tal vez los cómplices estén en otra parte –intervino uno de los jefes de equipo.

–Podría ser, pero no creo. Si el muchacho está implicado, no se trata de grandes profesionales. Por otro lado, Clara ha pedido permiso a la Fiscalía para poder pinchar los teléfonos móviles de los padres de Kimmy Diore.

Cédric se volvió hacia Clara para saber si tenía algo que añadir, pero antes de que pudiera abrir la boca, Lionel Théry retomó la palabra para dar por zanjada la reunión.

–Está bien. Nos vemos aquí en dos horas para hacer un nuevo balance.

Se oyó un murmullo de aprobación, y el aire del pasillo entraba ya por la puerta cuando Clara levantó la voz para preguntar:

–¿Y quién se encarga de mirar los vídeos?

Cédric Berger la observó con cara de desconcierto.

–¿Te refieres a los comentarios en las redes sociales? Acaban de decir que hay un equipo que...

–No –lo interrumpió Clara–. Me refiero a los vídeos en sí. Los que cuelgan en YouTube y con los que se han hecho tan ricos y tan famosos. Hay que saber por qué tienen tanto éxito...

Cédric Berger no era alguien a quien pudiera pillarse desprevenido tan fácilmente.

—Hazlo tú. Envía las pruebas al laboratorio y luego ponte con ello. ¡Y no dejes de decirnos si hablan correctamente francés!

En otras circunstancias, todo el mundo se habría reído y Clara no habría sido una excepción.

Durante el impasse de aquella noche, que no fue de somnolencia, sino más bien de entumecimiento, las imágenes de su hija no dejaron de pasar por la cabeza de Mélanie. Y cada vez que se sentía caer en algo parecido al sopor, un sobresalto de pánico –con su breve descarga de adrenalina diez veces repetida– la devolvía a la realidad. Kimmy había desaparecido. Sin embargo, hacia las cinco o las seis, gracias a un somnífero caducado que encontró en el botiquín, había terminado por quedarse dormida una hora, quizá algo más.

Durante el impasse, de todos los momentos que habían acudido a su mente con terrible nitidez, como si el miedo le ofreciese un acceso inédito a sus recuerdos, destacaba el día en que Kimmy había aprendido a mirar a cámara. Por entonces, Mélanie aún grababa los vídeos en el salón. Le había explicado a Kimmy que para hacer como las mujeres del tiempo tenía que fijar la vista en el objetivo. Para una niña tan pequeña no era fácil entender que había que mirar a la cámara y no a su madre, incluso cuando respondía a sus preguntas, para dar así al espectador la impresión de estar dirigiéndose a él. Y es que era fundamental que cada niño, cada adolescente, reclinado sobre su tableta o sentado frente a su ordenador, pudiera creer que Kimmy y Sammy mantenían con él una relación de igual a igual. Con toda su buena voluntad, Kimmy había necesitado varios intentos antes de conseguir mantener la mirada en el lugar adecuado. Cuando sus ojos se desviaban, Mélanie agitaba la mano para llamar su atención y señalaba el objetivo con un gesto. Tras algunos titubeos, Kimmy no tardó en asimilar el método. A los pocos días se había convertido en un automatismo. Era una niña muy despierta. Al principio, Mélanie no salía en los vídeos. Se limitaba a guiar a sus hijos, a hacerles preguntas, a interactuar con ellos sin que se le viera la cara. Kimmy estaba siempre seria, concentrada. Se esforzaba por memorizar los textos y volvía a empezar las veces que hiciera falta. Quería contentar a su madre. Quería que la felicitara.

Varias semanas después, una tarde, Kimmy le preguntó:

–¿Y tú por qué no vienes aquí con nosotros?

Mélanie sonrió y se acercó a su hija.

–Porque tú eres la más guapa, mi amor.

Kimmy, preocupada, insistió:

–¿Tienes miedo?

–No, para nada, ¿miedo de qué?

–De quedarte encerrada.

–¿Encerrada dónde?

Kimmy señaló la pantalla con un dedo. Mélanie no acababa de entender a qué se refería. Su hija siempre había tenido mucha imaginación y no era raro que tuviese pesadillas.

–Claro que no, mi amor, nadie se queda encerrado ahí dentro.

En otra ocasión, cuando Mélanie se disponía a grabar un vídeo en el que Kimmy tenía que sacar de sus cajas y mostrar a cámara las nuevas muñecas Dolly Queens, Sammy se puso a llorar porque él no participaba en la grabación. No había manera de consolarlo. Kimmy, conmovida al ver a su hermano tan triste, le propuso que abriera las cajas por ella y hasta lo animó a decir a cámara cuál de todas le parecía la más guapa. Sammy se calmó, feliz de haber conseguido un papel en la historia, pero Mélanie se vio obligada a decirle que no: la marca exigía claramente que fuese una niña quien desenvolviera las cajas y mostrara a cámara las muñecas. Entonces Kimmy se acercó a su hermano y lo abrazó, como lo habría hecho una madre.

¿Por qué solo le venían a la memoria aquellos momentos melancólicos, si se habían reído tantas y tantas veces? La verdad era que en los cuatro últimos años se lo habían pasado pipa. Happy Break había sido un regalo que Mélanie le había hecho a su familia. Un regalo que había iluminado sus vidas.

Hacia las siete, al despuntar el día, Mélanie se levantó y se dirigió sigilosamente al cuarto de su hijo. Se encontró a Sammy acostado de espaldas, con los ojos muy abiertos y la sábana hasta la barbilla. Se acercó a la cama, se arrodilló sobre la moqueta y le acarició la frente. La cara del muchacho pareció relajarse con el contacto materno.

Mélanie no se atrevió a hablar por miedo a que su voz revelara la inquietud que sentía.

–¿Tú crees que Kimmy volverá? –preguntó Sammy al cabo de unos segundos.

–Sí, claro que sí, mi amor.

El chico permaneció callado unos instantes antes de añadir:

—¿Ha sido culpa mía?

—No, pichoncito, claro que no. Tú no tienes la culpa de nada en absoluto. Eres un hermano mayor adorable.

No pudo añadir nada más. La voz le había empezado a temblar. Acarició la mejilla de su hijo una última vez y se levantó sin decir palabra.

En la cocina encontró a Bruno y al negociador sentados a la mesa tomando café. Bruno no se había acostado y había pasado la noche en un sillón del comedor donde sin duda habría echado alguna cabezada. Cuando Mélanie entró en la cocina, dejaron de hablar y el hombre, cuyo nombre había olvidado, se levantó para cederle su sitio.

«Así que vamos a tener que aguantar a este tío todo el día», pensó mientras se dejaba caer en la silla.

No estaba segura de tener fuerzas suficientes.

Fuerzas para comer y beber agua.

Para seguir contestando a preguntas y más preguntas.

Para ver a la psicóloga.

Para llevar a Sammy a la Brigada Criminal a prestar declaración.

Para sobrevivir a aquel día que no había hecho más que empezar.

DESAPARICIÓN DE LA NIÑA KIMMY DIORE

Asunto:

Acta de la declaración de Sammy Diore.

Tomada el 11 de noviembre por Aude G., oficial de policía en la Brigada de Protección de Menores, asistida por Nicole B., psicóloga.

(Extractos.)

Pregunta: ¿Puedes contarme cómo fue la partida de escondite en la que desapareció tu hermana?

Respuesta: Pues... era la tercera ronda y me tocaba buscar a mí. Empecé a contar y entonces, cuando iba por treinta o algo así, me di un poco la vuelta. No quería hacer trampas, pero vi a Kimmy corriendo hacia el cuarto de la basura. Pensé que iba a esconderse allí, en vez de quedarse en el jardín, como habíamos dicho, y no me hizo mucha gracia, porque apesta y no me gusta entrar. Luego seguí contando hasta trescientos, como habíamos decidido. Antes contábamos hasta cien, pero era demasiado corto. Cuando llegué a trescientos grité «trescientos» y me puse a buscarlos. Enseguida vi en el jardín a Maëva, que estaba detrás de los columpios de madera; luego vi a Ben, que había salido de su escondite porque le daba miedo quedarse solo, y después a Léo. Nos pusimos a buscar a Simon todos juntos, porque se estaba haciendo tarde, fue Maëva la que lo encontró, estirado en el suelo detrás de las bicis. Solo quedaba Kimmy, así que bajamos todos al cuarto de la basura, pero no estaba.

Pregunta: ¿Y qué pensaste en ese momento?

Respuesta: Que se había escondido muy bien.

Pregunta: ¿Y dónde creíste que se había escondido?

Respuesta: En el parking, debajo de un coche, porque se puede ir directamente desde el cuarto de la basura. Pensé que mamá le echaría una buena bronca si se había arrastrado por el suelo, porque a veces se ensucia aposta y mamá se enfada...

Pregunta: ¿Fuiste a buscarla al parking?

Respuesta: Sí, con Maëva y Simon. Ben se quedó arriba con Léo porque le daba miedo. Dimos una vuelta, miramos debajo de los coches, pero no la encontramos. Yo no quería quedarme mucho rato porque a nuestros padres no les gusta que juguemos en el parking, es muy peligroso.

Pregunta: ¿Y entonces fuiste a avisar a tu madre?

Respuesta: Sí.

Pregunta: ¿Tenías miedo de que a tu hermana pequeña le hubiera pasado algo?

Respuesta: Sí. Me dio miedo porque normalmente no sabe esconderse tan bien.

[...]

Pregunta: Antes me has dicho que a veces Kimmy se ensucia adrede, ¿sabes por qué lo hace?

Respuesta: Sí, por ejemplo cuando grabamos los vídeos, los miércoles o los viernes al volver del cole, o los domingos, mamá siempre nos dice la ropa que tenemos que ponernos para el rodaje. Nos peina, nos prepara y todo eso. Entonces Kimmy se mancha la camiseta o el vestido justo antes de empezar. Se moja, se salpica o se tira algo encima expresamente, un zumo de granada, por ejemplo. Mamá se pone echa una furia. Igual que cuando Kimmy hace como si no la oyera cuando mamá la llama para grabar los vídeos.

Pregunta: ¿Por qué crees que lo hace?

Respuesta: Pues no sé..., es su carácter. Últimamente no quiere jugar a lo que no le gusta, no quiere repetir las grabaciones cuando se equivoca con el texto, no quiere disfrazarse de princesa, no le gusta Frozen cuando a mamá le encanta. A veces dice que está cansada, que no quiere hacer algo o que está harta... y mamá se molesta mucho.

Pregunta: ¿Y qué dice tu mamá cuando se molesta?

Respuesta: Le dice que ya le vale. Que tenemos mucha suerte de lo que nos pasa, de los millones de seguidores y todo eso, del montón de niños que nos quieren, que nos piden selfis y autógrafos en los encuentros, que hacen cola durante mucho tiempo para vernos, a veces incluso horas, y que el sueño de esos niños sería estar en nuestro lugar, y además ahora nosotros somos los primeros, los preferidos de los niños franceses en YouTube, más que Mélys y Fantasia, más que los del Club del Juguete, más que Liam y Tiago de La Banda de los Dudús, los hemos superado a todos. Entonces mamá le dice a Kimmy que se vaya a cambiar deprisa y corriendo o no volverá a salir en los vídeos y entonces nadie la querrá y se va a enterar de lo que vale un peine.

Tom Brindisi era un adolescente de quince años, hijo único de un matrimonio de floristas que regentaba una tienda en el centro de Sceaux. Lo detuvieron nada más levantarse de la cama, poco después de que su madre saliera hacia la floristería, y lo llevaron junto a su padre al Bastion, donde Cédric Berger lo interrogó, asistido por una agente de la Brigada de Protección de Menores. Una primera versión de su declaración, transcrita por esta última, estaba ya disponible en el servidor.

Hacia las siete de la tarde del día anterior, a causa de las idas y venidas en el jardín, el adolescente se había enterado de la desaparición de Kimmy Diore. Sin tomarse demasiado en serio el asunto (pues estaba convencido de que la niña seguía escondida), tuvo la ocurrencia de asustar a la madre de Kimmy haciéndole creer que se trataba de un secuestro. En un pispás se abrió una cuenta en Instagram y le envió el siguiente mensaje: «Niña desaparecida, negocio a la vista.» No había calibrado la gravedad de sus actos y reconocía, a la luz de lo ocurrido, que había gastado una broma de muy mal gusto. Tras darse cuenta de que la niña había desaparecido de verdad, no había podido pegar ojo en toda la noche.

Aunque sus remordimientos fueran sinceros, el adolescente no ocultó su animadversión hacia Mélanie Claux. En el acta de la declaración podían leerse frases como «ha manipulado a sus hijos desde el principio», o incluso «los explota y gana una pasta, no soy el único que lo piensa». Varios meses atrás, para denunciar la vergüenza y la humillación (palabras textuales) a las que Mélanie Claux sometía a sus hijos, Tom Brindisi había lanzado en Twitter el *hashtag* Salvad a Kimmy y Sammy, que había tenido una gran repercusión. Los padres de Tom, atareados con la floristería, no se habían enterado de la polémica generada en las redes sociales entre los partidarios de Kim, Sam y su madre, por un lado, y los que se mostraban indignados por la frecuencia de los vídeos y su contenido publicitario apenas disimulado, por el otro. El *hashtag* había hecho efecto, pero algunos habían aprovechado la ocasión para ridiculizar a los hermanos (especialmente a Sammy), algo que Tom Brindisi decía lamentar. No le gustaba nada aquella mujer y había querido asustarla, eso era todo. Según él, muchas cuentas de YouTube se ensañaban con Happy Break y Minibus Team, su principal competidora. En varias ocasiones aludió al Caballero de la Red, un joven treintañero cuyo canal tenía muchos seguidores y que llevaba años grabando vídeos en los que denunciaba los peligros y las derivas de YouTube. En una sección titulada «YouTube se va a pique», el Caballero de la Red había arremetido en más de una ocasión contra el canal Happy Break. Tom Brindisi se consideraba discípulo suyo.

Tras varias horas en el Bastion y el convincente sermón de Cédric Berger, le dejaron volver a casa. Teniendo en cuenta su edad, de momento quedaría bajo arresto domiciliario. Si bien aún quedaban por verificar bastantes

91

detalles sobre su agenda y sobre el contenido del disco duro de su ordenador, el jefe de grupo descartaba su implicación real en la desaparición de Kimmy Diore.

Clara dedicó la jornada a completar la constatación de los hechos y a enviar las pruebas a los distintos laboratorios, en particular el dudú de Kimmy, que la niña llamaba Dudú-sucio y en el que esperaba encontrar algún rastro de ADN ajeno a la familia.

Por lo general, Clara trabajaba en homicidios. La constatación podía durar varios días. Luego había que encontrar al autor de los hechos. Podía pasar mucho tiempo, meses, incluso años. La muerte era el punto de partida de la investigación. La muerte era un hecho, un dato: se había producido un drama, un drama que debía ser castigado pero que nunca podría ser reparado.

Esta vez, sin embargo, estaba en sus manos desviar el curso de los acontecimientos. En manos de *ellos,* pero no de ella. Por primera vez se sentía impotente. Atenazada. Pues una vez terminada la constatación de los hechos, dejaba de estar en primera línea. Ahora le tocaba esperar. Y la espera se le hacía insoportable. Aunque cada fase de la instrucción, cada pista abierta o cerrada, acabase pasando por escrito y con algo de retraso por sus manos, aunque nada pudiese escapar a su ojo escrutador, Clara odiaba aquella sensación de latencia.

Cada dos horas, al otro extremo del pasillo, se hacía balance en la sala de crisis, pero ella ya no participaba.

Afortunadamente, Clara y Cédric ocupaban el mismo despacho y este tenía por costumbre compartirlo todo con ella. Apreciaba sus opiniones, sus reacciones y se dejaba guiar a menudo por sus intuiciones.

De modo que, cada vez que volvía de la sala de crisis, la ponía al corriente de la situación.

Con el paso de las horas, fueron aclarándose algunas cosas.

La mujer que aseguraba haber oído gritos resultó estar sorda como una tapia. El volumen habitual del televisor, en cualquier caso, no le habría permitido oír ningún ruido procedente del exterior. Sin embargo, entre los testimonios recogidos, dos personas dijeron haber visto, hacia las seis de la tarde, un coche rojo saliendo del parking: una inquilina del edificio A, que esperaba la vuelta de su hijo asomada a la ventana, se había fijado en el vehículo porque había dudado de la dirección que debía tomar, mientras que un profesor del edificio C, que volvía del colegio donde enseñaba, recordaba haber cedido el paso a un coche rojo de pequeñas dimensiones. Según la primera, lo conducía un hombre e iba solo; según el segundo, lo conducía una mujer e iba con un niño en la parte de atrás. «Hay que ser policía para conocer la fragilidad de un testimonio», había apostillado Cédric, una frase que le encantaba decir aun a riesgo de repetirse. Esta en particular no era muy alentadora, pero su tono sentencioso lo reconfortaba.

El análisis de las cintas de videovigilancia que cubrían la salida de peatones concluyó rápidamente. Si algo estaba claro, era que la niña no había pasado por allí. Sin descartar la posibilidad de que estuviera secuestrada dentro del complejo residencial (pues no habían podido visitar aún todos los apartamentos), el rapto en coche seguía siendo la principal hipótesis.

Por la tarde, tras una nueva valoración de los hechos, Cédric volvió al despacho algo menos abatido. La investigación en el vecindario empezaba a dar sus frutos. La familia Diore no era del agrado de todos y abundaban los rumores.

–Estoy seguro de que esto te va a gustar –dijo Cédric.

Clara arqueó las cejas en señal de impaciencia.

–Parece ser que los Diore viven en una burbuja, digamos que no se mezclan demasiado con los demás. Al principio participaban en las fiestas vecinales, en los aperitivos, en todas las actividades comunitarias, pero poco a poco, tras su éxito, se han ido aislando. La mayoría de los vecinos compró su vivienda en plano, a mediados de los noventa, dejándose seducir por un proyecto inmobiliario considerado de gama alta. Hace dos o tres años, los Diore compraron un estudio colindante para convertirlo en un plató de rodaje. Algunos sospechan que no tardarán en mudarse. Mélanie se ha vuelto una esnob y Châtenay-Malabry ya no es suficientemente chic para ella. Por lo que parece, se han comprado una casa en el sur con la idea de irse a vivir allí algún día. Hay quien habla también de un apartamento en la montaña, te confieso que la gente parece estar bastante bien informada. Desde hace dos años, Kim y Sam ya apenas juegan con los otros niños del complejo residencial. A su madre no le gusta que se mezclen con los hijos de los vecinos y además, según dicen algunos, se pasan todo el tiempo libre grabando los famosos vídeos. Hace algunos meses se difundió el rumor, tanto por internet como por el barrio, de que Sammy estaba sufriendo acoso. Algunos niños estarían burlándose de él, dándole empellones y hasta chantajeándolo. Parece ser que Mélanie desmintió todos estos rumores en un vídeo que colgó en su canal de YouTube. Pero los vecinos aseguran que ese es el motivo de que hayan cambiado de escuela. Y lo cierto es que desde el año pasado los dos hermanos estudian en un colegio privado de Sceaux. Mélanie los lleva y los va a buscar en coche todos los días. Según algunos, la niña es la estrella del canal. Tenía dos años y medio cuando empezaron, los seguidores la han visto crecer, se les cae la baba con ella. Parece ser que firma más fotos que su hermano cuando participan en sesiones de dedicatorias y que hay más fans que quieren hacerse selfis con ella que con él. De ahí a imaginar que haya querido deshacerse de su hermana..., un accidente..., con solo ocho años..., ya ves por dónde van los tiros, eso es lo que algunos pretenden insinuar. Pero una cosa está clara: ningún vecino ignora la actividad a la que se dedican, ni los beneficios que comporta.

Clara salió del Bastion hacia las ocho. Como de costumbre, volvió a casa caminando: mucho mejor una hora de marcha que la congestión de la línea 13. Necesitaba respirar.

Avanzaba a paso rápido, mirando al suelo y repasando mentalmente las últimas informaciones procedentes de la sala de crisis, cuando un hombre que caminaba en sentido contrario se detuvo para dejarla pasar.

–¿Cuántos años tienes? –le espetó como si hablara con una niña pequeña.

De la calle surgían observaciones absurdas, extrañas, a veces significativas, como había podido constatar en más de una ocasión. Frases cuyo alcance y cuyo efecto tardaba un rato en procesar. Una vez, un hombre de mirada vidriosa, desorientado, probablemente con algún trastorno psíquico, la había parado en mitad de la calle para preguntarle: «Pero ¿dónde están tus padres?» Y en otra ocasión, una mujer a la que había dejado pasar en la cola de una tienda le había dicho, sin asomo de estar bromeando: «Usted ve a través de la gente.»

En semejantes circunstancias, Clara siempre se preguntaba si había algo en ella que propiciaba la intromisión o el comentario, o bien si aquel tipo de situaciones le ocurrían a todo el mundo y el azar hacía que en su caso se repitieran con mayor frecuencia.

A oscuras, de lejos, la confundían con una adolescente. Incluso con una niña. De cerca, se encontraban con una mujer adulta, de mirada inquieta.

A sus treinta y tres años, se sentía en un impasse. Ni joven ni vieja. Kimmy Diore tenía seis años. A esa edad no hay duda de que eres pequeña. Pequeña y vulnerable. En las fotos proporcionadas por sus padres, podía apreciarse su carita armoniosa, sin una sola arruga, con aquellos enormes ojos de personaje de manga. Su desaparición había enrarecido el ambiente en la comisaría. Como si un estado febril, una tensión particular flotase en el aire. Seguramente se debía al hecho de que la mayoría de sus colegas eran padres. Y a que todos habían pensado al menos por un instante: «¿Y si me hubiera pasado a mí?»

Cuando todavía estaban juntos y él aún vivía en París, Thomas le había preguntado si algún día le gustaría formar una familia. Una expresión que, viniendo de aquel hombre cuya aparente libertad –de palabra, de movimiento, de improvisación– tanto la impresionaba, le había hecho sonreír. Él había insistido y Clara había acabado reconociendo que no, que no quería tener hijos. En un mundo como aquel, lleno de trampas, de callejones sin salida, de desastres inminentes como los que ella percibía por todas partes, tener hijos suponía una debilidad, una inconsciencia a la que había renunciado. Además, los niños morían igual que los padres, nadie mejor que ella para saberlo, y no quería verse mezclada nunca más, personalmente, en una historia así. Acababan de hacer el amor en casa de

Thomas, en aquel piso abuhardillado en el que Clara se sentía tan fuerte, tan liberada, tan deseable, y una sombra cubrió fugazmente el rostro del hombre. No era de reproche, ni siquiera de decepción, pero quizá era el principio de un distanciamiento.

Clara siguió su camino sin responder al tipo que la había interpelado.

Al llegar a su barrio, entró en un supermercado a comprar algo para cenar —una lata, una bandeja, pensó, cualquier cosa que pueda comerse quitando simplemente la tapa—, consciente de estar reproduciendo dos estereotipos: el del poli solitario (aunque ella no estuviera divorciada) y el del soltero urbanita (aunque ella en días *normales* cocinaba).

Nada más llegar a casa se dio una ducha, se puso cómoda y encendió el ordenador portátil. Tenía toda la noche por delante y muchas cosas que entender.

DESAPARICIÓN DE LA NIÑA KIMMY DIORE

Asunto:

Descripción (por género) de los vídeos del canal Happy Break disponibles en YouTube.

EL *UNBOXING*

(Hasta veinte millones de visitas.)

Ambos hermanos, generalmente sentados uno al lado del otro, abren paquetes «sorpresa» como si hubieran caído del cielo.

La voz de Mélanie, dinámica y jovial, los va guiando paso a paso mientras les quitan el envolotorio: «¡Venga, abridlo del todo!», «¿A ver qué hay dentro?», «Uy, estoy viendo una cosita...», «¿Qué será esa cajita verde?», «Venga, ponedle las pilas!», «¡Pero si se puede jugar con dos mandos, cómo mola!».

Los niños parecen extasiados y muestran su alegría: «¡Hala, qué pedazo de caja!», «¡Es superchachi!», «¡Toma ya!».

Kim y Sam, cuando ya los han sacado de las cajas, prueban los dispositivos, los juegos de mesa o las videoconsolas.

Una de las muletillas de Sammy: «¡Qué pasote!»

Una de las muletillas de Kimmy: «¡No me lo puedo de creer!»

El aburrimiento adoptaba formas extrañas, ocultas. El aburrimiento se disimulaba y evitaba verbalizarse. Tras el nacimiento de Sammy, una vez superadas las noches interrumpidas por la lactancia o los llantos del bebé, por mucho que Mélanie Claux luciera un nuevo corte de pelo, hubiera perdido varios kilos y estuviera en buena forma física, justo cuando parecía que su vida había alcanzado una velocidad de crucero, empezó a llorar. A menudo sucedía por las mañanas, pocos minutos después de que su marido se hubiera ido a trabajar. Su vida transcurría en un orden previsible y ella era perfectamente consciente de ello. Por lo general, esto la tranquilizaba, pero algunos días le provocaba una especie de vértigo, de náuseas. A las ocho, Bruno jugaba un poco con el bebé, cinco o diez minutos después miraba la hora, decía uy, me tengo que ir, la besaba, cogía el abrigo o el chubasquero y daba un portazo al salir. Mélanie tenía entonces la impresión de que su cuerpo se precipitaba al vacío, no a un gran vacío, sino más bien a una especie de agujero miserable disimulado en el apartamento. Intentaba entonces distraer a su hijo (al que fascinaban las marionetas de dedo), antes de meterlo en la cuna para la siesta matutina. Luego volvía a la cocina, recogía las cosas del desayuno, pasaba la bayeta, ponía el lavavajillas, se dejaba caer en una silla y lloraba durante unos veinte minutos. Más tarde, en algún momento del día, se descubría de pie en el salón, sin hacer nada, con los brazos inertes a ambos lados del cuerpo. Mientras el niño dormía o jugaba solo y relajado en su corralito, ella permanecía así, inmóvil frente a la ventana pero sin mirar al exterior, sin mirar nada en concreto, o quizá mirando en su interior aquella planicie monótona e insulsa. Podía pasarse así un buen rato, ignorando los ruidos que venían de fuera, el timbre del teléfono o los berridos de Sammy queriendo llamar su atención, y había en aquella ausencia una sensación muy agradable, como de estar flotando, una sensación casi de bienestar, de la que cada vez le costaba más sustraerse. A veces llevaba a Sammy al parque, pero al llegar a la puertecita metálica pasaba de largo. No tenía ánimos de hablar con otras mujeres, mujeres que tampoco trabajaban o niñeras que se encontraban todos los días a la misma hora junto al viejo arenero, no tenía ganas de fundirse con el decorado y mucho menos de integrarse en un grupo cualquiera. Así que seguía andando, cada vez más deprisa, empujando el cochecito, abriéndose paso a ciegas, como el mascarón de proa de un barco a la deriva. En días así, solía acabar en el parque de Sceaux, deambulando por los senderos hasta que oscurecía, buscando una embriaguez que pudiera colmar aquel vacío sin nombre.

Mélanie Claux pasó buena parte de su embarazo viendo *Los ángeles de la telerrealidad*. La primera temporada, emitida durante el invierno de 2011 en un canal de la TDT, tuvo un éxito considerable. Antiguos concursantes de otros *reality shows* habían sido seleccionados para participar en el nuevo programa, entre los que Mélanie reconoció enseguida a Steevy, una de las figuras emblemáticas de la primera temporada de *Loft Story.* Ya no era el chaval de veinte años con el pelo oxigenado al que había visto reír y llorar, había sobrevivido a la fama y había madurado. Los demás habían sido elegidos por su buen hacer en *Secret Story* o en *La isla de las tentaciones,* programas que habían marcado la juventud de Mélanie y de los que no se había perdido, como quien dice, ni un solo episodio. Los conocía a todos: a Marlène, a Cindy, a Diana, a John-David. Habían tenido suerte la primera vez, el público los había visto y adorado, y ahora les ofrecían una segunda oportunidad, la posibilidad de volver a empezar, de relanzar sus carreras o de consolidarlas. Pero a ella, a la Mélanie de *Cita en la oscuridad,* cuya aparición había sido demasiado fugaz como para haber dejado huella, nadie había venido a buscarla. Nadie le había propuesto encerrarse en aquel magnífico chalet de Beverly Hills «para cumplir su sueño y hacerse famosa», como prometían *Los ángeles de la telerrealidad.* Nadie había pensado en ella, porque todo el mundo la había olvidado.

Mélanie había tenido su oportunidad y la había dejado escapar. Cada vez que pensaba en aquel episodio (término que ella misma utilizaba, en consonancia con la idea que se hacía de su propia vida, que imaginaba dividida en temporadas, en el sentido televisivo del término, a su vez segmentadas en episodios, a pesar de su innegable monotonía), Mélanie consideraba que había fracasado. Jamás se le había pasado por la cabeza que algún otro motivo, relacionado con la economía o con las exigencias de aquel sistema al que deseaba pertenecer, pudiera explicar su fracaso. No. Ella era la única culpable. Había dejado escapar el tren.

Poco después del primer cumpleaños de Sammy, siguiendo los consejos de Bruno, que la veía un poco triste, Mélanie se abrió una cuenta en Facebook. Bruno había insistido: Facebook estaba arrasando en Francia y en todo el mundo, ya era hora de que lo probara. Aunque no tuviera muchos amigos, le permitiría conocer gente y retomar el contacto con colegas a los que había perdido la pista. Lo había dado todo por la casa y por el hijo, ahora le tocaba abrirse al exterior.

Poco tiempo después, Mélanie ya no lloraba por las mañanas, ya no se quedaba en casa con la mirada perdida, ya no vagaba por los senderos del parque. Aprovechaba cada siesta y cada pausa para conectarse al Facebook. Tenía nuevas relaciones, colgaba fotos, dejaba comentarios, daba *likes* a las imágenes y a los comentarios de los demás, miraba cómo la gente vivía y mostraba lo mejor de sí misma. Durante varios meses, aquello había sido suficiente para colmar la sensación de vacío. Había mantenido conversaciones con otras madres, había intercambiado consejos y recetas, había entrado en contacto con una asociación que militaba activamente por la lactancia materna. Tenía la impresión de haber encontrado su lugar en el mundo, un sitio donde poder existir.

Una buena mañana, una de sus amigas virtuales la *nominó* para participar en el Motherhood Challenge, un reto procedente de Estados Unidos y centrado en las alegrías de la maternidad. El principio era de lo más sencillo: debía colgar en la red social cuatro fotos representativas del «orgullo de ser mamá» y etiquetar a las mujeres de su entorno que ella considerara buenas madres. Sammy era un bebé guapo, despierto y mofletudo, y a Mélanie le pareció una idea estupenda. Además, se merecía el título de supermamá por lo mucho que se esforzaba en seguir los consejos a veces contradictorios de las revistas dedicadas a la primera infancia a las que se había suscrito nada más casarse. Encontró en su ordenador cuatro fotos que parecían reflejar la plenitud materna: una foto suya en la playa, tomada por Bruno durante su embarazo con una maravillosa luz de atardecer; una foto de Sammy con gorrito de algodón la mar de cuco, pocas horas después de nacer; otra foto suya con un portabebés en el que Sammy se había quedado dormido con la boca abierta. Y, para terminar, una foto reciente de los tres, sonrientes y relajados, sentados como la familia real en el sofá del salón. Mélanie había sabido combinar bien los colores y las fotos componían una armoniosa estampa, dominada por los tonos ocres y malvas. Recibió montones de felicitaciones.

A partir de entonces, Mélanie colgó regularmente fotos de Sammy en su cuenta de Facebook, fotos que cosechaban un número creciente de *me gusta* y de comentarios elogiosos, a medida que ella imaginaba nuevos cuadros y decorados para mostrar a su hijo. Estaba feliz. La falta de deseo sexual de Mélanie por su marido era un tema del que nunca hablaban. Ella lo quería, pero ya no tenía ganas de hacer el amor con él. En los foros de internet había leído numerosos testimonios de mujeres que habían pasado por una fase parecida, que podía tener su explicación en la bajada de las hormonas, en el desgaste de la pareja, en un sobredimensionamiento del papel de madre en detrimento del de mujer o en la monotonía de lo cotidiano... Según la naturaleza del problema, se proponían distintas soluciones, todas ellas respaldadas por diferentes testimonios: fines de semana en pareja, lencería sexy, aumentar el tiempo dedicado a la relación, consultar a un sexólogo, echarse un amante.

En todos los casos, se recordaba que «el apetito llega comiendo».

Cuando volvió a quedarse embarazada, Mélanie tuvo que permanecer acostada varias semanas para evitar un parto prematuro. Las numerosas contracciones habían alarmado al ginecólogo. En su Facebook prefirió omitir dicho contratiempo, pues no se correspondía con la imagen que ella se hacía de una *supermamá*. Una *supermamá* tenía que vivir su embarazo sin sombra alguna, repintar ella misma el cuarto del bebé y colgar las cortinas subida a un taburete y estirando bien los brazos tres días antes de parir. No obstante, siguió interactuando a través de la red social, buscando consejos sobre la acogida de un hermanito o una hermanita por parte del primer hijo, sobre las mejores marcas de sillitas para el coche, sobre los problemas dentales ocasionados por un uso prolongado del chupete y sobre otros temas de interés variable, no tenía problema en admitirlo, y sobre todo coyuntural. El tiempo pasaba volando. A veces participaba en discusiones sobre lactancia o sobre cuidados infantiles, pero la agresividad creciente que observaba en la red acababa por desmoralizarla. Mélanie no soportaba el conflicto. Soñaba con un mundo de solidaridad y de intercambio. Un mundo en el que ella sería la reina.

Unos meses antes, tras la jubilación del señor Claux, los padres de Mélanie dejaron el centro para irse a vivir a una casa en las afueras, a pocos kilómetros de La Roche-sur-Yon. La casa no era muy grande, pero los anteriores propietarios habían construido una piscina en mitad del jardín que había motivado en buena parte la decisión de comprarla. Sandra, la hermana de Mélanie, se había casado con un buen mozo de la zona, hijo de un agente de seguros y agente de seguros él también. La madre de Mélanie iba poco a París, y menos aún desde que Sandra había tenido tres hijos en apenas dos años: primero dos gemelos y una niña catorce meses después. Los padres de Mélanie eran dos abuelos encantados de la vida que no paraban de colgar fotos de sus nietos en Facebook. Imágenes alegres y coloridas, tomadas en la piscina, en el minigolf, en la pista de patinaje o paseando por el bosque. A juzgar por aquellos reportajes, eran los abuelos soñados: activos, entregados, siempre disponibles. Sin embargo, nunca se ofrecían para quedarse con Sammy, con el argumento de que se peleaba con Killian, uno de los gemelos de Sandra. En realidad, la culpa era de Killian, un niño malicioso y autoritario, pero Mélanie no quería plantear las cosas de forma tan agresiva. En tres años, sus padres se habían quedado con su hijo una sola vez, un fin de semana largo, y al devolvérselo le dijeron que Sammy se había estado quejando todo el tiempo de la comida y que no parecía demasiado contento de haber pasado unos días con ellos. No lo habían vuelto a intentar. Una vez más, su hermana había ganado. En todos los frentes, en todos los ámbitos, Sandra había sabido contentar a su madre. Era ella la que bailaba en primera línea en el espectáculo de fin de curso, la que vigilaba a la clase cuando la maestra se ausentaba, la que se ocupaba del estand el día de puertas abiertas, la que sonreía encantadoramente a los invitados. Incluso había encontrado un marido capaz de entenderse con su padre, lo cual era una auténtica proeza, por no decir un milagro. Su hermana estaba dotada para la costura, la repostería, la decoración de interiores. Todo lo que Sandra se proponía parecía conseguirlo. Además, había estado siempre allí, sin moverse, al lado de sus padres. *Y nunca se había dado aires de grandeza.* En Semana Santa o en Navidades, cuando se reunía toda la familia, la madre de Mélanie siempre se alegraba más de ver a su hermana. Era algo imperceptible, un tono de voz una octava más agudo, un movimiento del cuerpo más vivo, más espontáneo, pero a Mélanie no se le escapaba aquella diferencia en el trato, aquel plus de entusiasmo y de calidez. Descubrir casi a diario las fotos de los hijos de su hermana publicadas por su madre en Facebook se convirtió para ella en un auténtico martirio. A veces incluso se ponía a llorar delante del ordenador. Pero no saber nada, no ver nada, era aún peor.

Mélanie prefirió no decirle nada a su madre de las complicaciones en la fase final de su segundo embarazo. Seguro que habría encontrado alguna excusa para no ir a ayudarla y no habría desperdiciado la ocasión de compararla con Sandra, que había tenido dos embarazos perfectos y exultantes.

Tumbada en la cama o en el sofá, Mélanie seguía mirando a todas horas el Facebook en su móvil. Pero lo que años atrás le había parecido un oasis de fraternidad y de consuelo ahora le parecía el origen de una confusa melancolía.

Mélanie descubrió YouTube pocas semanas después del nacimiento de Kimmy, mientras buscaba en internet información sobre las consecuencias de una episiotomía. Mamás como ella compartían sus experiencias colgando vídeos en la red. Con un teléfono móvil o una cámara web se grababan mirando al objetivo y se confesaban como lo habrían hecho en el confesionario de *Loft Story* o de cualquier otro *reality*. Mélanie empezó a seguir dos o tres canales de YouTube. Se sentía identificada con aquellas mamás: tenían la misma edad que ella, las mismas preocupaciones.

Eran guapas y cuidaban su aspecto. Ver a aquellas mujeres jóvenes maquilladas con gusto, con las uñas perfectas, el pelo liso y brillante, le provocaba un placer simple, inmediato, y se sentía reconfortada. Algunas compartían sus trucos o sus recetas. A Mélanie le encantaba darles *likes* y felicitarlas con emojis: emoji de aplausos, emoji de gracias, flores, flores, flores, corazón, corazón, corazón. Aquellas mujeres le parecían conmovedoras y atrevidas. Le daban fuerzas para afrontar el día a día. Gracias al algoritmo, Mélanie descubrió nuevos canales y nuevos vídeos. Le gustaba todo lo que fuera *verdadero,* todo lo que mostrara vidas como la suya y le diera la sensación de estar menos sola en el mundo. El algoritmo lo había entendido perfectamente. Poquito a poco fue descuidando su cuenta de Facebook en beneficio de YouTube, que le parecía más abierto y más creativo.

YouTube era un mundo aparte. Un mundo generoso, providencial y accesible a cualquiera.

Sammy acababa de empezar en la guardería y Kimmy era un bebé tranquilo, que dormía como un lirón. El ordenador permanecía encendido desde la mañana hasta la noche y Mélanie se sentaba frente a la pantalla varias veces al día, a menudo sin ningún objetivo en concreto. Navegaba por la plataforma, pasaba de una sugerencia a otra y siempre acababa por encontrar una información, una imagen, una historia que le interesaba.

Poco después del segundo aniversario de Kimmy, Mélanie descubrió Minibus Team. El padre de dos niñas, aparentemente separado de la madre, había creado un canal dedicado a ellas y el número de seguidores no paraba de crecer. Todo había empezado con un vídeo de la hermana mayor desenvolviendo y probando caramelos multicolores y otras golosinas de la misma marca, un vídeo que había obtenido enseguida varios miles de visitas. Luego a la hermana mayor se le había unido la pequeña, el padre había multiplicado los vídeos donde desenvolvían regalos y el número de seguidores había subido como la espuma. A juzgar por las imágenes, las niñas, cada vez más consentidas, parecían pasárselo bomba.

Durante varios meses, Mélanie se limitó a mirar cómo aquel padre grababa a sus propias hijas, con qué frecuencia y con qué argumentos. Lo que funcionaba y lo que no funcionaba. Lo que gustaba a los niños, hasta el punto de ver diez veces el mismo vídeo, y lo que no les gustaba tanto. Amplió su horizonte de búsquedas mirando qué hacían en otras partes, sobre todo en Estados Unidos y otros países anglosajones, donde los canales de niños hacía tiempo que proliferaban.

Kimmy no había cumplido aún tres años cuando Mélanie colgó su primer vídeo en YouTube. Había planificado su propia estrategia. Tenía que ir paso a paso, generar cierto apego, cierta identificación antes de introducir marcas y productos. Por eso empezó grabando a Kimmy, con un encantador vestido malva, sentada en el sofá como si fuese una niña mayor y entonando una canción infantil que Mélanie le había enseñado. La pequeña coordinaba perfectamente los gestos y la letra: el conejo con sus enormes orejas, el malvado cazador con su escopeta. Era una monada. La secuencia, de apenas cincuenta segundos, no era más que un momento íntimo compartido, familiar y emotivo. Mélanie añadió a la grabación un pequeño comentario: «Niña pequeña cantando y mimando "El conejo y el cazador".» El vídeo obtuvo varios miles de visitas. Animada por el éxito, Mélanie siguió grabando a su hija mientras cantaba «El barquito chiquitito», «Susanita tiene un ratón» o «El señor don Gato». Para su edad, Kimmy hablaba y cantaba muy bien. Articulaba perfectamente las palabras y acompañaba las canciones de expresiones faciales y gestos irresistibles. A Mélanie se le ocurrió enseguida algo muy acertado: darle a Kimmy diferentes peluches –ositos, perros, conejos– para ilustrar las canciones que interpretaba ante la cámara. Kimmy jugaba con los peluches, les adjudicaba distintos roles, les hacía hablar. Mélanie esperó a alcanzar los veinte mil seguidores para empezar a desembalar juguetes: huevos Kinder, Chupa Chups, plastilina Play-Doh. Poco después, Sammy empezó a aparecer en los vídeos, y el canal, llamado inicialmente Kim the Singer, se convirtió en Kim and Sam in Happy Break.

Los hermanos formaban un equipo estupendo. Sammy se mostraba atento y protector, ayudaba a Kimmy a abrir las cajas, a quitar las tapas, le explicaba los juegos, los gestos, las canciones. Kimmy se hacía la mayor, imitaba a su hermano y se reía con sus bromas. A juzgar por los comentarios, la dupla era de lo más enternecedora. A partir de ahí todo fue muy rápido: el número de suscriptores y de visitantes no dejó de aumentar y YouTube no tardó en enviarle a Mélanie un mensaje personal para explicarle los principios de la monetización. Distintas marcas se pusieron en contacto con ella para que mostrara sus productos, el apartamento se empezó a llenar de paquetes y Bruno dejó su trabajo. Al cabo de un tiempo decidieron comprar el estudio colindante para tener más espacio y dedicar una habitación entera a grabar y montar los vídeos. Gracias a ello la calidad mejoró considerablemente. Para ser y seguir siendo los mejores, había que renovarse sin cesar.

El aburrimiento se había convertido en un mal recuerdo.

DESAPARICIÓN DE LA NIÑA KIMMY DIORE

Asunto:
Descripción (por género) de los vídeos del canal Happy Break disponibles en YouTube.

LAS *BATTLES*

(Entre dos y seis millones de visitas.)

Marca original o marca blanca

Sentados codo con codo ante la cámara, Kim y Sam, con los ojos vendados, prueban una serie de productos (queso cremoso, chips, refresco, té helado, cremas de untar, galletas varias).

Para cada uno de los productos, saborean dos muestras distintas: una «verdadera» y otra «falsa». Luego tienen que adivinar cuál es de la marca original y cuál es una imitación (marca blanca o marca de distribuidor).

113

Taste and guess

Con los ojos vendados, esta vez se trata de identificar los distintos sabores de un mismo producto. Los vídeos más populares son los relacionados con la marca Oreo y los diferentes sabores de sus galletas (original, vainilla, chocolate blanco, Golden, cacahuete...).

El mismo reto se repite con numerosos productos (galletitas saladas, natillas, chips) y numerosas marcas.

114

Clara permanecía de pie frente a Cédric, seria e impaciente por comunicarle toda la información que había logrado reunir. Tan solo había dormido dos horas, pero aún no notaba los efectos del cansancio. Había empezado viendo los vídeos de Happy Break y luego había hecho búsquedas complementarias para contextualizarlos y entender la recepción del fenómeno. Si a Cédric le encantaba mofarse de su tendencia a desmenuzarlo todo, de su lenguaje excesivamente formal y de su pasión por los conectores, esta vez la escuchaba con sincera atención.

—En la mayoría de los casos son los padres quienes graban a sus hijos y publican varios vídeos por semana. El fenómeno empezó en Estados Unidos y se ha expandido un poco por todas partes en los últimos tres años, pues resulta muy muy lucrativo. Este año, el *youtuber* que ha ganado más dinero en todo el mundo es un niño estadounidense de ocho años. Se llama Ryan y sus padres llevan grabándolo desde los cuatro. La revista *Forbes* estima que, solo en 2019, ha ingresado veintiséis millones de dólares. En Francia, las primeras tentativas se remontan a 2014-2015. Hoy en día hay un montón de canales que se dedican a ello. Desde un punto de vista financiero, una decena se reparte el pastel. Happy Break no fue la primera, pero se ha convertido de largo en la más popular.

—¿Y qué hacen los niños?

—Al principio, desembalar. Lo que en inglés se conoce como *unboxing*. Abren cajas y paquetes, sacan juguetes, chucherías, disfraces y todos los productos que les mandan, se quedan maravillados ante la cámara y los prueban compartiendo su felicidad.

—¿Lo dices en serio?

—Completamente. Suelen ser el padre o la madre quienes los graban. En el caso de los Diore es la madre la que interactúa con sus hijos. Con el tiempo, han ido diversificando los formatos para fidelizar a sus seguidores. Mélanie les propone desafíos y se inventa pequeños guiones. Por ejemplo, los niños solo pueden saborear alimentos naranjas o verdes, tienen que adivinar el precio de determinados artículos en un supermercado o comparar con los ojos vendados las cremas de untar de diferentes marcas. Desde hace algún tiempo, también se atreven con los *pranks*. Chistes o bromas copiadas en su mayoría de los canales norteamericanos.

Cédric permaneció un buen rato en silencio antes de preguntar:

—¿Me estás diciendo que es así como ganan tanto dinero? ¿Estás segura?

Clara no pudo evitar que se le escapara una sonrisa. Ella había pasado por lo mismo. La incredulidad total.

—Sí, estoy segura. Cuando se supera determinado número de visitas, YouTube inserta publicidad en los vídeos y retribuye a los *youtubers* en consecuencia. El dinero proviene también de las marcas que pagan por salir en los vídeos. No solo ofrecen los productos (los Lego, las figuritas Disney o los huevos Kinder Sorpresa), sino que algunas pagan a las familias para que los muestren o los ensalcen. La colaboración se establece entonces a través de la firma de un contrato. Los Diore han creado varias sociedades. Si entras en la web del Instituto Nacional de Propiedad Industrial, verás que han registrado y protegido todos los nombres de marcas posibles e imaginables que se puedan crear a partir de los nombres de sus hijos. El padre, que tenía un buen puesto en el sector de la informática, ha dejado su trabajo. Ahora es él quien graba y se ocupa del montaje.

–Y... ¿hacen muchos vídeos de esos?

–Calculo que, para Happy Break, entre dos y cuatro por semana. Hay que estar en el candelero.

Cédric Berger escuchaba a Clara con enorme atención, limitándose a asentir de vez en cuando. La animó a continuar con un gesto de la mano.

–Y eso no es todo. En materia de explotación comercial, la diversificación se impone. Los Diore han creado recientemente su propia marca de papelería (cuadernos de ejercicios, libretas, bolígrafos) y ellos mismos se encargan de promocionarla. Minibus Team, su principal competidor, publica desde hace poco una revista trimestral que se vende como rosquillas. Y La Banda de los Dudús acaba de lanzar una marca de juguetes. Los productos derivados suponen una parte importante del negocio y todos tienen muy claro que hay que seguir por ese camino. En el caso de la familia Diore, los ingresos anuales superan (con creces) el millón de euros. Por no hablar de los beneficios en especies.

Mientras escuchaba a Clara, Cédric no dejaba de tomar notas en su libretita negra, una Moleskine clásica que lo acompañaba a todas partes y cuyo ilegible contenido solo él era capaz de desentrañar. Subrayó una de las frases que había anotado y levantó la mirada.

—¿Y adónde va a parar todo ese dinero?

—A la cuenta corriente de los padres. Son libres de hacer con él lo que quieran.

—¿No está regulado?

Clara se había hecho la misma pregunta unas horas antes. En eso consiste ser poli, pensó, en la capacidad de meter el dedo en la llaga.

—Lo está para los niños modelo, actores, cantantes, cuya actividad es considerada un trabajo. Se controlan sus horarios y, hasta que los hijos sean mayores de edad, los padres están obligados a ingresar gran parte de los beneficios en una cuenta corriente bloqueada de la Caja de Depósitos y Consignaciones, de titularidad pública. Para los niños *youtubers,* en cambio, no hay obligación ninguna. Un vacío legal, vaya. De momento, se la considera una actividad de ocio en el ámbito privado y no está sujeta a ninguna regulación.

—Es increíble...

—Sin embargo, como nos dijo ayer Tom Brindisi, no todo el mundo los mira con buenos ojos. Desde 2016, el Caballero de la Red, el famoso *youtuber* del que nos habló, ha grabado varios vídeos donde critica a los canales familiares más activos. Los defensores de los niños denuncian el ritmo de los rodajes y cuestionan que sean realmente libres para decidir. El Caballero de la Red fue uno de los primeros en dar la señal de alarma. En su día lanzó una campaña que consiguió recoger cuarenta mil firmas, y después otros *youtubers* tomaron el relevo. Pero a la hora de la verdad no ocurrió nada. Y, cuando digo nada, es nada. Las campañas no han impedido que un número creciente de padres haya aprovechado el filón, con niños cada vez más pequeños. En 2017, el Observatorio de la Paternidad y de la Educación Digital, una asociación que ya había alertado previamente a las autoridades, apeló al Consejo Nacional para la Protección de la Infancia para solicitar que dichos menores gocen, por lo menos, del mismo estatus que los niños modelo o los niños actores. Tras cuatro años sin ningún tipo de regulación, parece ser que por fin se está estudiando un proyecto de ley que será sometido próximamente a la aprobación de la Asamblea Nacional. La idea es regular la explotación comercial de los niños por parte de sus padres y considerar dicha actividad como un trabajo.

Clara hizo una pausa y Cédric aprovechó para completar sus notas, antes de preguntar con evidente perplejidad:

–¿Y los medios de comunicación no se han hecho eco de la noticia?

–Algunos sí, pero es todo muy opaco. Si la ley se aprobara, Francia sería el primer país en hacer algo así a nivel internacional. La ley podría sacar a la luz todo un ecosistema que, por el momento, escapa a los radares. De todos modos, los más críticos dicen que la ley no cambiará nada. Según ellos, algunos padres, como Mélanie, han creado canales secundarios o abierto cuentas de Instagram con sus nombres para sortear la ley, cuando esta ni siquiera ha sido votada todavía.

Cédric interrumpió a Clara con un gesto.

Necesitaba un poco de silencio para hacerse una idea de la situación. Clara le hablaba de un mundo abstracto, muy alejado del suyo. La *procédurière* sabía leerle en la cara su estado de ánimo, sus dudas y cualquier contrariedad. Cédric hizo una mueca y Clara adivinó que el dolor de espalda había vuelto. Desde que lo habían operado de una hernia discal varios meses atrás, se resentía cada vez que superaba determinado nivel de estrés.

Cédric respiró profundamente y luego, tras unos segundos, reanudó la conversación.

–¿Y qué dice Mélanie de todo esto?

–Conoce las críticas, por supuesto. Incluso ha grabado varios vídeos donde aborda la cuestión. Se planta ante la cámara y responde a los ataques. Dice que lleva tiempo ingresando dinero en una cuenta para sus hijos, que no ha necesitado esperar a que estallara la polémica para pensar en su futuro. Dice que Kim y Sam soñaban con ser *youtubers,* que les encanta serlo y que están felices de haberse convertido en estrellas. Según ella, tienen mucha suerte. Asegura que es lo mejor que podría haberles pasado en la vida.

Cuando el dolor irradió hacia las costillas, Cédric agarró una silla para sentarse. Viendo el rictus de su jefe, Clara se apresuró a terminar.

–Una última cosa. Esta mañana he vuelto a entrar en Mélanie Dream, el Instagram de Mélanie. Más allá de las famosas *stories,* habitualmente cuelga fotos de sus hijos o de su familia. Hace como dos meses colgó una de un enorme paquete que acababa de recibir de una marca de cosméticos. En la caja podía leerse su apellido y su dirección completa. Así que el mundo entero sabe dónde viven.

DESAPARICIÓN DE LA NIÑA KIMMY DIORE

Asunto:

Descripción (por género) de los vídeos del canal Happy Break disponibles en YouTube.

LA SERIE *BUY EVERYTHING*

(Entre dos y veinte millones de visitas.)

«COMPRAMOS TODO LO QUE EMPIECE POR F»

En un supermercado, Kimmy y Sammy, por turnos, tienen diez minutos para comprar todo lo que quieran, sin restricción de precio o utilidad, siempre y cuando el artículo empiece por la letra que haya salido por sorteo (la letra F, por ejemplo).

El objetivo del juego es comprar el mayor número de productos en el tiempo consensuado. Gana quien deposite más artículos en el carrito de Mélanie.

Luego se llevan el conjunto de la compra a casa (fular, frei-
dora, farfalle, funda enfriadora para botellas, frambuesas, frijo-
les, felpudo, furgón de policía Playmobil), independientemente
de que la familia tenga o no tenga productos u objetos simila-
res, sean o no sean útiles.

Algunas variantes: compro todo lo que sea amarillo, compro todo lo que tú escribes, compro todo lo que tú pintas, si
adivinas de qué se trata lo compras.

Cuando Clara hablaba de su trabajo, lo tenía muy claro: «Primero la sangre, luego las palabras.» Y es que, en efecto, a menudo todo empezaba por la sangre. La sangre del cuerpo, la sangre de la ropa, la sangre en el suelo o en las paredes, visible o eliminada, la sangre que había que dejar secar, meter en bolsas y precintar, la sangre que había que rastrear, la sangre que había que enviar al laboratorio y la sangre de la autopsia, que había que recoger en cubos de plástico. Solo entonces llegaba el momento de ponerse a redactar y de encontrar la precisión léxica necesaria para describir lo que había visto.

Esta vez no había sangre. Pero no por ello estaba más tranquila. En casi diez años de profesión, Clara había comprobado que la barbarie podía prescindir perfectamente de la hemoglobina. En uno de sus primeros casos se había acercado a la cabecera de la cama de una anciana hospitalizada en un estado avanzado de deshidratación y de desnutrición, con las rodillas llenas de hematomas. Las declaraciones de la mujer habían llevado a la Fiscalía a abrir una investigación. Una pareja de cuarentones resultó sospechosa de haberla secuestrado durante varios meses para cobrar su pensión. Clara participó en el registro de un apartamento modesto, algo decadente, con esa suciedad que no se aprecia a simple vista, pero que se acumula en los rincones. No había rastro de violencia. Tan solo aquella escudilla de plástico, sobre las baldosas de la cocina, que no pasó desapercibida para Clara, habida cuenta de la ausencia de animales domésticos en la vivienda. Una escudilla que, como acabó demostrándose, sus torturadores habían utilizado para dar de comer a la anciana, de rodillas, por las noches, antes de mandarla a dormir en un jergón.

A Clara le gustaba la atmósfera que se creaba al principio de cada caso. La falta de sueño, los bocadillos ingeridos a toda prisa, el teléfono como una extensión de la mano, los ojos clavados en las pantallas. Aquella efervescencia, aquel estado febril. A veces bastaban unas horas para conseguir la primera pista: un testigo, una cinta de vídeo, una llamada que daba en el clavo. Si se tenía buen olfato, bastaba con tirar del hilo. Arresto de madrugada, registro domiciliario y caso resuelto. Pero lo más habitual en la Criminal eran las carreras de fondo. Había que tener aguante. La excitación de las primeras horas se convertía en una suerte de impulso nervioso, regular y continuo. Una energía procedente de lo más profundo, de lo más íntimo –de las tripas, decían algunos–, y, por lo tanto, inagotable.

Treinta y seis horas después de la desaparición de Kimmy Diore, Clara sabía que habían entrado en esta segunda fase, sin perspectivas a corto plazo. Había que reconocer que no tenían nada. El análisis de las llamadas telefónicas no había dado ningún resultado y las declaraciones de los vecinos tendían a la simple maledicencia. Tras la obtención del permiso para adoptar medidas excepcionales, todos los apartamentos del complejo residencial habían sido supervisados. Una comprobación exhaustiva, realizada por una decena de agentes, que no había dado ningún resultado. La participación de Tom Brindisi, solo o con ayuda, había sido definitivamente descartada. Su broma de mal gusto se saldaría con un toque de atención por parte de la justicia.

Los testimonios de los otros niños y de sus padres habían corroborado las declaraciones de Sammy y permitido un minutaje preciso de los hechos: a las 17.55 h empezó una nueva ronda al escondite. Kimmy dudó, dio un par de vueltas y luego se dirigió corriendo hacia el cuarto de la basura. Desde allí, pudo acceder al parking sin que nadie la viera. Una vez en el subterráneo, por propia voluntad o forzada por alguien, de manera consciente o inconsciente, subió probablemente a un coche. A un coche rojo, tal vez. O de cualquier otro color.

Aquella niña exhibida de la mañana a la noche, aquella niña a la que podía verse en chándal, en pantalones cortos, con vestido, en pijama, disfrazada de princesa, de sirena o de hada, aquella niña cuya imagen había sido difundida hasta la saciedad, se había esfumado.

Como si una mano invisible hubiese decidido rescatarla súbitamente de las miradas ajenas, de aquel mundo repleto de marcas y símbolos en el que había crecido.

La noche de la desaparición de Kimmy Diore, cuando le preguntaron quién podría querer hacer daño a su familia, Mélanie Claux mencionó dos posibilidades: el Caballero de la Red y el padre de las hermanas de Minibus Team, la principal competencia de Happy Break. Ambos fueron convocados a las dependencias del Bastion para

125

prestar declaración, mientras el entorno de la pareja (la familia de Mélanie en La Roche-sur-Yon y la de Bruno en el extrarradio parisino) se mantenía bajo estrecha vigilancia. Sus agendas y facturas telefónicas estaban siendo revisadas exhaustivamente. El caso del pequeño Grégory, el fiasco judicial de los años ochenta, había dejado una huella difícil de borrar.

Cuando hizo sus prácticas en el Quai des Orfèvres, Clara había trabajado a las órdenes del subinspector G., una de las figuras más emblemáticas de la Brigada. Tras más de cuarenta años como policía judicial, a pocos meses de jubilarse, seguía sin escatimar consejos y anécdotas. Había conocido una época sin ADN, sin teléfonos móviles, sin cámaras de videovigilancia. Una época en la que la investigación se basaba en la psicología, la intuición, la experiencia. Y le gustaba hablar de ella. En aquel entonces las herramientas eran menos científicas y la confesión constituía la prueba principal del delito. «Mira, para investigar», decía, «hay que volver a la escena del crimen. Incansablemente. Al sitio donde ocurrieron los hechos. Al sitio donde todo empezó. Volver, una y otra vez, al lugar del drama. Incluso después de haber precintado las pruebas, incluso cuando ya lo han limpiado todo, incluso años más tarde.»

Volver. Respirar. Mirar. Clara había aprendido la lección.

Por eso el 11 de noviembre, al anochecer, se había subido a un coche oficial y había vuelto, ella sola, a Châtenay-Malabry.

Por encima de los bloques bajos del complejo residencial, la luna brillaba tenuemente en el cielo. Las cintas de plástico que habían servido para delimitar el perímetro de la

126

investigación pendían ahora entre los postes. Se había hecho ya de noche y varias lámparas iluminaban el camino. El acceso al parking permanecía cerrado. En medio del jardín, los árboles formaban un pequeño círculo ocupado por algunos bancos que parecían colocados aleatoriamente, a desigual distancia los unos de los otros. Clara se sentó en uno de ellos. A su alrededor, decenas de ventanas estaban iluminadas. Desde allí podía ver el interior de las casas, exceptuando las que tenían las cortinas corridas. Los mismos hogares en todas partes, modernos y funcionales, con sus cocinas equipadas, sus sofás de dos o tres plazas y sus televisores de pantalla plana.

La disposición de los edificios le recordaba al complejo residencial de su infancia. No lejos de allí, en otro barrio del extrarradio parisino, Clara había vivido en un lugar muy parecido. Más popular, sin duda, pero con la misma apariencia de estar a salvo del mundo.

A menudo una imagen, un olor o una palabra le hacían pensar en sus padres. A veces en uno de los dos, pero con frecuencia en los dos al mismo tiempo. Como si sus muertes consecutivas, sobrevenidas en un lapso tan corto, los hubiesen reunido para siempre. Los echaba de menos. Le habría gustado poder hablarles de ella, de su trabajo, que vieran la mujer en que se había convertido. Una poli, sí, pero una poli que habría merecido su atención e incluso su respeto.

Sin duda, a su edad resultaba infrecuente, por no decir inquietante, pensar tanto en sus padres. Era un vacío, una ausencia, un pesar que no estaba segura de querer llenar. Su conversación se había visto interrumpida antes de llegar a su fin. Y al no haber sido madre, tal vez siguiese siendo hija antes que nada.

Sentada en el banco, igual que había hecho tantas noches siendo niña, pasó un buen rato observando a la gente: una mujer inmóvil frente al horno, un hombre hablando con un adolescente, un joven lavándose los dientes. Luego cerró los ojos para escuchar los ruidos de alrededor: a lo lejos, el sonido de una radio; más cerca, el roce continuo de las hojas secas contra el suelo.

¿Qué significaba tener seis años?

A los seis años podía pasarse horas así, sentada en el jardín, mirando la vida de la gente. No imaginaba nada, no se permitía inventar nada. Se limitaba a observar las costumbres, los horarios, las ausencias prolongadas de sus vecinos. Intentaba, eso sí, adivinar qué relaciones mantenían los unos con los otros, qué sentimientos albergaban entre sí. Cuando volvía a subir a casa, con los pies helados y la punta de la nariz roja, su madre abría los brazos y la estrechaba contra su cintura antes de murmurar: «Ay, mi chismosilla.» A los seis años, Clara había empezado la primaria en la clase de la señorita Vedel. A los seis años, había perdido a su abuelito Eddy por culpa de un cáncer de pulmón. A los seis años, se había aprendido de memoria «El mal alumno», un poema de Jacques Prévert. A los seis años, había sacado medio cuerpo por encima de la barandilla del balcón para coger una goma del pelo que se había quedado enganchada del otro lado. Y se había caído. Desde un segundo piso había dado con sus huesos en el césped, pero afortunadamente las ramas de un árbol habían amortiguado la caída. La canguro se había desmayado, un vecino había llamado a los bomberos. En el hospital Antoine-Béclère, donde permaneció en observación, Clara durmió veinticuatro horas seguidas. A causa del susto, dijeron los médicos. Pero había salido ilesa. Tiempo después, cuando se le detectó un problema de crecimiento, la caída fue considerada como la causa más probable. A los seis años, Clara había dejado de crecer. Los apodos no tardaron en llegar. Migaja, Micronimbus, Microbio... Sin embargo, algo en ella, cierta gravedad, o una aparente tranquilidad, desalentó pronto a los socarrones. Al empezar la secundaria, volvió a crecer. Pero nunca llegaría a recuperar del todo el tiempo perdido.

Sumida en sus recuerdos, Clara llevaba varios minutos así, con la espalda bien recta y las manos acariciando la madera del banco, cuando Bruno Diore se acercó a ella.

–¿Puedo ayudarla?

Clara no hizo ningún gesto de sorpresa, ni de sobresalto. Se limitó a sonreír.

Viniendo de aquel hombre cuya hija había desaparecido, la pregunta resultaba extravagante. Tras la incomodidad inicial, Clara intentó explicar el porqué de su presencia.

–He venido a comprobar un par de cosas...

Bruno miró a su alrededor, como si albergase la esperanza de que un detalle hasta entonces inadvertido se le fuera a revelar de pronto. Luego, sus ojos cansados volvieron a mirar a Clara.

–Tiene pinta de estar congelada, ¿no quiere subir unos minutos para entrar en calor?

Clara dudó un instante.

La noche de la desaparición de Kimmy había permanecido en el exterior, organizando el trabajo de los equipos de especialistas en la escena del crimen, y no había podido ver el apartamento. La ocasión difícilmente volvería a presentarse.

–Se lo agradezco –dijo levantándose.

Bruno Diore tiró la colilla al suelo, la pisó, la recogió y luego, con un gesto torpe, le indicó que lo siguiera.

Sammy estaba tumbado en el sofá del salón, absorto en su tableta. Al oír la puerta, levantó la cabeza, se incorporó de un salto y corrió hacia su padre. Embutido en su pijama de franela, con la cara de Super Mario estampada en el pecho, se parecía a cualquier otro niño de ocho años, despierto y curioso. Viendo que no dejaba de mirarla, Clara se presentó.

–Hola, Sammy. Me llamo Clara y trabajo con los otros policías para encontrar a tu hermana.

El niño esbozó aquella sonrisa mecánica que Clara le había visto en los vídeos, pero cuando se acercó descubrió en su rostro la huella de la ansiedad. Tenía los ojos aureolados de malva y la piel tan fina que se le transparentaban las venas. Clara se fijó en la longitud de sus pestañas.

Aletargado por las horas de espera, el apartamento parecía sumergido en una modorra espesa, recalentada. Sammy se quedó de pie frente a Clara, mirándola alternativamente a ella y a su padre, esperando algún dato nuevo o alguna revelación. Aquella mujer venía de fuera, del Bastion, tal vez tuviera noticias que darles.

Mélanie se acercó a su hijo y, en un gesto de consuelo

o de protección, le pasó un brazo por encima de los hombros. Clara echó un rápido vistazo a su alrededor, tratando de localizar a su colega de la BRI.

Bruno se anticipó a su pregunta.

—Mi mujer no lleva bien la presencia del negociador, no es nada personal, pero no resulta fácil tener a alguien todo el tiempo en casa, como puede imaginarse..., y menos en un momento como este. Así que su colega se mantiene al margen y en cuanto alguien de fuera intente ponerse en contacto con nosotros...

Justo entonces, demostrando estar al quite, Éric Paulin entró en el salón para saludar a Clara. Ya se conocían, había reforzado en más de una ocasión al grupo Berger, en situaciones de crisis o en detenciones delicadas. Intercambiaron algunas palabras y volvió a desaparecer.

No cabía ninguna duda de que los padres de Kimmy estaban verdaderamente angustiados. «Hay sufrimientos que no se pueden fingir», pensó Clara, pero justo entonces la angustió un pensamiento discordante: cualquier policía judicial sabe perfectamente que las apariencias engañan. Difundida en todos los telediarios, le vino a la cabeza la imagen del marido de Alexia Daval, destrozado por la pena y deshecho en lágrimas junto a sus suegros. Varios meses después, acorralado por la policía, acabó confesando que había matado a su mujer y quemado el cuerpo.

Bruno le ofreció asiento y fue a preparar té. Acto seguido, Sammy se acercó a Clara y con un tono de voz extraño, como cargado de sobreentendidos, le preguntó:

—¿Quieres ver el cuarto de Kimmy?

Y, sin esperar respuesta, enfiló el pasillo.

Clara nunca había visto tantos peluches, muñecas, adornos, juegos de mesa, material creativo y deportivo reunidos en la habitación de un niño. Estaba tan llena que parecía una tienda de juguetes. Sammy permaneció en mitad de la estancia, como un joven agente inmobiliario, atento a su mirada y a sus reacciones, dispuesto a dar las explicaciones necesarias. Un olor a vainilla flotaba en el ambiente. Antes de descubrir la multitud de frascos dispuestos en las estanterías, Clara no pudo evitar pensar que era el olor de Kimmy, la estela dulzona que permanecía en su ausencia.

Después de echar un vistazo panorámico desde el umbral, entró en la habitación. Tras la cortina de la ventana se alzaba una montaña de artículos cubiertos con celofán –juegos, cajas, estuches– que aún no habían sido desenvueltos. Sammy le contó que ya no tenían sitio donde guardarlos y, para demostrárselo, abrió los armarios. En el ropero, Clara descubrió montones de prendas perfectamente dobladas y, en su mayoría, con pinta de no haber sido estrenadas. En la parte baja se apilaban dos decenas de zapatillas deportivas nuevas. Sammy volvió a cerrar las puertas correderas y Clara recorrió la habitación con la mirada, buscando algún espacio libre.

–Ya ves, tenemos muchas cosas –concluyó el niño con un suspiro.

La mesa de estudio de Kimmy estaba cubierta por varias cajas de rotuladores, lápices de colores y por lo menos tres estuches con pinturas. En una esquina, Clara descubrió los dibujos de la niña que sus colegas habían fotografiado. El que estaba encima de la pila representaba a un hada de pelo rojo conduciendo un tractor.

Junto a la cama, en una especie de contenedor, se acumulaban docenas de peluches nuevos.

Durante unos minutos, Clara intentó imaginarse a Kimmy en mitad de aquella habitación saturada de objetos, donde cada elemento parecía estar duplicado o multiplicado.

¿Qué pueden desear los niños que lo tienen todo?

¿Qué tipo de niños viven así, sepultados bajo una avalancha de juguetes que ni siquiera han tenido tiempo de desear?

Sammy la observaba con aire serio. Clara le sonrió.

¿En qué clase de adultos se convertirán?

—¿Y tu cuarto no me lo enseñas?

Sammy asintió, encantado de que se interesara por él, y la llevó a la habitación contigua, donde Clara descubrió la misma profusión de objetos perfectamente ordenados. Y así como el cuarto de Kimmy reunía todos los estereotipos de una habitación de niña (color rosa, abundancia de muñecas, bisutería, frascos), el de Sammy concentraba sus equivalentes masculinos (colores oscuros, camiones, motos, superhéroes de plástico, soldaditos...).

Mientras el niño se sentaba en la cama, Clara empezó a darle conversación:

—¿Así que estos días no vas a la escuela?

—No, son las vacaciones de Todos los Santos. Normalmente vamos a parques de atracciones, a Disneyland y esas cosas, pero esta vez no podemos... porque Kimmy no está.

Le había empezado a temblar la voz y estaba a punto de ponerse a llorar. Pero no tardó en calmarse, recuperando su habitual imagen de niño bueno.

—¿Quieres que te enseñe mis dibujos?

—Sí, claro.

Sammy se acercó a su mesa de estudio, abrió el cajón y sacó varias hojas de formato A4. Clara continuó con sus preguntas:

—¿Te gusta dibujar?

—No, prefiero los videojuegos. Ayer me puse a dibujar porque los polis se llevaron mi tableta para comprobar no sé qué, y me estaba aburriendo. Luego me la devolvieron. No sé muy bien qué hacer sin Kimmy.

Le tendió los dibujos y se quedó junto a ella, tan cerca que Clara podía notar su respiración atenta y regular.

En la primera hoja, Sammy había dibujado un personaje de manga. En la segunda, una moto y un coche de carreras. El último dibujo representaba a una familia (un padre, una madre y dos niños pequeños) sentada en un restaurante o un café. A juzgar por las tazas y los pasteles, se diría que estaban merendando. Debajo de la mesa, acurrucado entre sus piernas pero sin llegar a tocarlas, podía verse a una especie de adolescente grandullón con una media melena recogida en una cola de caballo.

Clara observó a Sammy. No tenía la menor idea de cómo interrogar a un niño de su edad, pero no podía desaprovechar la ocasión. Señaló al personaje que se ocultaba bajo la mesa.

—Es un chico, ¿verdad?

Sammy sonrió con aire satisfecho.

—¿No le han invitado a comer?

El hermano de Kimmy reflexionó un instante, como si no se hubiese hecho aún semejante pregunta.

Entonces salió corriendo y fue a reunirse con sus padres. Con la misma rapidez, Clara sacó el móvil del bolsillo y tomó una foto del dibujo.

En un salón igualmente atiborrado de objetos, mientras Clara bebía a pequeños sorbos la taza de té que acababa de servirle, Bruno Diore le explicó las relaciones que mantenía el canal Happy Break con sus anunciantes. Cuando superaron los diez mil seguidores, empezaron a llegar los regalos. Ahora que habían alcanzado los cinco millones, cada semana recibían decenas de paquetes. Con la esperanza de conseguir algo de publicidad, numerosas marcas de juguetes, de ropa, de alimentación —«un poco de todo...», resumió Bruno abarcando con un gesto de la mano el apartamento entero— les enviaban sus productos estrella o sus novedades. Ante semejante avalancha, no podían quedárselo todo. Era imposible. Entre lo que recibían para Kim y lo que recibían para Sam, pero también para Mélanie y para la casa, se veían obligados a seleccionar. Dos o tres veces al año hacían «limpieza». Kim y Sam escogían los juguetes que querían quedarse y con el resto llenaban enormes cajas destinadas a niños enfermos o necesitados. Mélanie se encargaba de grabar el momento de la selección para difundirlo en su propio canal y sensibilizar así a sus seguidores y animarlos a colaborar con las distintas asociaciones. Lamentablemente, comparados con los vídeos en los que aparecían haciendo compras o desenvolviendo regalos, los vídeos de donaciones no interesaban demasiado a sus seguidores.

Mélanie, sentada junto a su marido, asentía en silencio.

Oyendo hablar a Bruno Diore, Clara pensó en el Dudú-sucio. A aquellas horas, junto a otros objetos recogidos la víspera, el camellito de tela estaría siendo sometido a un riguroso análisis que les permitiese encontrar algún rastro de ADN, un análisis en el que tenían puestas muchas esperanzas.

Clara se volvió hacia Mélanie.

–Y... el nombre de Dudú-sucio, ¿de dónde le viene?

Una expresión fugaz, tierna y triste a la vez, se dibujó en el rostro de la mujer.

–Fue Kimmy la que le puso el nombre. Es su juguete favorito. No se separa de él por nada del mundo. Se lo regaló una amiga cuando Kimmy era pequeña. Una vecina que ya no vive aquí. Y eso que tiene un montón de dudús, como habrá podido ver. Al principio lo llamaba Melo-camelo.

Nunca quería lavarlo, y yo siempre le decía «está sucio, huele mal, ¡hay que lavarlo!», así que empezó a llamarlo Dudúsucio.

A Mélanie se le quebró la voz.

–A su edad, pasa bastante de los peluches. Pero Dudúsucio es una excepción, sigue durmiendo con él, se lo lleva a todas partes. Las pocas veces que he conseguido meterlo en la lavadora ha pillado unos berrinches... Así que imagínese, saber que lo ha perdido, que no lo tiene a su lado, me...

Mélanie se interrumpió unos segundos para contener el sollozo.

Clara no la conocía lo suficiente como para permitirse un gesto de consuelo, y las palabras que se le ocurrían le parecían de una banalidad indecente.

Haciendo un esfuerzo evidente por controlar su voz, Mélanie retomó la palabra.

–¿Usted tiene hijos?

–No.

Clara sonrió. Había aprendido a responder a aquella pregunta con una sola palabra, sin dar explicaciones ni justificarse. Si lo hacía con un tono de voz lo suficientemente firme, la mayoría no se atrevía a seguir preguntando. Mélanie pareció algo impresionada, pero no se amilanó.

–¿Y no cree que se arrepentirá?

Viniendo de otra persona, seguramente Clara habría reaccionado mal. Pero Mélanie parecía dar por sentado que se trataba de una elección, y no de una imposibilidad, como si le bastase ver a Clara para saberlo.

–No –respondió Clara–, no lo creo.

Mélanie permaneció unos instantes sumida en sus pensamientos, estrujando el kleenex entre los dedos.

–Pues yo tampoco me arrepiento de nada, fíjese lo

que le digo, quiero a mis hijos más que a cualquier otra cosa. Pero a veces me digo que ya me ha pasado todo lo que me tenía que pasar. Y, no sé por qué, me pongo triste. Sobre todo cuando estoy cansada.

–Pero ¿qué estás diciendo, cariño? –intervino Bruno acercándose a su mujer–. ¿Te traigo un té?

Mélanie no respondió y siguió dirigiéndose a Clara.

–¿A usted también le ocurre? ¿Usted también tiene la sensación de que lo mejor ya ha pasado y que lo que queda no merece la pena?

Bruno observaba a su mujer, a la vez conmovido y estupefacto.

–No digas esas cosas, mi amor. Estás agotada.

Mélanie miró a su marido. Estaba como embriagada.

–Es que tú no ves el mal, cariño. Tú nunca ves nada, ni las malas intenciones, ni las mentiras.

Se volvió de nuevo hacia Clara y preguntó:

–¿Se acuerda de Loana?

Tras una pequeña vacilación, Clara asintió con la cabeza.

–Al final consiguió salir del pozo. Intentó suicidarse varias veces, tuvo fuertes depresiones, pero consiguió sobrevivir. Así que puede decirse que ha salido del pozo, ¿no le parece? Ha sido muy valiente, creo yo.

Bruno volvió a intervenir.

–Pero ¿de qué estás hablando, cariño? Deberías ir a descansar un poco a la habitación.

–Parecía tan segura de sí misma. ¿No se acuerda? Era tan guapa. Tan perfecta. Se sentía diferente a las demás porque era diferente. No estaba hecha para este mundo.

Mélanie suspiró antes de añadir:

–Entonces, ¿encontrará usted a mi hija?

Una vez fuera, Clara inspiró profundamente y atravesó el jardín.

La imagen del cuerpo de Kimmy sepultado bajo un montón de escombros pasó fugazmente por su cabeza, amenazando con regresar. Clara tropezó, recuperó el equilibrio y siguió adelante.

Había tenido que aguantar la mirada de Mélanie y responder a su pregunta. Clara había dicho: «Hemos puesto todos los medios necesarios para encontrar a su hija.» Había dicho: «Créame que estamos haciendo todo cuanto está en nuestras manos para encontrarla.» Pero había sido incapaz de decir: «Sí, señora, encontraremos a su hija», como habrían hecho otros colegas suyos. No había sabido tranquilizar a aquella mujer. «Hay desgracias contra las que no se puede luchar», decía Cédric Berger recurriendo a una de aquellas frases suyas que se sacaba de la chistera y repetía sin duda para sentirse mejor.

Clara salió del complejo residencial. Una cosa quedaba fuera de toda duda: hasta que la investigación no terminara, su espacio mental al completo estaría ocupado por una niña de seis años que había elegido a Dudú-sucio entre una multitud de flamantes juguetes nuevos.

DESAPARICIÓN DE LA NIÑA KIMMY DIORE

Asunto:

Descripción (por género) de los vídeos del canal Happy Break disponibles en YouTube.

LA SERIE *FAST-FOOD AND HAPPY*

(Entre tres y seis millones de visitas.)

«HAY QUE PEDIR CON LOS OJOS VENDADOS»

En el McDonald's, Kim y Sam hacen su pedido en la máquina de autoservicio. Por turnos, cada uno debe seleccionar diez productos, sin ver lo que aparece en la pantalla táctil.

De vuelta en casa, sacan de las bolsas lo que han comprado (hamburguesas, patatas fritas, batidos, *wraps,* bebidas) y lo muestran a cámara.

139

Por supuesto, hay mucho más de lo que pueden comerse.

Algunas variantes: comen productos de McDonald's durante veinticuatro horas, Sammy abre un McAuto en casa, Sammy y Kimmy abren un restaurante de comida rápida.

Estos formatos existen también con otras marcas (de perritos calientes, de refrescos o de pizzas).

140

Clara Roussel se fue y ellos se quedaron, encerrados en el apartamento con aquel tipo desaliñado que aparecía cada vez que sonaba un teléfono. Bruno intercambiaba con él algunas frases, en voz baja, y le ofrecía té o café, pero Mélanie no. Mélanie no podía. No podía decirle nada. Prefería hacer como que no estaba allí. Aceptar la presencia de aquel hombre en su casa equivalía a reconocer que algo muy grave había pasado y que sus vidas se habían detenido.

Sentado a la mesa, Sammy llevaba veinte minutos jugando con los guisantes, empujándolos con la punta del tenedor y haciéndolos rodar de un lado al otro del plato, con la cara tan pálida que parecía enfermo. Ya la noche anterior apenas había comido nada. Por primera vez, Mélanie no sabía cómo tratar a su hijo. Cómo hablarle, qué decirle. Ocupada como estaba en intentar contener su propia angustia, en mantenerla a raya, era incapaz de enfrentarse a la de su hijo. Ni siquiera tenía fuerzas para decirle «cómete los guisantes» o «no te preocupes». Habría preferido que Bruno estuviera con ellos en la cocina, en vez de entretenerse hablando con aquel tipo, que le dijera a su hijo que se acabara la cena y se fuera a la cama. Pero estaba sola con Sammy, que esperaba su capitulación.

–Tómate un postre, anda –le dijo con un suspiro.

Sam se levantó y permaneció frente a ella unos segundos, observándola, buscando en el rostro de su madre una señal, una respuesta, un matiz que revelara su estado de ánimo.

Siempre había sido así. Con los cinco sentidos puestos en poder ver, intuir, notar cualquier inflexión en la voz de su madre. En apenas unos segundos, Sammy era capaz de detectar su inquietud o su ansiedad. A veces incluso antes de que ella misma se diera cuenta. ¿Sería un rasgo distintivo de los hijos mayores estar unidos hasta ese punto con el ánimo de sus padres? A veces, semejante pensamiento la desconcertaba.

Sam abrió la nevera, cogió un yogur de vainilla y volvió junto a Mélanie, buscando su consentimiento.

¿En qué momento se había convertido en aquel muchacho tan dócil, tan conciliador? Tal vez siempre lo había sido. Se mostraba en todo momento tan prudente, tan razonable. De pronto, a Mélanie le entraron ganas de gritarle: «Pero ¿se puede saber a qué estás esperando?»

Anticipándose una vez más a su humor, Sam volvió a sentarse.

Solo una vez le había plantado cara. Ocurrió al principio, cuando el canal de YouTube empezaba a despegar y ganaba cientos de seguidores al día. Mélanie atravesaba un momento estresante, agotador. La gente no se daba cuenta, pero ella no paraba de trabajar. Planificar y organizar las grabaciones, negociar los contratos con las agencias, con las marcas, mantener las redes sociales era un trabajo enorme que nadie parecía ver. Se pasaba mañanas y tardes enteras, invertía todo su tiempo en ello. Ese día Bruno estaba fuera, haciendo un curso de diseño audiovisual, y ella se había dedicado a preparar el estudio para una grabación. Al terminar, advirtió a sus hijos: «He puesto la cámara en esta esquina para probar un nuevo ángulo, tened cuidado con el cable.» Al cabo de unos minutos, como no podía ser de otro modo, Kimmy tropezó con el cable y la cámara cayó al suelo con estrépito. Mélanie empezó a chillarle a su hija, con la mano levantada a punto de soltarle un guantazo. Kimmy la miraba con la barbilla temblorosa, los ojos muy abiertos, conteniendo a duras penas el llanto, pero Mélanie siguió chillando como si nada fuese más importante que liberar aquella tensión acumulada que por fin había encontrado una válvula de escape. La avalancha de reproches, de ira y de fastidio no cesó hasta que Sammy se interpuso entre las dos para defender a su hermana y plantar cara a su madre (a modo de escudo protector, como si dijéramos), con una determinación y un ofuscamiento que Mélanie no le había visto nunca. Entonces empezó a gritar más fuerte que ella: «¡Ya vale, ¿no?! ¡Que es tu hija!», y con tono escandalizado añadió algo así como: «¡¡¡Te importa más un vídeo que tu hija!!!» ¿Qué edad tenía entonces? ¿Seis, siete años? Sea como fuere, la detuvo de golpe. Luego, tras unos instantes de silencio, Kimmy se puso a llorar a lágrima viva. Entonces Mélanie se arrodilló y los abrazó a los dos sin parar de repetir «no pasa nada, no pasa nada, no pasa nada», hasta que su pequeño mundo se fue calmando.

Ahora, en la cocina, con la mirada perdida, revivía aquella escena con espantosa precisión. Y volvía a ver el rostro de su hijo súbitamente duro, crispado.

Aquel momento la había atormentado durante mucho tiempo. No estaba acostumbrada a gritar a sus hijos y menos aún a levantarles la mano. Agobiada por la presión, había sentido el vértigo de una furia desconocida. Le había chillado a Kimmy como si sus vidas dependieran por completo de aquella cámara, como si fuera el fin del mundo. Sammy tenía razón. Había sido una reacción desmesurada. Después, durante varias semanas, había revivido aquel horrible momento varias veces al día y había sentido vergüenza. Y no había encontrado a nadie con quien hablarlo. Élise, su única amiga en el vecindario, ya no estaba. A Élise habría podido contarle lo que había sentido, aquella sensación de vértigo. Habría podido explicarle aquella presión, y todos aquellos frentes abiertos. Élise era buena, no se le habría ocurrido juzgarla. Le habría propuesto quedarse una tarde con los niños, como había hecho otras veces, para que Mélanie pudiera respirar un poco. A sus hijos les encantaba. Sin embargo, ya antes de mudarse se habían distanciado. Así, sin discutir, sin causa aparente. Si acaso por culpa de todo el tiempo que Mélanie tenía que dedicarle ahora a Happy Break. Nadie podía imaginarse el esfuerzo que suponía. La soledad que conllevaba y que tenía que aceptar. El precio del éxito.

Por supuesto, estaba su marido. Apoyándola. Con él, podía hablar de los vídeos, de la elección de las marcas, de los contratos. Con él podía planificar los fines de semana y comentar los resultados escolares de sus hijos. Hacer planes a corto y medio plazo. Pero lo que había sentido aquel día, aquel regusto amargo que se le había quedado, eso no había sido capaz de contárselo.

Aquel día, Sammy se había interpuesto.

Luego había vuelto a ser el chico sensato, reflexivo y equilibrado que no se quejaba por nada.

Cuando Mélanie salió de su ensimismamiento, Sammy seguía sentado a la mesa. Se había acabado el yogur y la estaba mirando. Ella intentó sonreír. Él bajó de la silla, abrió con la punta del pie el cubo de la basura, tiró el envase vacío y metió la cucharilla en el lavaplatos. Luego, sin decir nada, se acercó a su madre.

Entonces, por un instante, Mélanie creyó leer en su cara la frase que nunca llegaría a pronunciar: «Es culpa tuya. Todo esto es culpa tuya.»

DESAPARICIÓN DE LA NIÑA KIMMY DIORE

Asunto:

Acta de la declaración de Loïc Serment.

Tomada el 12 de noviembre de 2019 por Cédric Berger, subinspector de policía en funciones en la Brigada Criminal de París.

Se le ha señalado al señor Serment que estaba declarando como testigo y que podía interrumpir en cualquier momento su declaración.

Sobre su identidad:

Me llamo Loïc Serment.

Nací el 08/05/1988 en Villeurbanne.

Vivo en el número 12 de la Rue de la Truelle, en Lyon.

Tengo pareja de hecho.

Gestiono el canal El Caballero de la Red.

Sobre los hechos (extractos):

Mi canal se dedica a analizar las tendencias en YouTube. Lo abrí en 2014 y actualmente tengo más de un millón de seguidores. Pretendo llamar la atención sobre la deriva de internet en general y de YouTube en particular. Me llaman el Justiciero de la Red, pero yo me considero más bien un *alertador.* Fui de los primeros en denunciar la explotación comercial de los niños en YouTube. He publicado varios vídeos al respecto: *El escándalo de los niños* influencers en 2016, *Los canales familiares en el punto de mira* y *Sí, los pedófilos se descargan tus fotos privadas* en 2017. Pero el vídeo que más lo ha petado sobre este tema fue el que colgué el año pasado: *Los pequeños esclavos de YouTube.* Yo fui el primero en presentar una denuncia contra este tipo de canales, lo cual llamó la atención de los medios. Así que, lógicamente, no puedo decir que esos padres me quieran demasiado. Pero mis denuncias no han sido más que papel mojado hasta ahora. Es verdad que los padres ganan un montón de dinero, pero YouTube también, no sé si me entiende... [...]

Sí, hay una guerra entre canales. Kimmy y Sammy tienen actualmente cinco millones de seguidores, mientras que Minibus Team no ha llegado a superar los dos millones, y eso que Fabrice Perrot empezó antes. Así que está que trina. Ha invertido una pasta en material y busca por todos los medios aumentar su audiencia. En los vídeos que cuelga, sus hijas a menudo parecen agotadas, desganadas, solo él finge pasárselo bien. El ritmo de grabación es inadmisible. Basta con echar cuentas. Grabar un vídeo lleva su tiempo. Ya le digo yo que no deben de hacer mucho más, aparte de dormir, y eso cuando no las despierta a las tres de la madrugada para grabar la broma que les gasta. Fabrice Perrot y Mélanie Claux ajustan cuentas entre ellos a través de vídeos y rumores interpuestos. A mi modo de ver, lo mismo da que da lo mismo: niños esclavos y ritmo esta-

148

janovista. Porque no solo está YouTube. Cuando se dieron cuenta de que la gallina de los huevos de oro no iba a durar eternamente, diversificaron sus intereses: creación de canales secundarios con el nombre de los padres y cuentas de Instagram para todos. El objetivo está claro: permanecer en el candelero. Ya lo tienen todo preparado para sortear la futura ley. Ahora, algunas familias hacen incluso *lives*. Sí, *lives, ¿*se da cuenta? [...] Pues eso significa que cuando los niños están en la piscina, en el supermercado o en una fiesta en la escuela, todo lo que hacen se retransmite en directo a través de Instagram. Los seguidores pueden reaccionar o hacer preguntas. El éxito está garantizado. [...]

Para mí, esos niños son víctimas de violencia intrafamiliar. Volverá a oír hablar de ello, ya verá. Me apuesto lo que quiera. Los padres aseguran que se trata de un hobby –un hobby con el que ganan millones–, pero para mí es un trabajo encubierto. Un trabajo duro, extenuante y peligroso, digan lo que digan. Un trabajo que aísla a esos menores y los expone a lo peor. [...]

Esa gente no conoce la palabra intimidad. Mire cómo graban a sus hijos, recién salidos de la cama, frente al bol del desayuno o directamente en el baño. No me lo invento, basta con ver las imágenes para darse cuenta de que es un abuso. Sí, un abuso de autoridad. De poder. Los obedientes soldaditos repiten una y otra vez las mismas frases aprendidas de memoria, *hello Minibus friends, hey happy fans, qué hay queridos dudús,* soplan besos o mandan *besitos amorosos, y sobre todo no olvidéis suscribiros, y pulgares arriba para darnos* likes. Han aprendido a sonreír del mismo modo que los monos del circo aprenden su numerito. ¿Acaso cree que pueden decir «no, no aguanto más, lo dejo», cuando toda la familia vive de lo que generan esos vídeos? [...]

Yo no creo que una criatura de tres años sueñe con ser una estrella de YouTube... Los reclutan desde su más tierna

149

edad como lo harían en una secta. El principio fundamental no se discute: soy *youtuber,* luego soy feliz. Yo a eso lo llamo un régimen totalitario. Puede que Mélanie Claux le haya dicho que yo soy su enemigo. Es verdad. El suyo y el de todos los padres que explotan a sus hijos. [...]

Mis vídeos han suscitado muchos comentarios y muchas adhesiones, también entre los más jóvenes. Y es que no hay que pensar que todos los jóvenes participan del sistema. Muchos están indignados. Porque el verdadero problema no son esos dos o tres canales de los que todo el mundo habla. El problema es que hay decenas de canales con mil, diez mil, treinta mil, cien mil seguidores, gestionados por padres que sueñan con ganar el dinero que ganan los más populares. Hoy en día, nada impide que esos padres graben a sus hijos continuamente y se lucren a su costa. [...]

Algún día habrá que hablar también de los niños que no paran de ver esos vídeos. De los kilos de publicidad que se tragan sin que nadie parezca darle importancia. Y no son unos pocos, son cientos de miles. Comer en el McDonald's, atiborrarse de caramelos Haribo, beber Coca-Cola y Fanta... Ese es el ideal que se les está dando. Un ideal de vida, ¿no es cierto? Tómese un par de horas para mirar esos vídeos y entenderá de qué le hablo. Entenderá el peligro... [...]

Sí, claro que quiero hablar de Mélanie Claux. No tengo nada contra esa mujer. Me la crucé una vez, en una feria del sector, fue ella la que se me acercó. Se mostró educada conmigo. Es una mujer que se expresa correctamente, no pierde nunca los buenos modales. En aquel entonces yo había difundido uno o dos vídeos sobre el tema y quiso convencerme de que estaba equivocado. Quería que entendiera que ella era una buena madre, que se preocupaba por el bienestar de sus hijos, por sus estudios, una madre superpresente, superatenta, todo eso que no deja de mostrar ante la cámara. No intenté discutir con ella, lo reconozco. Simplemente pensé: «No estamos en el mismo bando.» [...]

Sé que su hija ha desaparecido. Tengo la antena puesta un poco en todas partes para saber lo que se cuece en internet. Tienen suerte de que los medios no hayan soltado prenda todavía, pero no podrán evitar las filtraciones. La gente está todo el día conectada, la información circula rápido. Muy rápido. El silencio no durará mucho. [...]

No, no conozco a ningún Tom Brindisi. [...] ¿Que ha dejado comentarios en mi página de YouTube? Me siguen un millón de personas, ¿sabe? Sobre todo gente joven. No, no lo he visto nunca, ni he hablado nunca con él. [...]

Lo siento por ellos, espero sinceramente que la niña esté bien y que pueda volver pronto a casa. Pero no me extraña lo que ha pasado. Cuando cuentas lo que haces desde que te levantas hasta que te acuestas, cuando muestras a todo el mundo la estupenda casa en la que vives, los hermosos hijos que tienes y todos los regalos que acumulas sin saber dónde meterlos, por mucho que trates a la gente de *queridos,* les soples besos o les mandes *besitos amorosos,* por mucho que intentes hacerles creer que si se suscriben a tu canal acabarán formando parte de tu familia, siempre llega un momento en que algo se tuerce. Un momento en el que por fuerza tienes que darte cuenta de que lo que haces no está bien.

Un momento en que alguien se cabrea y te da un tirón de orejas.

Durante el tercer día posterior a la desaparición de Kimmy Diore, Clara se dedicó a releer atentamente, con ojos febriles y la nuca agarrotada, las actas de las declaraciones que sus colegas le habían dejado en la bandeja y a clasificar, más tarde, los primeros resultados enviados por los laboratorios.

A su alrededor, en silencio o con frenesí, la investigación seguía su curso. En el otro extremo del pasillo, la sala de crisis se reunía ahora cada cuatro horas.

El portero, su mujer y todos los vecinos del complejo residencial habían sido interrogados. Tras cotejar los distintos testimonios, se había podido establecer un listado meticuloso con las horas de las entradas y salidas del parking. Pero el coche rojo avistado entre las 17.55 y las 18.05 no había sido aún identificado.

Con el refuerzo de otros tres agentes, el grupo encargado del rastreo en internet continuaba examinando minuciosamente las direcciones IP conectadas con regularidad a Happy Break. Como era de esperar, entre los espectadores más fieles no solo había niños. Era de sobra conocido el uso que las redes pedófilas hacían de las imágenes privadas, lo cual no impedía que miles de padres publicaran a diario fotos de su prole. Varios perfiles controlados por la Brigada de Protección de Menores se encontraban entre ellos. Ahora había que citarlos, interrogarlos y comprobar dónde estaban en el momento de la desaparición de Kimmy.

A medida que pasaban las horas, la probabilidad de una petición de rescate disminuía, dando paso a hipótesis más truculentas. Entre aquella miríada de niños expuestos con ropa interior, tutús, bodis o bañadores, algún psicópata podía haber elegido a Kimmy.

Por la tarde, Cédric Berger perdió un montón de tiempo intentando obtener el listado de los antiguos propietarios o inquilinos con acceso al parking. En principio, el administrador de la finca debía tener constancia de todos los mandos facilitados, raramente devueltos por sus usuarios. Pero el complejo residencial había cambiado de gestoría. El antiguo administrador, ilocalizable durante el fin de semana, había acabado respondiendo aquella misma mañana. Como de costumbre, Cédric había activado el altavoz para que Clara, sumergida en la relectura de las actas, no se perdiera nada de la conversación. Con tono servil, el antiguo gestor le había explicado al jefe de grupo que los archivos habían sido trasladados recientemente a un nuevo centro de almacenamiento en Bagnolet. En el hipotético caso de que se hubiera conservado el historial –algo no del todo evidente–, habría que presentar una solicitud de devolución rellenando un formulario que debería contar con el visto bueno del director. Y como este se había tomado unos días de vacaciones, la respuesta corría el riesgo de retrasarse.

Cédric, que al principio se había mostrado firme pero educado, acabó pasando a las amenazas: podía conseguir una orden de registro. El administrador, con el mismo tono apocado, le respondió que transmitiría el mensaje a la persona competente y que no tardarían en volver a ponerse en contacto con él.

Tras gritar «¡la vida de una niña está en juego!», Cédric colgó el teléfono. Por un momento, Clara temió que su jefe derribara de un puntapié el escritorio, como había hecho en otras dos ocasiones desde que compartían despacho (más por impotencia que por una pérdida de control), pero el recuerdo de la hernia discal era sin duda demasiado reciente.

—¿Me puedes decir qué hay que hacer con los capullos, Clara, y cuando digo capullos me refiero a capullos de verdad?

Cédric reflexionó unos instantes antes de añadir:

—Voy a ir con Sylvain. Y te juro que más les vale encontrar esos putos archivos si no quieren que pongamos patas arriba sus nuevas oficinas.

Tras lo cual, se puso el abrigo y desapareció.

Hacia las seis de la tarde, cuando Cédric aún no había vuelto, Clara recibió los resultados de los análisis de ADN que había solicitado con carácter urgente. En el Dudú-sucio habían identificado dos rastros de ADN: el de Kimmy y el de su madre. En las colillas y los kleenex recogidos en el jardín y en el parking habían encontrado una decena de huellas distintas. Lamentablemente, ninguna estaba registrada en las bases de datos de la policía.

Hacia las seis y media, Clara se enteró de que Mélanie Claux había echado al negociador de la BRI, cuya presencia le resultaba intolerable. La psicóloga había intentado hablar con ella, pero la madre de Kimmy se había negado a salir de su habitación.

Poco después, Cédric llamó a Clara. Salía de las oficinas del administrador de fincas con las manos vacías. Sin embargo, había conseguido la promesa de que los archivos trasladados les serían devueltos a la mañana siguiente.

El día había sido largo y con muchos contratiempos, así que Clara decidió irse a casa.

Al abrir la puerta del apartamento, notó cómo su cuerpo se relajaba y solo entonces se dio cuenta de lo tensa que había estado durante todo el día. Lo que más le agotaba era, precisamente, permanecer en alerta durante horas sin que pasara nada. Lo había podido comprobar montones de veces. Llenó la bañera, manteniendo el móvil al alcance de la mano en todo momento, y miró a ver qué tenía en el frigorífico. Se las apañaría con un poco de tarama, los restos de una bolsa de zanahoria rallada (¿dónde había leído que no era bueno guardarla más de veinticuatro horas una vez abierta?) y unas rebanadas de pan tostado.

Por primera vez en mucho tiempo le invadió una melancolía familiar, que desde el plexo se le extendía por todo el pecho. De pronto, sintió que le embargaba una sensación física de soledad. Pensó en llamar a Thomas. Necesitaba compartir con él lo ocurrido aquellas últimas horas. Con él y con nadie más. Hablarle de la espera, de la angustia, de la vida de aquella niña y de la falta de pruebas. En casi diez años de oficio había visto de cerca todo tipo de dramas, heridas y tragedias. Pero hasta entonces nunca había investigado la desaparición de un niño. Y por primera vez, sentada entre pilas de informes, tenía la sensación de estar en fuera de juego.

Cuando se separaron, Thomas pidió el traslado. Quería alejarse de ella, de París, darse la oportunidad de empezar una nueva vida. Tras su partida, fue Clara la que tomó la iniciativa de escribirle. No era el primer hombre con el que rompía así –de manera tan repentina, tan injusta–, pero era el único con el que había deseado mantener el contacto. Porque cuando se fue, tuvo que rendirse a la evidencia: no soportaba su silencio. No podía hacerse a la idea de vivir sin tener noticias suyas. Quería saber cómo le iba, si le gustaba su nuevo puesto, si se había adaptado a la nueva ciudad, si había conocido gente. Thomas no respondió a sus primeros mensajes. Pero Clara se mantuvo constante y siguió escribiéndole y contándole cosas: la mudanza del Bastion, la reconfiguración de los grupos, las dificultades para aparcar y todas aquellas obras alrededor del edificio que parecían no tener fin. Las pequeñas y las grandes anécdotas. Las dudas y las victorias. Sus emails se quedaron mucho tiempo sin respuesta. Ni siquiera sabía si Thomas los leía. Sin embargo, consciente de estar comportándose de manera egoísta, había seguido escribiéndole. Y un buen día, por fin, Thomas respondió. Al principio se mostró lacónico, elusivo, pero poco a poco fue animándose a contarle cosas. Su papel en el centro de formación de comisarios, los valores que siempre había querido transmitir, la nueva vida que llevaba. Se había instalado a pocos kilómetros de Saint-Cyr-au-Mont-d'Or, en un pueblo precioso, y solo iba a Lyon muy de tanto en tanto. Parecía feliz. Clara apreciaba aquella relación a distancia y temía el día en que Thomas le dijera que había conocido a alguien, pues estaba convencida de que entonces la relación se rompería. De hecho, desde hacía algunas semanas el intercambio de correos se había ido espaciando. Él tardaba cada vez más en contestar. Y ella se esforzaba por respetar su ritmo.

Esa noche, más que nunca, tenía ganas de escribirle, de hablar con él. Y habría dado lo que fuera por que estuviese allí con ella.

Al cerrar el grifo de la bañera se dio cuenta de que el agua estaba demasiado caliente. Puso las cosas de la cena en una bandeja y se sentó frente al ordenador. Con unos pocos clics accedió a la página de inicio del canal Happy Break y medio centenar de miniaturas apareció ante sus ojos, correspondientes a los vídeos más populares. Bajo cada una de ellas se actualizaba en tiempo real el número de visitas. Clara empezó a ver algunos de los vídeos mientras picoteaba de la bandeja. La noche anterior había descubierto que podía ordenarlos por fecha (del más antiguo al más reciente, o viceversa). Había cientos de ellos.

Empezar por el principio, volver al origen...

Cuando levantó la cabeza, habían pasado tres horas. Se estiró para desentumecer la espalda y las articulaciones. En el cuarto de baño, el agua estaba fría. Quitó el tapón para vaciar la bañera y apagó la luz.

A pesar de lo cansada que estaba, no pensaba irse a la cama.

Se sentó de nuevo frente al ordenador y recuperó el documento en el que tomaba notas desde el primer día, intentando arrojar algo de luz.

Había que dar nombre a las imágenes, describirlas, ordenarlas.

Había que sacarlas de aquel espacio infinito, sin contornos, donde estaban a la vez disimuladas y sobreexpuestas. De aquel espacio desde el que generaban millones de visitas, sin que el resto del mundo se enterara. De aquel espacio desde el que paradójicamente escapaban a cualquier tipo de control.

Había que llevarlas al mundo real.

Y, para lograrlo, las palabras eran su única arma.

Para que otros tomaran conciencia de lo que había visto –aquellos que no miraban ni mirarían nunca semejantes imágenes, aquellos que incluso ignoraban su existencia–, había que seguir escribiendo sobre ellas.

Poniéndolas negro sobre blanco.

Sí, eso era lo que tenía que hacer, aunque resultara paradójico, aunque no tuviera ningún sentido.

Aunque no sirviera de nada.

Y es que durante tres horas, frente a la pantalla, no había dejado de repetir en voz alta: «Verlo para creerlo.»

DESAPARICIÓN DE LA NIÑA KIMMY DIORE

Asunto:

Síntesis redactada por Clara Roussel a propósito de los vídeos del canal Happy Break disponibles en YouTube.

A razón de dos o tres vídeos semanales, los hermanos Diore han grabado entre 500 y 700 vídeos desde que Mélanie Claux creó el canal.

Estos vídeos han generado más de 500 millones de visitas.

El canal cuenta actualmente con 5 millones de suscriptores.

Más allá del clásico *unboxing* (desembalaje de paquetes, juguetes o golosinas), los vídeos más populares son los que consisten en juegos o retos grabados en casa.

El consumo suele ser el elemento central en la mayoría de las grabaciones. Comprar, desembalar y comer son las principales actividades de los niños.

Fuera de casa, los supermercados, los parques de atracciones y las salas de videojuegos son los escenarios secundarios más apreciados por los seguidores.

Entre 2015 y 2017, Mélanie Claux no aparece todavía en pantalla. Su voz en *off* guía a los niños y comenta lo que hacen.

A partir de 2017, empieza a mostrarse. Puede verse enseguida cómo evoluciona rápidamente su corte de pelo y su maquillaje. A medida que se hace más presente, su look va consolidándose: viste por lo general de rosa o blanco, le gustan el satén y las lentejuelas. Su aspecto remite claramente al de los personajes de Walt Disney. Los niños siguen siendo, en todo caso, los protagonistas.

Con el paso del tiempo, los formatos, el montaje y los efectos gráficos se profesionalizan. Los hermanos interpretan a veces papeles escritos, claramente aprendidos de memoria. Se intenta mantener, eso sí, la sensación de vídeo casero y de inmersión familiar para potenciar al máximo la identificación del espectador.

A medida que los niños van haciéndose mayores, su actitud evoluciona.

En los primeros vídeos, Kimmy no presta ninguna atención a la cámara. Solo le interesan los juegos y el consentimiento de su madre, a quien los dos hermanos miran a menudo, situada fuera de campo.

Poco a poco, y conforme la decoración va cambiando (sobre todo a partir de la incorporación del estudio familiar), los niños aprenden a mantener la mirada en el objetivo.

Asimismo, su manera de vestir va cambiando progresivamente. Al principio, Kimmy y Sammy llevan ropa neutra. A partir de 2017, cada vídeo los muestra con ropa distinta: camisetas o sudaderas con las siglas y los nombres de las diferentes marcas que patrocinan el canal o con los rostros de sus héroes de ficción favoritos. Nunca dos veces la misma ropa.

Desde finales de 2016, la gramática y el vocabulario van haciéndose más precisos. Kim y Sam repiten sistemáticamente las mismas frases al empezar y al acabar cada vídeo, animando a los internautas a suscribirse al canal y a darles *likes.*

Muletilla inicial: «Ey, *happy fans,* ojalá estéis todos bien. ¡Nosotros estamos estupendamente!» Luego la voz de Mélanie toma generalmente el relevo para confirmar que están bien de verdad y preguntar a sus hijos cuál es el reto del día (un juego o desenvolver regalos), como si fueran ellos los que decidieran y ella se enterara al mismo tiempo que los espectadores.

Muletilla final (Kim y Sam hablan por turnos o al mismo tiempo): «*Bye bye, happy fans!* Si os ha gustado el vídeo, ¡no dudéis en compartirlo! Besitos amorosos, os adoramos. No olvidéis levantar el pulgar y sobre todo: ¡suscribíos!»

En 2017, en respuesta a los ataques que está sufriendo el canal, Sammy graba un vídeo con su hermana. Con una sonrisa algo forzada, explica a cámara que siempre ha soñado con ser *youtuber* y que su sueño se ha hecho realidad. El texto está claramente escrito y recitado. A su lado, con las manos en las rodillas, Kimmy asiente en silencio. Sammy se levanta y ejecuta una suerte de coreografía, luego da las gracias «de corazón» a todos los que los apoyan y los quieren. Y concluye con estas palabras: «Tenemos que ser un ejemplo para los otros niños que también tienen sueños y enseñarles que hay que creer siempre en uno mismo.»

Desde hace algunos meses, el entusiasmo de Kimmy parece haber decaído. A pesar de unos montajes dinámicos y del uso cada vez mayor de efectos especiales, las reticencias o el cansancio de la pequeña –que no sabe disimular tan bien como su hermano– son a veces perceptibles.

En algunos de los episodios más recientes, la mirada de Kimmy parece perderse, como si todo aquello no fuese con ella. Desconecta, deja de escuchar, ya no mira a cámara y su madre tiene que llamarle la atención.

Como un buen soldadito, se esfuerza entonces en sonreír.

Algunos de los vídeos de Happy Break superan actualmente los 25 millones de visionados.

Los retos alimentarios constituyen su mayor éxito. En la era de lo bío y lo vegano, el 80 % de los productos que muestran Kimmy y Sammy pueden considerarse comida basura (refrescos azucarados, *fast-food,* chucherías).

El uso del inglés en los títulos de los juegos es sistemático, prueba evidente de que están inspirados en los canales anglosajones. En líneas generales, los vídeos de Happy Break son parecidos a los de Minibus Team, a los de La Banda de los Dudús y a los de otros canales de la competencia, que suelen copiarse entre sí.

Todos los vídeos están basados en el mismo recurso dramático: la satisfacción inmediata del deseo. Kimmy y Sammy viven el sueño de cualquier niño: comprarlo todo, y comprarlo ya.

A Kim y a Sam acostumbran a invitarlos para promocionar parques de atracciones y salas de juegos. Los fines de semana los dedican casi exclusivamente a ir de unos a otros.

Por lo menos una vez al año, Kim y Sam se reúnen con sus fans en encuentros organizados en parques de atracciones, que por supuesto son grabados y originan nuevos vídeos. Kim y Sam son recibidos como auténticas estrellas. Hacinados detrás de las vallas, los fans hacen cola y, tras una larga espera (la media es de dos horas), se van con una foto dedicada. Los más afortunados consiguen hacerse un selfi con los hermanos.

Un grupo distinto de vídeos son los que tienen como objetivo promocionar los artículos derivados que produce la familia (agendas, juegos de mesa, cuadernos de ejercicios, bolígrafos).

Varios días antes de la desaparición de Kimmy, Mélanie Claux cuelga un vídeo titulado *La verdad sobre Happy Break,* donde aparece sola. Por primera vez, no propone ningún juego, ni promociona ningún producto. Con tono serio, trata de responder a los diversos ataques, cada vez más numerosos, que recibe en las redes sociales.

Mélanie Claux menciona el proyecto de ley que pretende regular la actividad de los niños en YouTube, actualmente en fase de estudio y que ella afirma respaldar. Asegura que ella y su familia respetan ya todas las normas que vendrán y salpica su discurso con diversas alusiones a otros canales «menos escrupulosos». También hace alusión a ciertos rumores (desescolarización de sus hijos, acoso escolar a Sammy), que desmiente con rotundidad. Repite en varias ocasiones que todos están estupendamente y concluye así: «Formamos una familia muy unida. Nuestros hijos son muy felices, tienen una mamá que se ocupa mucho de ellos, y eso es sin duda lo que provoca tantos celos. Pero todas esas calumnias no podrán con nosotros. Sabemos que vosotros estáis ahí y que nos queréis. Todo lo que nos pasa es gracias a vosotros. Nosotros también os queremos mucho mucho y os lo agradecemos de todo corazón: ¡gracias, gracias, gracias!»

La mañana del cuarto día tras la desaparición de Kimmy, Mélanie Claux y Bruno Diore recibieron un sobre blanco acolchado de tamaño estándar. Una mano infantil había escrito el nombre de Mélanie (solo el suyo) y su dirección postal completa, bloque y piso incluidos. Un niño pequeño –tal vez Kimmy– había copiado las palabras. Bruno observó la letra aplicada y un sudor gélido le recorrió la espalda. A pesar de las órdenes tajantes que habían recibido, cuando Mélanie comprendió de qué se trataba se abalanzó sobre la carta y la destripó.

–¡No lo hagas! –gritó Bruno.

Mélanie ignoró la advertencia de su marido y metió la mano en el interior del sobre. Sacó una polaroid en la que aparecía Kimmy. Tomada de cerca, la fotografía mostraba a la niña sentada en el suelo, con la espalda apoyada en una pared blanca. Al ver la imagen, Mélanie ahogó un chillido. En el fondo del sobre había algo más, como un pequeño envoltorio. Al mirarlo bien, vio que se trataba de una hoja de papel de seda doblada varias veces y sellada con celo. Iba acompañada de una tarjetita blanca con algo escrito. Mélanie leyó el mensaje y al instante el temblor de las manos se propagó por todo su cuerpo.

Bruno le arrebató la nota y leyó lo que decía.

SI QUIERES VOLVER A VER A TU HIJA,
HAZ EXACTAMENTE LO QUE TE DIGA.
GRÁBATE AL ABRIR EL PAQUETITO.
Y *PUBLICA EL VÍDEO*

Bruno se enderezó.

–¡No toques nada más!

Mélanie estaba petrificada, con el paquetito apretado en el puño.

–Hay que avisar a Cédric Berger. Seguro que hay huellas y lo estamos ensuciando todo. Nos lo han repetido veinte veces, Mel, si se ponen en contacto con nosotros o si recibimos algo, sea lo que sea, ¡tenemos que llamarlos inmediatamente!

Su tono de voz se había vuelto de pronto muy firme. Se acercó a su mujer e intentó aflojarle los dedos.

–No, no –suplicó Mélanie–, ¡escúchame! Grabamos primero el vídeo y luego llamamos. Te lo prometo.

Se desafiaron con la mirada durante varios segundos.

Bruno nunca había visto a su mujer en semejante estado. Tenía los labios exangües y ojos de enajenada.

Al final se dirigió a la cocina y volvió con una caja de guantes de látex que ella usaba de vez en cuando para limpiar. Sacó un par y se lo tendió.

Sin decir nada, Mélanie se acercó a la mesa y, tras un momento de duda, acabó tomando asiento. Bruno fue a buscar la cámara, la puso en un trípode y la encendió. Ajustó el encuadre en el visor y se dispuso a iniciar la grabación.

165

Mélanie se enfundó los guantes, inspiró profundamente y empezó a abrir el paquetito mientras Bruno filmaba la escena.

Al descubrir lo que contenía –desde su posición, Bruno solo alcanzó a ver una cosa minúscula y transparente–, Mélanie soltó un alarido.

Luego se puso a llorar y Bruno apagó la cámara.

Bruno se acercó a Mélanie. Las piernas le flaqueaban. Desconectadas la una de la otra, parecían obedecer solo parcialmente a su cerebro.

Antes de mirar lo que su mujer había descubierto, se tomó el tiempo de sentarse, consciente de estar retrasando el momento de afrontar una visión que podría atormentarlo.

Solo entonces se inclinó sobre el papel rosa y descubrió una uña infantil, lisa y limpia, perteneciente a un dedo índice o corazón, a juzgar por el tamaño.

Bruno se contuvo para no golpear la pared con el puño, cogió el móvil y marcó el número de Cédric Berger.

En los casos de desaparición de menores, el presunto autor es designado habitualmente en masculino: fuera del ámbito familiar, el 98,7 % de homicidios y violaciones de niños son cometidos por hombres. Cuando se produce un rapto con petición de rescate, el plural se impone: los secuestradores no tardarán en hacer su petición. La lengua se ajusta a las estadísticas.

Sin embargo, incluso después de recibir el sobre con la foto de Kimmy Diore y la extraña petición, los investigadores seguían hablando en singular. Sin motivo aparente, el inconsciente de la Brigada pensaba en un hombre que actuaba solo. Así pues, al día siguiente del rapto, *el secuestrador* había metido el sobre en un buzón del distrito X de París. Franqueada con un sello verde, no prioritario, la carta había tardado dos días en llegar a las manos de Mélanie Claux. El secuestrador no tenía prisa. La ropa y los zapatos con los que aparecía Kimmy en la polaroid eran los mismos que llevaba el día de su desaparición. La niña miraba al objetivo con cara seria, concentrada, sin que pudieran apreciarse ni heridas ni contención. Las instrucciones que acompañaban al paquetito estaban escritas a mano, con letras mayúsculas. Pero Clara no había tardado en descubrir un segundo mensaje, garabateado con lápiz en el papel de seda con el que estaba envuelta la uña: «No te olvides del vídeo, si no la próxima vez recibirás un dedo.»

Un doble mensaje, escrito a mano, que denotaba cierto amateurismo o cierta improvisación. Aunque también podía ser para despistar.

–O una retorcida estratagema –concluyó Lionel Théry, sin poder ocultar su perplejidad.

Desde el principio, la Brigada Criminal había esperado una petición de rescate. Dicha hipótesis, unida a la celebridad de la niña, es lo que había llevado a la Fiscalía a recurrir a sus servicios. Pero de momento el secuestrador solo pedía una cosa. Que Mélanie colgara un vídeo.

–Y no un vídeo cualquiera –matizó Clara–. Un vídeo de *unboxing,* como el que sus hijos han grabado cientos de veces.

Luego, tras un breve silenció, añadió:

–Pero esta vez es ella quien abre el paquete.

Según los expertos, la foto había sido tomada al día siguiente de la desaparición. La uña recibida era efectivamente la de una niña de seis años; pero, al haber sido limpiada, las probabilidades de obtener algún resultado en un análisis más preciso eran escasas.

La Brigada debía tomar ahora una decisión: acceder o no a la petición del secuestrador. En los casos de petición de rescate, la estrategia consistía por lo general en ganar tiempo. Pero de momento el secuestrador no pedía dinero. No proponía ninguna cita. No pedía nada más que un vídeo que podría ver desde su casa o desde cualquier cibercafé, invisible entre la multitud de fans o de curiosos que lo mirarían sin parar, por no hablar del algoritmo que, dada su potencial viralidad, seguiría fomentándolo durante mucho tiempo. ¿Tenían que ceder y esperar a que el secuestrador precisara sus exigencias, o resistir y correr el riesgo de recibir una nueva prueba de su determinación? Las posturas a favor de una u otra opción estaban empatadas. Tras una tensa discusión, Lionel Théry zanjó el asunto: había que dar un paso en *su* dirección. Obligarlo a salir de su guarida, a establecer algún tipo de contacto, a manifestarse de nuevo.

Así pues, Mélanie iba a hacer lo que el secuestrador quería que hiciera. Estalló entonces una nueva discusión para decidir en qué medio convenía difundir el vídeo, pero Clara se mostró inflexible: YouTube era el lugar natural del *unboxing*.

Hacia las siete de la tarde, desde las oficinas del Bastion donde su ordenador seguía incautado, Mélanie Claux publicó en su canal Happy Break el vídeo grabado por su marido. Llevaba por título solamente la fecha del día, duraba cuarenta segundos y no iba acompañado de ningún comentario. Se veía a Mélanie desenvolver el paquete, gritar y ocultar la cara entre sus manos. Aunque mudas, breves y enigmáticas, las imágenes poseían auténtica fuerza dramática. Cualquiera que las viera por primera vez, incluso sin contexto y desprovistas de cualquier explicación, entendía perfectamente que no se trataba de una broma o de una puesta en escena. El vídeo, por corto que fuera, colocaba al espectador en mitad de un drama. El sufrimiento de Mélanie se convertía en un espectáculo cuya violencia implícita garantizaba sin ninguna duda la viralidad y el éxito.

Tal vez ese fuera exactamente el efecto que el secuestrador buscaba.

De hecho, en cuanto el vídeo se publicó, el rumor que hasta entonces a duras penas había podido contenerse se propagó de inmediato por todas las redes sociales: Kimmy Diore había sido secuestrada. Las imágenes de Mélanie Claux se replicaron y se comentaron hasta el infinito. La mayor parte de las interpretaciones convergían en la misma dirección: la madre había recibido una falange de su hija.

Clara acababa de cumplir trece años cuando sus padres aceptaron por fin comprar un televisor. Tras años de discusiones estériles y reiteradas negativas, tuvo que lanzar un ataque en toda regla: fijación de carteles en las paredes del salón y de la cocina, creación de un movimiento de protesta in situ, recogida de firmas y distribución diaria de octavillas. No tardó en constituirse un comité de apoyo, formado por su perro Mystic, su prima Elvira y su primo Mario. Una primera sentada bajo las ventanas del apartamento hizo tambalear las convicciones paternas, una segunda frente a la portería –destinada a sumar a la causa nuevos simpatizantes– acabó con sus reticencias. Clara había conseguido salirse con la suya. Por fin podría hablar con sus amigas de *Embrujadas,* de *Friends* y de *La doctora Quinn.* Tuvo que esperar a la Navidad para que su victoria se concretara. Réjane y Philippe compraron en Darty un aparato de tamaño medio al que hubo que hacerle un sitio en el salón. Apenas unos meses después, Philippe miraba asiduamente el programa informativo *Análisis minucioso* y el espacio cultural *Palabras a medianoche,* mientras que Réjane no se perdía ningún episodio de *Urgencias.* Y

171

por mucho que el tiempo que Clara podía pasar frente al televisor estuviese oficialmente regulado, las múltiples actividades de sus padres fuera de casa le dejaban un margen de transgresión nada desdeñable, ante el que Philippe y Réjane se limitaban a hacer la vista gorda.

Por las noches, cuando los tres estaban en casa, a Philippe le gustaba sentarse junto a su hija y analizar las imágenes. Poco a poco, le fue enseñando a desentrañar los entresijos del espectáculo mediático: el uso del condicional para paliar la falta de información, las conclusiones apresuradas del telediario vespertino, la puesta en escena de los reportajes o de los programas de economía, la incuestionable ficción de los *reality shows*. A Philippe le interesaban sobre todo los canales de información continua, su gramática, su vocabulario y su fantástica capacidad para seguir dando noticias cuando no había nada nuevo que decir. Clara y él se habían inventado un sketch: «El-reportero-enviado-a-cubrir-en-directo-la-Nada-Absoluta», que no perdían ocasión de interpretar.

Clara lo comprendió de mayor, cuando sus padres ya no estaban: había sido la hija única y mimada de una pareja de militantes enamorados. De su grupo de amigos, Philippe y Réjane fueron los primeros en ser padres. La habían tenido muy jóvenes y la habían llevado a todas partes. Clara había participado en todas las fiestas, en todos los pícnics, en todas las reuniones. De entre las anécdotas mil veces repetidas, su preferida era la de la fiesta posterior a la primera manifestación en la que Clara había participado, a los pocos meses de nacer. Réjane y Philippe fueron de los primeros en llegar al piso donde se celebraba la fiesta y dejaron sobre la cama el moisés con el bebé durmiendo. Luego fueron llegando otros amigos y conocidos. Apretujados en el salón, estuvieron charlando y bebiendo durante un par de horas, tras las cuales Réjane descubrió el moisés sepultado bajo un montón de bufandas y abrigos. Clara, impasible, seguía durmiendo como si nada. El susto retrospectivo pasó a formar parte de la leyenda familiar y Philippe concluyó que a su hija nunca le faltaría el aire.

Clara creció entre conversaciones de adultos, arrullada por términos como reproducción, dominación, violencia, insumisión, combate y otros por el estilo. Desde niña tuvo conciencia de la miseria del mundo y del privilegio de haber nacido en el lugar adecuado. Cuando a los seis años dejó de crecer, la caída no fue la única hipótesis que se barajó para explicar el fenómeno. Durante varios meses, Clara estuvo yendo a un psicólogo que consideraba que su madurez y su lucidez eran preocupantes en una niña de su edad. De un modo que no admitía discusión, recomendó a sus padres que la mantuvieran alejada de determinadas conversaciones.

De la educación recibida, Clara había conservado el valor de la responsabilidad y el espíritu de resistencia. Procuraba tomar partido por determinados asuntos sin dejar de cuestionárselos. Y con esta misma filosofía se tomaba su trabajo. Pensaba a menudo en el amor que se habían profesado sus padres. Un amor que le había dado equilibrio. Y que la había hecho más fuerte, sin duda alguna.

Pero en las actuales circunstancias, situado en el corazón de aquella mitología que nada podría atenuar ni contradecir, semejante amor se había convertido en un modelo inaccesible.

Determinados casos reactivaban los recuerdos, los traumas. Los policías lo comentaban a veces, con la boca chica, pero raramente llegaban a admitir que sentían empatía, o aversión, o que una historia les afectaba más que otra. Tenían que mostrar solidez. Sangre fría. No sus afectos. Recordaba perfectamente una noche en que Cédric rompió el silencio y le contó cómo los homicidios conyugales no le dejaban dormir. Su padre había sido un hombre violento y había estado a punto de matar a su madre en varias ocasiones. Y cada vez que a lo largo de su carrera había tenido que enfrentarse a algo similar, había notado cómo cambiaba su metabolismo. Bastaban unas pocas palabras, unas pocas imágenes para que empezase a circular por sus venas un enorme malestar, que había tenido que aprender a combatir.

Clara había salido del Bastion una hora antes. Primero había retardado el momento de bajar al metro y luego, una vez más, había decidido volver a pie. Con un gorro de lana calado hasta las orejas y las manos enguantadas, caminaba por la Avenue de Saint-Mandé, consciente de que la desaparición de Kimmy Diore le hacía pensar curiosamente en la niña que había sido.

Y también, sin duda, en la que nunca tendría.

Igual que sus colegas, Clara prefería trabajar en silencio y a la sombra. «Anónimos y sin gloria», tal había sido en otros tiempos la divisa, real o inventada, de los investigadores de la Criminal.

La tregua había llegado a su fin, y Clara lo sabía. Una bomba acababa de explotar en los medios y en las redes sociales. A partir de ahora, todos los focos se dirigirían hacia ellos: padres, familia, policías, vecinos, nadie lograría escapar al radar mediático.

Una hora después de la difusión del vídeo, una decena de periodistas hacían guardia frente al Bastion. Otros ha-

174

bían tomado el complejo residencial Le Poisson Bleu y otros más habían asaltado los comercios de alrededor. Los reporteros-enviados-a-cubrir-en-directo-la-Nada-Absoluta se habían puesto manos a la obra. Con la nariz roja de frío y el micro en la mano se quedarían allí hasta el final, a la caza de anécdotas, hipótesis y comentarios.

Cuando Mélanie deslizaba el dedo hacia la derecha en la pantalla de su teléfono móvil, aparecía una selección de noticias recientes. Alertas cuyo carácter espectacular, sensacional o escandaloso no le pasaba desapercibido, y sin duda ese era el motivo por el que no paraba de deslizar el dedo por la pantalla: de buena mañana al despertarse, durante el día cuando se tomaba un descanso, en el baño, en la cola del supermercado, por la noche justo antes de acostarse. Si hubiese tenido que calcular cuántas veces al día hacía aquel gesto, se habría quedado corta. Y es que aquel simple deslizamiento del pulgar se había convertido, para ella y para muchos, en una forma de estar conectada con el mundo, o más bien con la propensión del mundo a producir acontecimientos dramáticos.

Así, hacia las diez de la noche, Mélanie consultó por vigésima vez las alertas que aparecían en la pantalla de su iPhone.

NOTICIAS

lci.fr

EN DIRECTO: la pequeña Kimmy, estrella de YouTube, lleva cuatro días desaparecida.

176

bfmtv.com
EL VÍDEO DEL INFIERNO. Por petición expresa del secuestrador de su hija, la madre de la pequeña Kimmy cuelga un vídeo.
ouest-france.fr
VIRUS DEL TOMATE. Contaminación confirmada en una explotación agrícola de Finisterre.
leparisien.fr
SUBSIDIO DE DESEMPLEO: novedades para 2020.
El tiempo
Châtenay-Malabry
Mayormente soleado
Riesgo de precipitaciones: 20 %

Normalmente, Mélanie se habría detenido en la primera noticia y, dada su curiosidad natural por los sucesos, habría realizado algunas búsquedas complementarias con un vago sentimiento de culpabilidad. «Qué horror», habría pensado, y su cuerpo habría experimentado una emoción real, a medio camino entre el miedo y la aflicción, una suerte de compasión sobrevenida mezclada con el alivio de no estar implicada en el suceso. Porque Mélanie lo sabía muy bien: hay que avistar la catástrofe para valorar el alcance de tu propia tranquilidad. Cuando tomamos conciencia de que la vida puede convertirse de pronto en un drama irremediable, la paz se vuelve más preciosa todavía.

Solo que esta vez no había desaparecido *una* niña. Había desaparecido *su* niña.

Aquella noche, Mélanie Claux y su marido habían sido alojados y registrados con nombres falsos en el TimTravel, un hotel relativamente nuevo situado a un centenar de metros del Bastion. Habían puesto a su disposición

177

una suite junior, amplia y diáfana. Por su parte, los padres de Bruno, encerrados en casa desde el día anterior, habían conseguido de momento proteger a Sammy de los fotógrafos y mantenerlo alejado de la televisión.

Mélanie había subido el vídeo y, a partir del primer segundo, el contador de visitas se había puesto en marcha.

Antes de acostarse, estuvo dando vueltas por la habitación, dubitativa, pero al final no pudo resistirse a consultar las estadísticas de su canal, proporcionadas automáticamente por YouTube.

Su nuevo vídeo aparecía destacado en la primera página, acompañado por el siguiente comentario: «¡Tu último vídeo está teniendo unos resultados excepcionales!»

Dadas las circunstancias, Mélanie se daba cuenta de lo absurdo y violento de aquel comentario generado por una máquina, pero era incapaz de apartar los ojos de la pantalla.

Como era de esperar, los otros vídeos de Happy Break se habían beneficiado del interés suscitado por el último. Todos los datos estaban en verde: en las últimas veinticuatro horas, la audiencia había aumentado un 24 %, la duración de los visionados un 23 % y los beneficios un 30 %.

En negrita y en mayúsculas, la plataforma la felicitaba: «¡EXCELENTE! Tu canal ha registrado 32 millones de visitas en los últimos 28 días. ¡ENHORABUENA!»

Mélanie releyó varias veces los comentarios. Se sentía halagada. Recompensada.

Cuando se dio cuenta, le embargó un sentimiento de asco. Sí, se daba asco a sí misma.

Pensó en el placer que sentimos a veces al respirar

nuestros propios olores corporales. El de la transpiración, el de los fluidos, el del pelo sucio. De niña, cuando se quitaba los calcetines, se los llevaba enseguida a la nariz para aspirar su olor.

Exactamente igual que ahora.

La mañana del quinto día tras la desaparición de su hija, Mélanie se levantó justo antes de las seis. Gracias a los ansiolíticos había podido dormir tres horas. No estaba mal.

Al despertarse, volvió la angustia. Una extraña acidez se le propagaba por todo el cuerpo y le impedía respirar con normalidad. Había momentos en que tenía que contenerse para no echarse al suelo a gritar, otros en que se desesperaba por encontrar un rincón donde poder acurrucarse. Le entraban ganas de meter la cabeza en algo blando y perder la conciencia. Le asaltaban sin cesar imágenes de Kimmy: su sonrisa, su adorable carita, sus gestos de niña pequeña. A veces, en mitad del silencio, oía a su hija pidiendo socorro. Jamás habría podido imaginar semejante sufrimiento, ni el enorme esfuerzo que debía hacer ahora para mantenerse en pie.

Sus vidas se habían detenido y, sin embargo, el tiempo seguía transcurriendo al mismo ritmo, tal vez algo más lento, sí, tal vez al ralentí, pero tampoco estaba del todo segura de ello. En realidad, no estaba segura de nada, como si le hubieran amputado una parte de sus capacidades innatas para percibir lo esencial. Por momentos ya no sabía dónde estaba, ni qué hora era.

De todos modos, la carta recibida el día anterior le había devuelto la esperanza. Kimmy estaba viva.

Se acercó a la ventana. Contempló durante un rato el despertar de la ciudad: las primeras maniobras de descarga, los primeros peatones saliendo del metro y el baile de furgonetas verdes del ayuntamiento. En internet, se había vuelto imposible sortear las noticias relativas al caso. En todos los buscadores, las palabras clave asociadas con Kimmy Diore eran mayoritariamente *desaparición, muerta, secuestro, rescate, falange cortada.* Las teorías se multiplicaban. Algunos afirmaban, esgrimiendo fuentes fiables, que la petición de rescate era de un millón de euros, otros señalaban las incoherencias del caso y su tardía revelación para sostener la hipótesis de un falso secuestro organizado por la familia con fines publicitarios.

La víspera, la madre de Mélanie la había llamado para reprocharle, entre sollozos, que no la mantuviese informada. Ella también tenía derecho a saber lo que estaba pasando. Los padres de Bruno no eran los únicos afectados. Ella no solo había tenido que soportar montones de preguntas, de insinuaciones, de verificaciones, sino que encima, ahora que todo el mundo estaba al corriente, su teléfono no paraba de sonar. Mélanie había dejado que se lamentara («No nos cuentas nada, no nos tienes en cuenta para nada, no te das cuenta de nada») sin interrumpirla. Su madre no se había interesado en ningún momento por saber cómo estaba, no había preguntado por Sammy, no había sentido lástima por Kimmy ni por nadie. Se había limitado a quejarse de toda la gente que pasaba por su casa o que los acosaba telefónicamente para saber más detalles de la investigación, tanto a ellos como a su hermana Sandra, hasta el punto de que había tenido que sacar a sus hijos de la escuela. Todo aquello era muy difícil para ella, las indiscreciones, la presión mediática, y encima tenía que enterarse a través de internet de los giros imprevistos del caso. Tras oír semejante expresión, *giros imprevistos,* Mélanie había colgado el teléfono.

Como anestesiada por el ronroneo del climatizador, Mélanie se dejó embargar por el desánimo. Su madre había vuelto a llamarla, incapaz de imaginar que la interrupción pudiese ser voluntaria, pero Mélanie había rechazado la llamada desde el primer tono. Un gesto, repetido hasta en tres ocasiones, que había conseguido aliviarla. No podía rendirse. Debía mostrarse firme. No estaba sola. Pertenecía a una comunidad. Tenía una segunda familia. Solo hacía falta entrar en su cuenta de Instagram y ver los cientos de mensajes que no paraban de dejarle. Mensajes de apoyo, de compasión. Avalanchas de *me gusta,* corazones de todos los colores, emojis desbordantes de amor.

Su madre no había cogido el primer tren para estar junto a ella. Su madre se había quedado en casa respondiendo a las preguntas de los vecinos. Era un hecho incontestable. Pero sus fans, que la seguían y la querían desde hacía tanto tiempo, sí que estaban allí. Con ella. A su lado. Dándole ánimos y apoyándola en todo momento.

Bajo los efectos del somnífero que había acabado tomándose bien entrada la noche, Bruno seguía durmiendo. Por primera vez en cuatro días, Mélanie tenía hambre. Pensó en llamar al servicio de habitaciones para que le subieran el desayuno, pero al final decidió esperar a que su marido se despertara.

Volvió a mirar por la ventana. Estaba amaneciendo y el trajín de la ciudad se había intensificado. La circulación era más densa y de las bocas de metro salían cada vez más hombres y mujeres. Vistas desde arriba, las siluetas parecían deslizarse bajo la llovizna. El tranvía pasaba por delante del hotel a intervalos regulares, dejando entrar y salir grupos de viajeros. Gente apresurada, a veces extenuada, pero fiel a su rutina. Gente cuyas vidas no se habían hundido en un océano de angustia. Mélanie permaneció así unos instantes, con la nariz pegada al cristal. Luego se volvió hacia la habitación y observó cómo dormía su marido. Estaba acostado boca arriba, con un brazo estirado a lo largo del cuerpo y el otro en ángulo recto sobre el edredón. Su frente, sus párpados, sus cejas experimentaban minúsculos temblores. Asaltado por imágenes, impresiones o sueños de los que no iba a guardar ningún recuerdo –como ínfimas descargas de electricidad–, su rostro era incapaz de encontrar el reposo. Mélanie se acercó a él hasta notar su aliento. Tenía la piel lisa. Era guapo. Comía de manera sana, no fumaba, practicaba varios deportes. Era el hombre con el que siempre había soñado. Un hombre con el que se podía contar. Bruno siempre la había apoyado. Sin dudarlo un solo instante, había dejado su trabajo para acompañarla en aquella conquista virtual que ella había sabido dirigir hasta encumbrarlos. Renunciando a una prometedora carrera como informático, había hecho cursos de grabación, de montaje, de contabilidad, de efectos especiales. Había creído en ella, en sus capacidades, en su poder para cambiarles la vida. Bruno era un hombre leal, que nunca la traicionaría. Un hombre que la admiraba. ¿Cuántas veces le había oído decir, bromeando sobre su relación: «Mi mujer es la que lleva los pantalones» o «Habrá que preguntárselo a la jefa»? Bruno era un hombre moderno. Una buena persona. Alguien pragmático. No necesitaba mandar ni ser el jefe para demostrar su virilidad. Era uno de esos hombres en los que una mujer puede apoyarse.

En la penumbra, Mélanie observaba cómo el torso de su marido subía y bajaba al ritmo de la respiración. En el silencio de aquella estancia perfectamente aislada del ruido exterior, Bruno soltaba de vez en cuando un ligero gemido. De pronto, a Mélanie le entraron ganas de acariciarle el pelo, de besarlo, pero no lo hizo por miedo a que se despertara.

Mélanie se desnudó frente al espejo de la habitación y se enfrentó a su propio reflejo. Poco a poco se fue acercando hasta que su aliento se convirtió en vaho sobre la superficie bruñida. Un cabezazo seco, rápido, le abriría una brecha en la frente y la sangre le correría por la cara. La imagen pasó fugazmente por su cabeza. Entonces dio media vuelta y se metió en el cuarto de baño para tomar una ducha.

Mientras el agua caliente le caía sobre la piel, se contempló detenidamente. Las piernas, la barriga, los pechos. Durante mucho tiempo soñó con tener otro cuerpo. Un cuerpo deseable a primera vista. Un cuerpo explícito. Ostensible. Un cuerpo hecho para el sexo, como el de Nabilla, el de Savane, el de Vanessa. Había soñado con tener sus piernas kilométricas, sus nalgas redondas y musculosas. Pero su cuerpo no era tan atractivo. Ni susceptible de ser mejorado como el de aquellas mujeres que no paraban de transformarlo para hacerlo más deseable todavía. Era un cuerpo normal, ni más feo ni más bonito que la media. Había tenido dos hijos y, con el tiempo, había engordado ligeramente. La piel se le había aflojado. Pero sus pechos seguían intactos. Firmes y abultados, tendidos hacia el Otro.

Mélanie cerró los ojos y tuvo una visión: unas manos le acariciaban los pechos, o más bien sus pechos estaban cubiertos completamente por unas manos. Unas manos grandes, ávidas. Que no eran las de su marido.

Al salir de la ducha, Mélanie tomó una decisión.

Se vestiría, saldría del hotel e iría andando hasta el número 36 de la rue du Bastion. En la recepción, pediría hablar con Clara Roussel y se lo contaría todo.

La mañana del quinto día tras la desaparición de Kimmy Diore, nada más llegar a comisaría, Clara se encontró a Cédric Berger gesticulando en el pasillo mientras hablaba a gritos por el móvil. Con un gesto de la cabeza, le indicó que lo siguiera hasta el despacho.

De pie frente a su jefe, Clara pudo observarlo con detenimiento. Parecía cansado y tenía la tez pálida. «No debe de haber dormido en cuatro días», pensó mientras le sonreía. Cédric se sentó para terminar la conversación telefónica y con un gesto le indicó que hiciera lo propio. Por lo que decía, Clara entendió que estaba hablando con la BRI.

El primer contacto entre ambos no había sido fácil. Antes de trabajar juntos, Cédric Berger había oído lo que se decía de ella. Que si era una maniática, que si era puntillosa, que si era demasiado cerebral. Hija de profesores, había tenido una relación sentimental con un subinspector en otra unidad: dos hechos incuestionables que la perseguirían allí donde fuera. La había visto dos o tres veces antes de que la destinaran a su equipo, y había quedado impresionado por su aspecto juvenil y su cuerpo de bailarina reconvertida en corredora de maratón. Al principio desconfió de la extraña autoridad que desprendía a pesar de su baja estatura y la recibió sin disimular sus reservas. En su haber, Clara tenía la reputación de poder trabajar durante horas sin tomarse un vaso de agua y de no dar nunca su brazo a torcer. Pero Cédric tenía por costumbre forjarse su propia opinión. De buenas a primeras, Clara le pidió que no la llamara *procédurier,* sino *procédurière,* en femenino, y él no vio en ello ningún inconveniente, pero no pudo evitar decirle que *procédurière* rimaba con *mégère* (harpía) y con *commère* (chismosa). A lo que Clara respondió que le iba que ni pintado. Fue la primera vez que rieron juntos. Con el tiempo, Cédric quedaría asombrado por su instinto, su mentalidad abierta y su resistencia física. Clara se expresaba como aquellas jóvenes que salían en los documentales de los años sesenta desempolvados por el Instituto Nacional del Audiovisual, pero sabía reírse de sí misma. Como todo buen cazador, Cédric era capaz de adaptar la distancia focal y el ángulo de observación. No tardó mucho en darse cuenta de que Clara era una estupenda investigadora y que acabaría convirtiéndose en una pieza clave de su equipo. Al cabo de unos meses, viendo cómo atosigaba a todo el mundo con sus exigencias gramaticales y ortográficas, hasta el punto de hacerles repetir (a él también) las actas –con el argumento, a todas luces exagerado, de que la imagen de la Brigada estaba en juego–, se le ocurrió apodarla «la Académica».

Y el mote había calado.

Al cabo de un par de minutos, Cédric por fin colgó el teléfono.

–A que no sabes lo que he descubierto.

–No.

–Que mis hijas son fans de Happy Break. ¡Y de Mélanie! ¡Están loquitas por ella! ¡Las dos! Parece ser que hace tiempo que la siguen, porque me han hecho un resumen de todo lo que ha pasado en la familia estos dos últimos años. Casi me estoy planteando llamarlas a declarar. La pequeña adora a Kimmy. La mayor prefiere a Sammy y, desde que tiene móvil, sigue a Mélanie Dream en Instagram. Está fascinada con ella. La encuentra «superguapa y supermaja, como un hada», palabras textuales. En fin, que llevan meses mirando esos vídeos sin parar, sin que ni mi mujer ni yo nos hayamos dado cuenta. Supongo que los habremos visto de refilón alguna vez, la musiquilla agradable, las chavalas jugando, y no hemos sospechado nada. Mientras no miren porno todo va bien, ya sabes. Ni por un instante hemos pensado en el montón de publicidad que se han estado tragando como si tal cosa... Y lo peor es que estoy convencido de que a la mayoría de los padres les pasa igual. De lejos, no ven el peligro. Sus niños miran cómo juegan otros niños, es cierto que puede resultar algo ridículo, pero no ven nada malo en ello. Sin embargo, reconozco que desde que he leído tu informe estoy algo más intranquilo. Ahora entiendo la escena que me montó mi hija pequeña el otro día en el Carrefour porque quería comprar unos muñequitos de Disney que acababan de salir. Y su repentina afición a las galletitas Oreo.

–Mientras no te pida ir a Europa-Park todos los fines de semana...

–Pues no vas tan desencaminada, Clara. No hace ni un mes que mi hija mayor me preguntó por qué nosotros no íbamos a parques de atracciones. Nosotros, almas sin diversión, pobres y desocupadas, se sobreentiende.

Cédric y Clara se echaron a reír. Había que rebajar la tensión de algún modo. Luego el subinspector continuó:

–Anoche me tomé el tiempo de ver algunos vídeos. Te confieso que no tenía ni idea de que algo así pudiera existir. Verlo para creerlo, ¿verdad? Qué locura... No, en serio, ¿la gente sabe que eso existe?

–La gente no sé. Pero cientos de miles de niños y de púberes sueñan con llevar la vida que llevan Sammy y Kimmy. Una vida marcada por la profusión.

–¿Y cómo define esa palabra la Academia, si se puede saber?

–Déjalo, luego te lo cuento. Pero hablando de palabras, ¿te has fijado en que Mélanie usa a todas horas el término «compartir»? Dice, por ejemplo, «luego os lo comparto» o «tenemos un montón de superbuenas noticias que compartiros». Un uso que denota claramente la influencia del inglés globalizado. Ahora bien, en nuestra lengua siempre se comparte algo *con* alguien.

–En realidad, tampoco es que compartan mucho, si he entendido bien...

Cédric hizo una pausa y, poniéndose serio, prosiguió:

–Con la pasta que ha ganado, no se equivoca en absoluto cuando dice que tiene enemigos.

El subinspector se quedó un instante pensativo antes de continuar:

–Por cierto, hablando de pasta, el tipo de Minibus Team ha pasado las vacaciones de otoño con sus hijas en un resort, con todos los gastos pagados, volvía hoy. Esta tarde lo tendremos por aquí. Hemos comprobado su agenda y sus llamadas telefónicas. Todo correcto, pero tengo ganas de saber qué nos cuenta. En fin...

Cédric Berger pareció buscar una de esas frases sentenciosas con las que le gustaba dar la puntilla, pero no se le ocurrió nada. Clara empezaba a conocer bien a su jefe de grupo. Se las daba de duro, pero en el fondo estaba contrariado. A veces, una sensación, una impresión, un comportamiento incomprensible podían fastidiarle el día. Clara se disponía a preguntarle qué era lo que le preocupaba, cuando él mismo pasó a las confesiones:

–¿Sabes qué, Clara? Después del tercer vídeo ya tenía ganas de cerrarle la boca a Mélanie Claux. Ganas de decirle: ¡pero deja a tus críos en paz de una puñetera vez! Déjalos vivir, joder... La verdad es que a mí Happy Break no me hace precisamente feliz. Más bien me deprime. ¿Entiendes lo que quiero decir?

Clara lo entendía a la perfección. El tono exageradamente alegre, la proliferación de juegos estúpidos y a veces incluso denigrantes, la apuesta descarada e indiscriminada por el consumo y el comprar por comprar, la comida basura celebrada con regocijo, las mismas frases repetidas hasta la saciedad, todo aquello provocaba en la adulta que era una confusa sensación de malestar.

Cuando Clara se disponía a responderle, el teléfono de Cédric volvió a sonar. El subinspector descolgó, escuchó sin decir nada mirando a Clara y volvió a colgar.

–Mélanie Claux está aquí. Quiere verte. A ti.

SECUESTRO Y RETENCIÓN DE LA NIÑA KIMMY DIORE

Asunto:
Acta de la segunda declaración de Mélanie Claux.
Tomada por Clara Roussel, a petición de la interesada, el 15 de noviembre de 2019.

(Extractos.)
No es un simple detalle, pero pensé que no tenía nada que ver. Sí, eso es, todo el rato me repetía: no tiene nada que ver. Pero esta mañana he cambiado de opinión. Me he dicho que tenía que contárselo. Vaya por delante que quiero a mi marido. Somos una familia unida. No quería arriesgarme a estropear lo que hemos construido. [...]
Después del nacimiento de Sammy, mi marido y yo pasamos por una mala racha. Les ocurre a muchas parejas. El cansancio, las obligaciones, la rutina... Toda esa nueva vida que gira alrededor de la criatura y de nada más: que si el cochecito, que si la sillita del coche, que si el portabebés, que si la hama-

ca, que si la cuna portátil para ir a casa de los amigos, en fin, todas esas cosas que hay que plegar y desplegar, todos esos manuales de instrucciones, y las dosis que hay que respetar con los biberones, la introducción de las legumbres, ya sé que es ridículo, en realidad no tiene ningún secreto, pero en aquella época a veces me parecía extremadamente complicado. Así que, poco a poco, se instaló entre nosotros una especie de distancia que se fue agrandando sin que nos diéramos cuenta. Cada vez hacíamos menos el amor y, al cabo de unas semanas, ya no lo hacíamos nunca. De hecho, llegó un momento en que ya no soportaba a mi marido. No podía soportar que se me acercara. O sea, me gustaba que me abrazara, que me cogiera de la cintura, que me pasara un brazo por los hombros, que me acariciara la mejilla, pero en cuanto notaba su deseo, me tensaba. No podía soportar que mi marido me tocara. Así de claro. Siento decirle esto, soy consciente de que se trata de algo íntimo, pero usted es una mujer y seguro que me entiende. [...]

Por lo demás todo iba bien, no nos peleábamos, no nos enfadábamos, no había nubes en el horizonte. Me puse a leer los testimonios que otras mamás jóvenes colgaban en los foros, se sorprendería de la cantidad que hay, y es bastante tranquilizador saber que otras mujeres han pasado antes por lo mismo que tú. La situación se fue estancando, por no decir enquistando, y cuanto más tiempo pasaba, más difícil se nos hacía salir de ella. Mi marido había acabado aceptando mi rechazo. Ya no intentaba acercarse a mí. Dejó de acariciarme, dejó de darme besos de verdad. Se mantenía a una distancia prudencial. Una noche salí a cenar con una amiga. Habíamos ido juntas al instituto, en Vendée, y me había contactado meses atrás a través del Facebook. Acababa de instalarse en la región parisina. Es increíble la de gente que se puede encontrar gracias a las redes sociales, es maravilloso, ¿no le parece? Quería recu-

192

perar nuestra relación. Sammy tenía entonces poco más de dos años y yo no había hecho el amor en todo aquel tiempo. Ni una sola vez.

Cenamos en un restaurante del distrito XIV. Había perdido la costumbre de salir por París. Me di cuenta de que un hombre sentado en una mesa cercana no dejaba de mirarme durante toda la cena. Lo tenía justo enfrente, cenando con otro hombre que me daba la espalda. Cuando acabaron de cenar, dejó que su amigo se fuera y se sentó en la barra, solo. Estaba esperándome. Lo entendí enseguida. Me sonaba su cara, como si fuese alguien a quien hubiese conocido hacía tiempo, en otra época. Pero era incapaz de recordar dónde lo había visto antes. Acabé de cenar sin prisas. Sabía que me reuniría con él en la barra. Sabía que le gustaba. No me había pasado nunca algo así, la certeza de que el encuentro podía producirse. Solo dependía de mí. Cuando terminamos de cenar, acompañé a mi amiga al coche y luego fingí que me había dejado la bufanda. Ella se fue y yo volví sobre mis pasos. Cuando entré en el restaurante, el hombre no pareció sorprendido. Se limitó a sonreírme. Y solo entonces lo reconocí. [...]

Se llama Greg. Seguro que lo ha visto alguna vez, participó en una de las primeras temporadas de *Supervivientes*. Yo no lo conocía personalmente, pero lo había visto en la tele, como todo el mundo. En el equipo rojo. ¿No le suena? Lo llamaban Rahan porque tenía el pelo largo y rubio, y estaba cachas. Había cambiado mucho. Me acerqué a la barra y tomamos una copa, luego otra, creo que estaba emocionado y halagado de que lo hubiera reconocido después de tanto tiempo, más de diez años, sí, estoy segura de que le subió la moral. No ganó el concurso, pero fue uno de los finalistas. Me dijo que le parecía guapa. Me preguntó si podía meter su mano por debajo de mi jersey y le dije que sí. Vivía justo al lado del restaurante, subí a su apartamento y nos metimos en la cama. Antes de conocer a mi mari-

193

do, solo me había acostado con un hombre. Nunca había hecho el amor así, quiero decir sintiéndome tan libre, y nunca más lo he vuelto a hacer. Cuando me subí al coche para volver a casa me sentía estupendamente, como si mi cuerpo hubiese vuelto a la vida de pronto, como si se hubiese puesto de nuevo en marcha. Como si fuese tan solo una cuestión mecánica (un circuito interrumpido, una correa bloqueada) y alguien con habilidad hubiese conseguido arrancar la máquina. [...]

A partir de entonces, por extraño que parezca, pude volver a hacer el amor con mi marido. Aquella misma noche, sin ir más lejos. Sí, aquella misma noche. [...]

Una semana después supe que estaba embarazada. Aún era pronto, pero de algún modo lo sentí. [...]

No volví a ver a Greg, ni siquiera nos habíamos dado los números de teléfono. Pensaba en él de vez en cuando, con gratitud, como se piensa en alguien que te ha sacado de un apuro. Metí aquella historia en el baúl de los recuerdos, un hermoso baúl, pero cerrado con doble llave. Ya sabe, las mujeres hemos aprendido a hacer estas cosas, a encerrar los recuerdos en los que más vale no pensar, aquellos que pueden hacernos daño. Sí, las mujeres sabemos hacer estas cosas. Una o dos semanas después me compré una prueba de embarazo y salió positiva. Me di cuenta de la ligera decepción de Bruno cuando le dije que estaba embarazada, justo cuando empezábamos a recuperar nuestra vida sexual, pero ni en su educación ni en la mía era concebible el aborto. [...]

Así que decidí que el bebé era suyo. Lo decidí como si dependiera de mi voluntad y de nada más. [...]

Cuando Kimmy nació, todo me pareció más sencillo. Era tan mona. Aprendió a hablar muy pronto, era una niña superdespierta, todo el mundo la adoraba. Empecé a grabar los vídeos porque tenía ganas de compartirlo con los demás, de compartir todos aquellos momentos maravillosos. Había visto cómo lo hacían otras familias en Estados Unidos y me dije que por qué no podíamos hacer nosotros lo mismo. Necesité varios meses para alcanzar los cien mil suscriptores. Y luego la progresión se aceleró de pronto, Sammy empezó a participar en los vídeos y el resto ya lo conoce. [...]

Poco después del cuarto cumpleaños de Kim, Greg me contactó. Yo acababa de crear mi cuenta de Instagram Mélanie Dream, como complemento de nuestro canal de YouTube, y me mandó un mensaje privado. Quería verme. Di un respingo, como puede imaginar. Me había olvidado de su existencia. Sí, lo había olvidado completamente. Como suele decirse: *borrado del mapa*. Quedé con él en París. Tenía miedo. Miedo de que lo estropeara todo. Nos vimos en un bar, cerca del restaurante en el que nos habíamos conocido. Ni siquiera esperó a que nos trajeran las bebidas. Me preguntó si Kimmy era hija suya. Llevaba tiempo dándole vueltas al asunto, dijo que se parecía a él, que había echado cuentas. Le dije que no, que era calcada a mi marido, que ahora es moreno pero que de niño también era rubio. Greg sacó de la cartera varias fotos de cuando era pequeño y aunque yo dije «ah, pues sí que tenéis un aire», intentando dar a la frase el tono de quien no quiere contrariar a alguien, la verdad es que me dio un vuelco el corazón al ver lo mucho que Kimmy se parecía a él. *También* a él. Porque se parece mucho a Bruno, todo el mundo lo dice. Sentí como una especie de vértigo. Pensé que mi vida se venía abajo. Que todo se iba a la mierda. Todo lo que estaba construyendo –nuestra familia, nuestro éxito, el sueño despierto en el que vivíamos desde hacía meses– iba a saltar por los aires. Pensé que Greg me había citado para chantajearme. Los periódicos empezaban a hablar de lo que ganábamos, en la tele nos habían dedicado ya uno o dos reportajes. Él había salido en la portada de *Télé Star* y de *Télé 7 jours,* había tenido su momento de gloria, pero después de *Supervivientes* no había vuelto a levantar cabeza.

195

Había soñado con ser presentador de televisión o periodista deportivo. Pero lo cierto era que no había pasado de vigilante en un colegio privado. Cuando conseguí calmarme, le pregunté que cuánto quería. Me miró con una tristeza infinita. Estaba tranquilo. No quería dinero. Solo quería ver a la niña, una vez, una sola vez, creía que con eso le bastaría para hacerse una idea. Era todo lo que me pedía. Y ya no volvería a oír hablar de él. Repitió que no quería nada más. Solo quería saber. De todos modos, no tenía nada que ofrecerle. Estaba solo y hastiado. La niña no tenía nada que aprender de alguien como él. Recuerdo que me dijo: «Soy un fracasado, ¿qué quieres que haga con una criatura?» Me dio pena. Estuvimos charlando un rato más, le dije que me lo pensaría, que buscaría la manera de organizar un encuentro y me fui. En el coche pensé que a lo mejor se suicidaba, lo había visto tan deprimido, y le confieso que por un instante lo deseé, sí, deseé que volviera a su casa y se tragase el botiquín entero, eso habría facilitado mucho las cosas. Me avergüenza haber pensado algo así, pero tenía tanto miedo de perderlo todo.

Me las arreglé para que conociera a Kimmy, un miércoles por la tarde, en una tetería de París. Fue él quien propuso el sitio. Fui con mis dos hijos, lo contrario habría resultado sospechoso. Les dije que había quedado con un viejo amigo del instituto. Tomamos chocolate y se portaron los dos muy bien. Kimmy tiene la costumbre de patalear, pero aquella vez no se movió de su asiento. Con la espalda recta como un palo. Como una auténtica niña modelo. Se notaba que Greg la había impresionado. Él también lo estaba. La observaba de reojo, demasiado emocionado como para aguantarle la mirada. Apenas intercambiaron unas palabras. Kimmy pidió un milhojas, su pastel favorito, pero casi ni lo probó.

En el coche, volviendo a casa, Sammy me preguntó si podía decirle a su padre que habían visto a Greg. Es increíble la intuición de los niños. Da miedo. Le respondí que sí, que claro, yo misma le había dicho a Bruno que había quedado con un amigo al que había perdido de vista. Al llegar a casa, Kimmy cogió su Dudú-sucio y se tumbó un rato en la cama. Nunca volvimos a hablar de ello.

Eso fue todo. Yo pensé que volvería a contactarme. Que acabaría pidiéndome dinero. Pero no volví a tener noticias suyas. Empecé a seguirlo en Facebook. Varios meses después de nuestro encuentro, vi que se había ido a vivir a Australia. No ha colgado nada en los dos últimos años. Absolutamente nada. A veces, pongo en Google: *Greg, Supervivientes,* a ver si sale algo. E incluso añado de vez en cuando la palabra *muerto.* Por si acaso. [...]

Debería haberle hablado antes de él, ya lo sé. Me lo ha dicho usted varias veces: hay que estudiar todas las pistas. El más mínimo detalle, el más mínimo recuerdo, incluso los que parecen meramente anecdóticos. Lo siento... [...]

Mire, estoy segura de que Kim no es hija suya. A medida que se ha hecho mayor se le ha ido oscureciendo el pelo, usted misma ha podido verlo en las fotos, y cada vez se parece más a mi marido. Pero esta mañana me he dicho que debía contárselo igualmente. Nunca se sabe, ¿no es cierto? Preferiría que mi marido no se enterase de nada de todo esto, como podrá imaginarse. ¿Cree que será posible?

No fue difícil encontrar el nombre y la dirección de Grégoire Larondo. Solo había pasado un año en Australia, primero trabajando en distintas granjas y luego como jefe de camareros en un restaurante francés de Melbourne. Cuando le caducó el visado, regresó a Francia. Una breve investigación confirmó que había vuelto a vivir con su madre en un apartamento de tres habitaciones en el distrito XIV. La geolocalización de su teléfono móvil correspondía con dicha dirección. Los datos recabados previamente dibujaban el retrato de un hombre solitario y poco comunicativo. Estaba en paro desde su regreso y todo parecía indicar que su madre se encargaba de hacer las compras.

En unas pocas horas, la Criminal consiguió identificar su dirección IP y rastrear su actividad en YouTube. Grégoire Larondo se conectaba asiduamente al canal Happy Break y había pasado, en el último mes, unas quince horas viendo los vídeos de Kim y Sam. Por poco que siguiera también las *stories* de Mélanie Dream, conocería al detalle la agenda de la familia: la vuelta a casa anunciada tras hacer las compras en Vélizy 2 y la partida al escondite iniciada a las 17.15 h. Desde el distrito XIV habría tenido tiempo de llegar con el coche de su madre, un viejo Twingo rojo, según constaba en el registro de matriculaciones.

Cédric Berger se decantó por un registro domiciliario al alba. Los agentes del grupo acudieron al Bastion con tiempo para equiparse y asistir a una breve sesión informativa. La presencia de Kimmy Diore en el apartamento no estaba descartada. Clara había pedido acompañarlos, cansada de dar vueltas por la oficina.

A las cinco de la madrugada, los miembros del grupo Berger se tomaron un café y se pusieron los chalecos antibalas. Clara adoraba el momento de los preparativos: el nerviosismo contenido, el chasquido de las armas reglamentarias, las taquillas metálicas cerrándose con impaciencia.

Eran cinco y cogieron dos coches en el parking: Cédric y Sylvain se subieron al primero; Clara, Maxime y Tristan al segundo. A aquellas horas, las calles estaban aún desiertas.

Mientras circulaban en silencio hacia el hombre que en pocas horas se había convertido en el sospechoso número uno, Clara pensó en Mélanie Claux. O más bien en la manera en que se expresaba: clara, fluida, algo afectada. Una curiosa mezcla de confesiones íntimas y de frases huecas, estereotipadas. Mélanie decía cosas como «somos una familia muy unida», «no quería arriesgarme a estropear lo que habíamos construido» o, incluso, «soy una auténtica mamá oso, ya me entiende». Expresiones que parecía reproducir en una suerte de ecolalia asumida o inconsciente. ¿De dónde había sacado aquellas palabras? ¿De internet? ¿De una serie de televisión? Clara la había escuchado sin intervenir, dejando que contara su historia. Así era como había aprendido a hacerlo. Antes que nada, dejar hablar. Ya habría tiempo de volver sobre cada una de las frases si era necesario. A veces, un acusado se ponía a hablar y ella sabía que mentía descifrando su lenguaje corporal. Pero no era el caso de Mélanie Claux. Aquella mujer había ido a verla para revelarle un secreto, un secreto que había corrido el riesgo de callar hasta entonces. A Clara le había dado lástima. Su desasosiego, su inquietud la conmovían y, al mismo tiempo, había algo en ella –una forma de ceguera o de negación– que le resultaba insoportable. Mélanie Claux enarbolaba su condición de madre como un estandarte. Ser una madre perfecta, irreprochable, tal era su principal signo de identidad. Su papel más logrado. Sus vidas no tenían demasiado en común. Clara había vivido siempre sola, no sabía lo que significaban el desgaste en la pareja o los cambios relacionados con la maternidad. Pero no se trataba tan solo de un modo distinto de ver las cosas. La propia manera de hablar de aquella mujer le resultaba ajena.

Poco antes de las seis, Cédric y Sylvain entraron en la rue Mouton-Duvernet. Encontraron un sitio libre cerca del objetivo, mientras los otros aparcaban en una calle adyacente. Accedieron al inmueble utilizando una llave Vigik, configurada para permitir el acceso a los servicios de seguridad y urgencias, y subieron las escaleras en silencio. A las seis en punto, llamaron a la puerta.

Al cabo de un par de minutos, oyeron pasos aproximándose y una voz femenina preguntó quién llamaba. Cédric Berger se presentó y puso su placa a la altura de la mirilla. Una mujer bajita, de unos sesenta años, abrió la puerta y los dejó pasar, visiblemente confundida. Cédric se

200

quedó a su lado, mientras los demás miembros del grupo empezaban a dispersarse en silencio por el apartamento.

–Buenos días, señora, ¿está su hijo en casa?

–Sí..., durmiendo en su cuarto.

–¿Está solo?

–Sí...

–En tal caso, si no le importa, vamos a despertarlo.

Cédric Berger era conocido por su buena educación, que ejercía incluso en las situaciones más comprometidas, en ocasiones hasta extremos absurdos. La mujer señaló el pasillo. La primera puerta estaba abierta y daba a una habitación vacía, la segunda estaba cerrada. Con un gesto, Cédric indicó a los agentes que entraran sin llamar.

Grégoire Larondo se incorporó de golpe en la cama, aturdido. Dormía en calzoncillos y pidió permiso para vestirse. La torpeza de sus gestos revelaba el estado de estupefacción en que se encontraba. A pesar de todo, consiguió ponerse a toda prisa una camiseta y unos vaqueros, y se dirigió al salón, donde se sentó junto a su madre. Al verlo así, acurrucado en el sofá, Clara pensó de inmediato en el dibujo de Sammy. Sí, sin lugar a dudas. El adolescente grandullón de pelo largo, el invitado clandestino que el niño había representado debajo de la mesa como quien esconde el polvo bajo la alfombra, era claramente él.

Tras comunicarles la orden de registro, los agentes se pusieron manos a la obra. Ni la madre ni el hijo opusieron la menor resistencia.

Tres horas después, hubo que admitir que la inspección llevada a cabo por el grupo Berger no había dado ningún resultado. Ni rastro de Kimmy Diore, ni de ningún elemento que pudiera hacer pensar que la niña hubiese estado allí. Además, hacía un año que la madre de Grégoire Larondo le había prestado el Twingo rojo a su hija y no había encontrado el momento de cambiar el permiso de circulación, aunque sí de alquilar su plaza de parking.

A media mañana, madre e hijo aceptaron sin protesta alguna acompañar a los agentes a las dependencias de la Brigada para ser interrogados. Algunos objetos, entre los que se encontraban el ordenador y el teléfono móvil de Greg, fueron incautados.

En las proximidades de la Porte de Clichy, a pesar de la sirena, estuvieron atascados media hora larga por culpa de un inextricable embrollo de coches y camiones. Las obras en el bulevar parecían no tener fin.

De vuelta en su despacho, Clara se sintió agotada. Necesitaba cafeína. Y sobre todo, tenía que reconocerlo, estaba decepcionada. La historia del padre biológico que cree haber encontrado a su hija a través de YouTube era algo novelesca, ciertamente, pero había creído en ella. Poco importaba que Grégoire Larondo fuese o no fuese el padre de la niña, la pista se estaba viniendo abajo con estrépito. En unas horas volverían a estar dando palos de ciego.

No le quedaba más remedio que volver a ponerse el mono de trabajo.

Leer y releer docenas de veces los mismos documentos, clasificarlos, revisar las fotos y los inventarios buscando algún indicio que se le hubiera escapado, memorizar los horarios, las evidencias y los puntos ciegos, en eso consistía su oficio. A veces, de entre tanto papeleo que crecía a ojos vistas como por efecto de una ineluctable multiplicación, surgía un elemento, un detalle minúsculo, que arrojaba de pronto algo de luz sobre el conjunto. O bien, en mitad de una noche agotadora revisándolo todo por enésima vez, una palabra o una asociación de ideas abrían un camino inesperado.

Pero en el caso de Kimmy Diore no se veía ningún camino. Al contrario: parecían haberse cerrado todas las puertas.

SECUESTRO Y RETENCIÓN DE LA NIÑA KIMMY DIORE

Asunto:

Acta de la declaración de Fabrice Perrot.

Tomada el 16 de noviembre de 2019 por Sylvain S., oficial de policía en funciones en la Brigada Criminal de París.

Se le ha señalado al señor Perrot que estaba declarando como testigo y que podía interrumpir en cualquier momento su declaración.

Sobre su identidad:

Me llamo Fabrice Perrot.

Nací el 15/03/1972 en Pantin.

Vivo en el número 15 de la rue de la Cheminerie, en Bobigny.

Estoy divorciado.

Tengo la custodia de mis dos hijas: Mélys (7 años) y Fantasia (13 años)

Gestiono el canal Minibus Team.

205

Sobre los hechos (extractos):

Claro que me he enterado, no se habla de otra cosa. Mis hijas ahora tienen miedo de ir por la calle. Sobre todo la pequeña, está aterrorizada ante la idea de que puedan secuestrarla. Pero yo lo que digo es que si el río suena, agua lleva. [...]

A mí me da pena por la niña. Mucha pena. ¿Sabe? Mélanie Claux se ha ganado muchos enemigos. Supongo que le habrán hablado de los encontronazos que hemos tenido ella y yo, me imagino que por eso estoy aquí, pero créame, no soy el único que piensa que se ha pasado de la raya. Y encima se atreve a dar lecciones. Ella afirma que se ha inspirado en los canales norteamericanos. Pero lo cierto es que desde el principio no ha hecho más que copiarme. No es por presumir, pero en Francia yo fui el primero. Pueden comprobarlo. Mélanie Claux no ha inventado nada. ¿Sabe de dónde saca todos esos retos, todos esos juegos, todas esas ideas? ¡De Minibus Team! Yo miro lo que se hace en Estados Unidos, lo reconozco, ¡pero luego adapto, mejoro, invento! Ella va picoteando por aquí y por allá, sobre todo de lo que yo hago, y luego lo copia. No tienen más que mirar las fechas. Yo cuelgo un vídeo con mis hijas titulado *Papá dice a todo que sí durante 24 horas,* el vídeo lo peta y una semana más tarde ella sube uno titulado *Mamá dice a todo que sí durante un día entero.* Miren los historiales de YouTube, las fechas hablan por sí solas... Yo empecé de cero. Al principio yo mismo compraba los productos, los huevos Kinder, los Lego, las Barbie. Me lo tomé como una inversión. Luego las marcas empezaron a contactarme. Mélanie Claux, en cambio, empezó en plan hipócrita, del palo «mirad a mi hija cantando una canción infantil, y que conste que no la grabo para hacer negocio», pero el verdadero objetivo quedó en evidencia enseguida.

Pregunta: Y más allá del suyo y el de Mélanie Claux, ¿no hay otros canales familiares del mismo tipo?

Respuesta: Sí, sí, ahora hay un montón. Que superen el millón de suscriptores solo hay tres: Happy Break, La Banda de los Dudús y el nuestro. Los demás, El Club del Juguete, Funny Toy y toda la pesca llegaron después. Pero, bueno, algunos se las apañan bastante bien ocupando determinados nichos de mercado. Es el caso de Felicity, no sé si lo conoce. La madre de la niña que ha dado nombre al canal es una antigua miss Costa Azul. Para un *target* muy femenino, funciona perfectamente. En realidad, nos conocemos todos. Hay clanes... Mis hijas y yo nos llevamos muy bien con Liam y Tiago, de La Banda de los Dudús. Viven en Normandía. Hasta hemos llegado a grabar vídeos a dúo para nuestros suscriptores. Nos ayudamos mutuamente. Pero Mélanie Claux siempre ha ido por libre. Desde el principio. Se la sudan los demás, no tiene ninguna moral, lo único que quiere es ganar dinero. ¿Ha visto el casoplón que se están construyendo? Ah, ¿no se lo ha contado? Y luego están los productos derivados, las agendas, los cuadernos, ya verá como no tarda en sacar una marca de ropa infantil y otra de cosméticos para mamás. Me apuesto lo que quiera.

[...]

Pregunta: ¿Ha conocido personalmente a Mélanie Claux y a sus hijos?

Respuesta: Sí, sí, nos hemos visto en varias ocasiones. En los encuentros con los fans, en Aquapark o en Europa-Park, ya no me acuerdo. Suelen invitar a varios canales familiares. También nos vimos en la Paris Game Week, el año pasado o el anterior, ya no me acuerdo. Fue allí donde se lió parda. Esa mujer nunca saluda. Hace como si no nos conociera... Y como yo no soy de los que se achantan, me acerqué a ella y le dije que estaba hasta los mismísimos de sus insinuaciones. Algunos testigos grabaron la escena y se hizo viral enseguida. Y es que la tía había ido diciendo por ahí, en distintas entrevistas, que *ella* sí respetaba las reglas, dando a entender que no todo el mundo las respeta. Es a mí a quien señala. Pero ¿usted ha visto cuántos vídeos graba cada semana? ¿Y el estilo de las cápsulas que cuelga últimamente? Ya le digo yo que eso lleva su tiempo: hay que ensayar, repetir..., hay que preparar el decorado, la puesta en escena..., sus hijos están dale que te pego como los que más. ¿Por qué no admitirlo, entonces? A mis hijas les encanta hacerlo. Son ellas las que me lo piden. Si no, se aburren. Así que cuando Mélanie Claux se atreve a insinuar que yo grabo más que ella, que no respeto el tiempo de descanso de mis hijas o que me gasto todo su dinero..., pues me pongo como una moto.

Pregunta: ¿Eso ha dicho ella?

Respuesta: Sin citar nuestro nombre, claro. Es muy lista. ¿No ha visto el vídeo de Sammy donde defiende a su madre diciendo que él no se siente explotado? ¡Si parece un rehén! Pobre chaval... En las redes sociales lo han puesto verde: que si *hijo de mamá,* que si *mariquita,* que si *pelota de campeonato...,* y me callo otros insultos peores.

Pregunta: Actualmente, Happy Break supera con diferencia el número de suscriptores que tiene su canal, ¿cómo se lo explica?

Respuesta: Se lo acabo de decir, porque fusila a todo el mundo. Sinceramente, no me dan ninguna envidia. Es verdad que mis hijas se llevaron un buen disgusto cuando nos superaron. Hasta entonces eran las reinas. Y estaban orgullosas de ser las primeras. Es normal. Fue un palo para ellas, obviamente. Sobre todo para Mélys, la pequeña, por un momento llegué a pensar que iba a sufrir una depresión. No entendía por qué la gente prefería a Kim y a Sam. Creía que ya nadie las quería. Y no será porque yo no se lo explicara. Les dije que lo importante no era ser las primeras. Que lo importante son todos esos niños y niñas que nos siguen fielmente y que cuentan con nosotros. Porque la rueda gira y gira, ¿no es cierto? Así que sí, Mélanie Claux nos ha superado, sería estúpido negarlo. Pero hoy por hoy, y no es por presumir, prefiero estar en mi lugar antes que en el suyo.

Según los usos y costumbres, los jefes de grupo de la Criminal compartían despacho con sus ayudantes, pero Cédric Berger estuvo ocupando el suyo en solitario durante mucho tiempo. De humor variable, famoso por alternar largos períodos de silencio con súbitos ataques de ira, nadie hacía cola para ocupar el puesto. Sin embargo, cuando Clara entró a trabajar en su equipo, ante la sorpresa de propios y extraños, Cédric le propuso la plaza. Quería tenerla cerca. Y ella aceptó sin vacilar. Estaba acostumbrada a las convivencias de alto riesgo y su capacidad de concentración era tal que habría podido trabajar en mitad de un concierto de hard-rock. Las apuestas no le dieron más de dos semanas, pero contra todo pronóstico llevaban varios años compartiendo, sin fricción alguna, un espacio relativamente reducido. Hasta el punto de que, de común acuerdo, Clara había renunciado pocos meses atrás a un despacho para ella sola.

Sentada frente al ordenador, Clara estaba acabando de leer las dos actas de declaración que había encontrado por la mañana en su bandeja cuando recibió una llamada del laboratorio. Escuchó a su interlocutor durante unos cuarenta segundos y colgó. Luego se volvió hacia Cédric y le transmitió la información: la uña que Mélanie Claux había recibido no tenía rastros de ADN. Si había contenido sangre, la habían limpiado muy bien.

Cédric reflexionó unos instantes.

–Lo que no entiendo, Clara, es por qué el tío no ha vuelto a dar señales de vida desde que colgamos el vídeo en internet. Sabe que estamos esperando sus instrucciones. O bien está jugando con nosotros o bien está buscando la forma más segura de recibir el dinero que en algún momento acabará por exigir. La foto de la niña se ha distribuido por todas las comisarías, las líneas telefónicas de los padres están pinchadas y tenemos tres equipos dando vueltas continuamente por el distrito X.

Clara intentó desviar ligeramente la conversación.

–¿Tenemos noticias del grupo encargado del rastreo en internet?

–Nada del otro mundo. Hace unos meses YouTube decidió desactivar los comentarios en los vídeos donde aparecían niños, debido a los comentarios insidiosos, cuando no directamente pedófilos, que se les colaban. Varios patrocinadores empezaban a amenazar seriamente con retirarles el apoyo. Por su parte, Mélanie Claux asegura que dedica un buen rato cada día a eliminar los comentarios negativos, por no decir agresivos, de su cuenta de Instagram. Respecto a las direcciones IP, como a los críos les encanta ver los vídeos una y otra vez, no es fácil detectar usuarios sospechosos. Aun así, el grupo ha conseguido cotejar los datos y ha localizado a cuatro hombres que ya habían sido identificados o interrogados previamente por descargas de imágenes de pornografía infantil y que miran habitualmente Happy Break, con predilección por los vídeos veraniegos en que los dos hermanos llevan poca ropa o van en traje de baño. Dos de ellos se encontraban en la región parisina en el momento de la desaparición. Hemos comprobado sus horarios y rastreado las llamadas de sus teléfonos móviles el día del secuestro. *A priori,* los dos tienen coartada. De todos modos, desde el principio de la investigación no hay ninguna hipótesis que parezca aguantar más de tres horas seguidas.

–¿Y qué ha pasado con Grégoire Larondo?

–Larondo y su madre estaban en casa la tarde del secuestro. Ella se pasó media hora hablando por el teléfono fijo y él volvió hacia las seis y media de su paseo diario: siempre el mismo recorrido, que incluye la Avenue du Général-Leclerc, la Avenue René-Coty y la rue Bezout. Los vecinos lo vieron salir y entrar. Estamos esperando los resultados de las cámaras de videovigilancia, pero nada parece indicar que se saltara el ritual. Sufre una depresión y su vida está pautada como un pentagrama. Por lo demás, tampoco se me ocurre qué habría podido hacer con la niña, pues no hemos encontrado nada en su apartamento y no hay indicios de la existencia de ningún cómplice. Vuelta a la casilla de salida, pues.

–El secuestrador acabará manifestándose tarde o temprano.

–Está poniendo a prueba la resistencia física de los padres, nos está testando, y luego nos pasará la factura.

–¿Crees que va a pedir dinero?

–Eso espero, Clara. Si no, es que es alguien realmente retorcido, y eso nunca es buena noticia. ¿Y tú cómo lo llevas?

–Todo controlado. He mandado los documentos que me dijiste a la jueza del caso Clerc, he acabado de cruzar las actas del caso Rocher... y he repasado las últimas declaraciones del caso Diore.

Clara dudó en ir más allá, pero Cédric también empezaba a conocerla bien.

–¿Qué es lo que quieres?

Clara sonrió antes de continuar.

–Me gustaría ver todas las *stories*. Todas las que Mélanie Claux ha colgado estos últimos meses en su Instagram y que están almacenadas en sus archivos. Me gustaría tenerlas en mi ordenador para mirarlas de una en una, tranquilamente.

–Eso no es muy ortodoxo...

–No es más que un programita y unos cuantos datos que habría que transcribir. Tenemos gente que sabe hacerlo bastante bien...

Clara esperó dos o tres segundos antes de añadir:

–Solo quiero comprender.

Mélanie Claux empezaba todas las *stories* hablando a cámara. Había cambiado recientemente de peinado (un corte más escalonado, que realzaba sus rizos) y de forma de vestir (su gusto por las flores parecía haberse consolidado a medida que sus ingresos y sus patrocinadores le habían permitido ampliar el vestuario).

Con el tiempo, Mélanie Claux se había convertido en Mélanie Dream. A la vez glamourosa, encantadora y doméstica, su imagen mezclaba distintos códigos con habilidad.

Pero Mélanie Dream seguía siendo, antes que nada, la madre de Kim y Sam. Una mamá-hada que orquestaba su felicidad. De la mañana a la noche, en un ir y venir constante entre ella y sus hijos —volviéndolos de este modo indisociables de sí misma, y viceversa—, contaba su día a día, produciendo así una especie de telerrealidad familiar autogestionada, con patrocinadores más o menos disimulados. Se trataba antes que nada de dar a cada seguidor la sensación de pertenecer a un clan.

Clara empezó viendo las *stories* más antiguas (los archivos le permitían retroceder hasta 2016), para luego dar un salto hasta el invierno anterior, a partir del cual había dejado que las imágenes se sucedieran en orden cronológico.

Los días iban pasando y, en una repetición imperturbable, todos empezaban y terminaban con las mismas palabras: *Buenos días, queridos, espero que estéis todos estupendamente. / En fin, queridos, os deseo felices sueños y os soplo un puñado de besos: ¡fiuuuu!*

Poco a poco, Clara se dejó atrapar por las imágenes. De confidencia en confidencia, la voz de Mélanie, modulable hasta extremos insospechados, le provocaba una suerte de hechizo, a medio camino entre la fascinación y la repulsión. El potencial adictivo de aquellas imágenes era incuestionable.

Al cabo de una hora, detuvo la reproducción. Necesitaba tomarse un respiro.

En los últimos meses, Mélanie había ido aumentando la cadencia. La grabación de la vida cotidiana empezaba nada más levantarse, y los momentos susceptibles de ser captados eran cada vez más numerosos. La mínima actividad, el menor acontecimiento, el desplazamiento más banal acababan convertidos en *story*.

En la cama, en la habitación, en la cocina, en el comedor, al volver de la escuela, frente al televisor, haciendo los deberes o manipulando las tabletas, en la calle, en el supermercado, en el coche, en el bosque o en la piscina, Kim y Sam eran grabados por su madre. Aparecía sin previo aviso, con el móvil en la mano, y comentaba las imágenes.

Ningún momento, ningún lugar (con la excepción del retrete y de la ducha) escapaban al ojo de la cámara. Los cuadernos escolares, los boletines de calificaciones, los dibujos, las camas deshechas, todo quedaba registrado. Y cuando no podía enseñar algo, Mélanie contaba lo que veía. Como si fuera una enviada especial en su propia casa, daba cuenta de todo. Y si por desgracia había estado indispuesta o se había sentido cansada, o si por el motivo que fuese había pasado varias horas sin manifestarse, pedía disculpas a sus seguidores.

Como con los vídeos de YouTube, uno podía limitarse a ver de lejos las imágenes (y entonces, sin duda, resultaban inofensivas) o atreverse a mirarlas de cerca.

E, inevitablemente, el malestar surgía de la repetición.

En aquella sucesión de imágenes había algo que resultaba evidente. En las últimas semanas, la actitud de Kimmy había cambiado. A veces, tan solo se trataba de un detalle: una expresión en la cara de la niña, una ligera contracción, un gesto interrumpido para intentar esquivar la cámara. Pero en otros momentos el malestar de la niña era flagrante. En varias ocasiones, a Clara le habían entrado ganas de estrecharla entre sus brazos. De sacarla de la imagen. De llevársela de allí.

Cada vez más a menudo, mientras Sammy se esforzaba por poner buena cara –sonrisa refleja, pulgar levantado–, Kimmy se cubría con la capucha o se daba la vuelta. Como si quisiera desaparecer.

Al ver aquellas imágenes, a Clara le habían entrado ganas de decir: ¡corten! Y acabar con todo.

Tras la pausa, volvió a poner la reproducción en marcha y la voz de Mélanie invadió de nuevo la estancia, sin que Clara pudiera quitarle el ojo de encima a la pequeña Kimmy.

En una *story* fechada a finales de verano y grabada en la óptica Optic Future, Mélanie animaba a votar a sus seguidores para elegir las gafas de Sammy. En un momento dado, le pedía a Kimmy su opinión, pero la pequeña, sentada en una silla y visiblemente agotada, se negaba a responder.

Nada más salir de la tienda, Mélanie anunciaba el resultado de la votación: gracias a los consejos de sus *queridos* seguidores, ¡la montura Jacadi se había llevado el gato al agua!

Sammy sonreía a cámara mientras, en segundo plano, Kimmy permanecía de pie con la mirada perdida. Al cabo de unos segundos, al darse cuenta de que la estaban grabando, con un gesto de cansancio y de hastío se tapaba la cara con su Dudú-sucio.

Aquel día, Kimmy parecía haber dicho basta, incapaz de seguirle el juego a su madre, incapaz de sonreír, incapaz de continuar interpretando un papel.

En otra *story,* fechada un miércoles de septiembre, se veía a los dos hermanos dedicando la nueva gama de productos de papelería lanzada por Happy Break.

Sentados uno al lado del otro en el vestíbulo del edificio de una gran marca de distribución, Sammy y Kimmy atendían a una horda de niños y de jóvenes adolescentes llegados de toda la región con sus respectivos padres. Mélanie comentaba la escena, extasiada ante la enorme afluencia y la longitud de la cola. Con un codo apoyado en la mesa, Kimmy parecía exhausta.

Una vez dedicada la agenda o la libreta, la mayoría de los niños quería también un beso o un selfi.

Cada vez que la besaban, sin disimular apenas su aprensión, Kimmy se limpiaba la mejilla con la manga. Y el gesto era de una tristeza infinita.

216

En otra ocasión, durante un fin de semana en el que toda la familia había sido supuestamente invitada a disfrutar de Fantasia Park, Kimmy se quedó encerrada en el cuarto de baño de la habitación del hotel. El cerrojo se había atrancado. Habían tenido que llamar al técnico de mantenimiento y el rescate de la pequeña había dado pie a varias *stories,* sin que nadie pudiese aportar ninguna explicación satisfactoria a lo ocurrido. Al ser liberada, el técnico le había preguntado a Kimmy en qué sentido había intentado mover el cerrojo y la niña no había sabido qué responder. «Está cansada», concluyó su madre.

Apenas unos días antes de la desaparición, Mélanie había grabado una escena terrible. Había estado buscando a su hija por toda la casa y al final la había encontrado en mitad del estudio de grabación, sola.

Kimmy estaba sentada en una silla, mirando a la cámara.

Como de costumbre, Mélanie se había acercado a ella con el móvil en la mano, sin dejar de grabar la escena.

–¿Qué estás haciendo aquí, mi vida? Ya sabes que está prohibido entrar en el estudio sin los papis...

La niña había permanecido en silencio.

–¿Querías grabarte?

Kimmy había acabado por asentir.

–¿Y qué pensabas grabar tú solita en el estudio, si se puede saber?

Un sollozo precedió la respuesta de la niña.

–Quería decir adiós a los *happy fans.*

–¿Decirles adiós?

–Sí, adiós para siempre.

Kimmy no miraba al objetivo, miraba a su madre.

Con la barbilla temblorosa y lágrimas en los ojos, parecía esperar una respuesta.

Entonces Mélanie giró la cámara hacia sí misma y se dirigió a sus seguidores: «Ya veis, queridos, nos hemos librado por los pelos: ¡Kimmy quería decir adiós al music-hall!»

Luego, guiñando un ojo cómplice a la cámara y sin mirar aún a su hija, añadió: «Eres demasiado joven para decir adiós, mi vida, ¡imagínate el montón de *happy fans* que te adoran y a los que harías tan desgraciados!»

A Clara le entró una terrible melancolía. Le costaba respirar, volvió a detener la reproducción de los vídeos. En la pantalla, transformada por uno de esos filtros de Instagram que le daban el aspecto de una muñeca –pestañas extralargas, piel de melocotón e iris azul oscuro–, el rostro de Mélanie Dream se había quedado congelado con una sonrisa de presentadora de televisión. Incluso la boca parecía más brillante y como ribeteada.

Clara hizo rodar la silla para alejarse de la imagen.

«¿Quién es esta mujer?», preguntó de pronto en voz alta.

No se podía pasar por alto el afán de reconocimiento que emanaba de aquellas imágenes. Mélanie Claux quería que la mirasen, que la siguiesen, que la adorasen. Su familia era su obra, la culminación de su proyecto; y sus hijos, una suerte de prolongación de sí misma. La avalancha de emojis que recibía cada vez que colgaba una imagen, los elogios hacia su ropa, su peinado o su maquillaje llenaban sin duda un vacío, una carencia. Ahora, los corazones, los *likes*, los aplausos virtuales se habían convertido en su motor, en su razón de ser: una suerte de recompensa a su entrega emocional y afectiva de la que ya no podía prescindir.

Clara abrió el cajón del escritorio buscando una barrita de cereales o una caja de galletas. Estaba muerta de hambre, pero no podía volver a casa todavía. Miró debajo de los bolígrafos y de los papeles, pero no encontró más que un chicle suelto. Acercó de nuevo la silla a la pantalla del ordenador y volvió a fijarse en aquel rostro congelado.

También podía ser que Mélanie Claux fuese una formidable mujer de negocios. Había entendido el funcionamiento del algoritmo, la complementariedad de los medios y el escaparate ineludible de las redes sociales. No solo se había convertido en hada, sino que se había hecho empresaria. Ella organizaba las agendas, los rodajes, el montaje y la comunicación, y planificaba con más de seis meses de antelación los viajes de la familia. No dejaba nada al azar. Kimmy y Sammy debían estar visibles todos los días. Los fines de semana y las vacaciones escolares les permitían cumplir con las invitaciones que recibían de los hoteles, de los restaurantes de comida rápida y de los parques de atracciones. Invitaciones que, por descontado, propiciarían nuevos vídeos. Tenía que devolver todo aquel amor a sus seguidores. Tenía que mandarles montones de *besitos amorosos* y *soplarles besos,* y darles la sensación de estar compartiéndolo todo con ellos. *Compartir* era invertir. Compartir los secretos, las marcas, las anécdotas, esa era la receta del éxito. Desde que Mélanie se había metido en las redes sociales, los contadores no habían dejado de escalar.

Clara suspiró y empezó a recoger sus cosas.

¿Y si se estaba equivocando? Preguntarse quién era Mélanie Claux no tenía mucho sentido. Mélanie Claux no era ninguna excepción. Mélanie Claux era como los demás. Era como Fabrice Perrot, como los padres de La

Banda de los Dudús, como la madre de Felicity, como las decenas de adultos que habían abierto canales con el nombre de sus hijos y para quienes la cuestión de la exposición o de la sobreexposición no tenía la menor importancia. Y no eran los únicos.

Bastaba con echar un vistazo a las plataformas de contenidos compartidos para darse cuenta de que la noción de intimidad, en líneas generales, había evolucionado enormemente. Las fronteras entre el adentro y el afuera habían desaparecido hacía ya mucho tiempo. La puesta en escena de uno mismo, de la propia familia, de la vida cotidiana, la caza del *like* no era algo que se hubiese inventado Mélanie. Era la manera de vivir del momento, de estar en el mundo. Al nacer, una tercera parte de los niños tenían ya una existencia digital. En Inglaterra, unos padres habían compartido con sus seguidores el entierro de su hijo, muerto unos días antes. En Estados Unidos, una joven había matado accidentalmente a su novio mientras grababan un vídeo destinado a crear sensación y a hacerse viral. Y en todos los rincones del planeta cientos de familias compartían su día a día con millones de seguidores.

A Clara se le pasó por la cabeza una tercera hipótesis: Mélanie Claux no era ni víctima ni verdugo, simplemente pertenecía a su época. Una época en que era normal que te grabaran incluso antes de nacer. ¿Cuántas ecografías se publicaban cada semana en Instagram o en Facebook? ¿Cuántas fotos de niños, de familias, cuántos selfis? ¿Y si la vida privada no fuese más que un concepto anticuado, obsoleto o, peor incluso, una ilusión? Nadie mejor que Clara para saberlo.

No había ninguna necesidad de mostrarse para ser visto, seguido, identificado, catalogado, clasificado. La videovigilancia, la trazabilidad de las comunicaciones, de los desplazamientos, de los pagos, la multitud de huellas digitales dejadas por todas partes habían modificado definitivamente nuestra relación con las imágenes, con la intimidad. *¿De qué sirve esconderse si somos tan visibles?*, parecía preguntarse toda aquella gente, y probablemente tuvieran razón.

Había llegado un momento en que cualquiera podía abrirse una cuenta en YouTube o en Instagram e intentar conquistar a su público, a su audiencia. Cualquiera podía salir a la palestra y multiplicar los contenidos para satisfacer a sus seguidores, a sus amigos virtuales o al puñado de mirones que pasaran por allí.

Había llegado un momento en que cualquiera podía pensar que su vida era digna de suscitar el interés de los demás y cosechar pruebas de ello. Cualquiera podía considerarse y comportarse como una estrella, como una celebridad...

En el fondo, YouTube e Instagram habían cumplido el sueño de cualquier adolescente: que te quieran, que te sigan, que te admiren. Y nunca sería demasiado tarde para sacar provecho de ello.

Mélanie era una mujer de su tiempo. Así de sencillo. Para existir, había que acumular visitas, *likes* y *stories*.

En ocasiones, Clara se sentía triste y desfasada. No era algo nuevo. Pero la sensación había ido creciendo en los últimos años y, aunque desprovista de amargura, se había vuelto dolorosa. Se había saltado un escalón, un episodio, una etapa. Ella, que al cumplir catorce años había recibido como regalo *1984* y *Fahrenheit 451;* ella, que había crecido rodeada de adultos siempre dispuestos a protestar contra las derivas de su época (¿qué habrían pensado Réjane y Philippe de la actual?); ella, que venía de un mundo en el que todo debía ser sistemáticamente cuestionado, reflexionado, había visto cómo el tren se ponía en marcha sin poder subirse a él. Sus padres se habían equivocado. Creían que el Gran Hermano se encarnaría en una potencia exterior, totalitaria, autoritaria, contra la cual habría que rebelarse. Pero el Gran Hermano no había tenido ninguna necesidad de imponerse. El Gran Hermano había sido acogido con los brazos abiertos y el corazón ávido de *likes,* y cada cual había aceptado ser su propio verdugo. Las fronteras de lo íntimo se habían desplazado. Las redes sociales censuraban las imágenes de tetas y culos. Pero a cambio de un clic, de un corazón, de un pulgar levantado exponíamos a nuestros hijos, a nuestra familia, contábamos nuestra vida. Cada cual se había convertido en el administrador de su propia exhibición, y esta se había vuelto un elemento indispensable para la realización personal.

La cuestión no era saber quién era Mélanie Claux. La cuestión era saber qué toleraba la época, qué alentaba, incluso qué ensalzaba. Y admitir que los inadaptados, los desfasados, por no decir los reaccionarios, eran aquellos que, como ella, no podían desenvolverse sin extrañarse o indignarse.

Clara terminó por apagar el ordenador. Tenía las cervicales hechas polvo.

Cogió sus cosas, apagó las luces del despacho y salió del Bastion. Hacía fresco en el exterior y siguió su ruta habitual.

¿Quién se tomaría la molestia, aparte de ella, de mirar hasta la saciedad aquellos vídeos y aquellas *stories?* Nadie.

Pero ¿y si la respuesta estaba allí? En aquel choque entre mundos. Entre aquel mundo virtual, con sus reglas y sus ídolos, y el mundo de Clara, en el que aquellas imágenes de abundancia milagrosa y de alegría figurada no generaban más que angustia y desconsuelo.

Pensaba en la pequeña Kimmy. Todo el tiempo.
En el imperceptible gesto de contracción de su cuerpo. En la mirada que le lanzaba a su madre cuando entraba en la habitación, con el móvil en la mano. Una mirada que, durante una fracción de segundo, buscaba una salida.

Fuera cual fuese la imagen que Clara se hiciese finalmente de Mélanie Claux, de una cosa estaba segura: ninguna ley iba a poder detenerla.

Seis días después del secuestro de Kimmy Diore llegó una nueva carta al complejo residencial Le Poisson Bleu. El conserje avisó enseguida a la policía y, en menos de una hora, el sobre fue interceptado y llevado al Bastion.

Mélanie y su marido no tardaron en llegar a la Criminal, escoltados por dos agentes. Ella estaba más pálida que nunca y parecía tener dificultades para mantenerse en pie. Él, con el gesto más sombrío, más crispado, menos afable que en días anteriores, sostenía a su mujer. Había adelgazado y parecía consumido.

Viendo su desasosiego, Clara olvidó las preguntas de la víspera. Agotados, devorados por la angustia, los Diore volvían a ser antes que nada los padres de una niña desaparecida.

Igual que la primera vez, el sobre había sido enviado desde el distrito X y una mano infantil había escrito la dirección con bolígrafo. Temiendo un posible desvanecimiento de Mélanie, Cédric le ofreció asiento antes de ponerse unos guantes de látex y abrir el sobre con precaución. En el interior había una nueva polaroid de Kimmy, sentada en una silla de cocina. La imagen había sido tomada de cerca y la pared blanca que había en segundo plano no aportaba demasiada información. La niña miraba fijamente al objetivo. Una mirada seria, intensa, indescifrable.

Cédric Berger desplegó el mensaje que acompañaba a la fotografía y lo leyó en voz alta:

«COMPRO LA LIBERTAD DE MI HIJA.»
ESTE SERÁ EL TÍTULO DE TU SIGUIENTE VÍDEO.
HAZ UNA DONACIÓN DE 500.000 EUROS
A LA ASOCIACIÓN INFANCIA EN PELIGRO.
ANUNCIA LA DONACIÓN EN YOUTUBE
Y MUESTRA LA PRUEBA DE LA TRANSFERENCIA.
SI HACES LO QUE TE DIGO
ANTES DE 72 HORAS,
LIBERARÉ A LA PEQUEÑA.
NO ES INSTAGRAM
QUIEN CONTROLA TU VIDA. SOY YO.

Algo se había quedado en el fondo del sobre. El jefe de grupo metió la mano y sacó un minúsculo diente de leche. Mélanie empezó a temblar como una hoja. Cogió la foto y se negó a soltarla. Hicieron falta varios minutos para convencerla de que debía dársela a los especialistas para que pudieran analizarla y detectar eventuales restos dejados por el secuestrador. En la anterior fotografía no habían encontrado ninguna huella, pero habían podido determinar el tipo de cámara utilizada, la marca del aparato y el año de fabricación.

Más tarde, mientras los acompañaba a la planta baja, Cédric Berger intentó tranquilizar a los padres: su hija estaba viva y el secuestrador había hecho una petición. Tanto si se trataba de una petición seria como si se trataba de un señuelo para hacerse con el dinero, eran buenas noticias. La sala de crisis se reuniría de manera urgente para decidir qué respuesta dar. Por otro lado, la investigación seguía su curso: vigilancia día y noche del complejo residencial, rondas especiales en el distrito X, análisis de las cintas de videoprotección, verificación de todos los testimonios dejados en el número de teléfono puesto a disposición de la ciudadanía.

Mélanie y Bruno salieron del Bastion a las once. El día iba a ser largo. Evitaron a los periodistas pasando por el túnel. Al llegar al Boulevard Berthier, Bruno le propuso a su mujer que dieran un pequeño paseo antes de volver a encerrarse en la habitación del hotel, pero Mélanie ya no tenía fuerzas para nada.

Hacía una hora que habían vuelto a la suite cuando Mélanie decidió tomarse un baño. Estaba congelada y no conseguía entrar en calor.

Mientras tanto, Bruno daba vueltas por la habitación, incapaz de permanecer sentado.

No habían intercambiado más que unas pocas palabras desde la noche anterior. Bruno no se había separado de ella hasta llegar a la Brigada Criminal, ni tampoco una vez dentro del despacho de Cédric Berger. Mélanie había podido apoyarse en él, como solía hacer, pero Bruno no la había abrazado. No le había cogido la mano, ni la había estrechado entre sus brazos.

Su marido, su queridísimo marido. Tan leal, tan fiable. Y al que había traicionado.

Desde donde ahora estaba, podía apreciar la tensión de su espalda, de sus piernas, «un amasijo de nervios», pensó, sin atreverse a acercarse a él.

La víspera se lo había contado todo. No había tenido elección.

Porque desde el momento en que Grégoire Larondo había sido interrogado, no había dejado de llamar a Mélanie. Ignoraba cómo había conseguido su número de teléfono. La primera vez, Bruno no se había dado cuenta de puro milagro. Ella se había apartado para contarle lo que sabía, los avances de la investigación y los medios empleados. Luego, con dureza, le había pedido que no volviera a llamarla. Pero tres horas más tarde lo había vuelto a hacer. Y por su tono de voz, Mélanie había entendido que no sería la última. Algo hermético, que hasta entonces había contenido su ansiedad, se había resquebrajado. Larondo quería conocer los detalles de la investigación, participar en la búsqueda, no podía quedarse de brazos cruzados mientras su hija corría peligro. Estaba descontrolado.

Así que, siguiendo el consejo de Clara Roussel (era imposible, le había dicho, que Bruno no oyese nunca hablar del interrogatorio a Grégoire Larondo), Mélanie se había decidido a hablar con su marido. Sin entrar en detalles, pero sin omitir lo esencial, le había contado lo ocurrido aquella noche varios años atrás y la petición de Grégoire algunos años después. Bruno la había escuchado apretando los puños, sin interrumpirla. Ella había visto cómo se le tensaban los músculos de la mandíbula, igual que aquel día en que había llegado a las manos, en plena calle, con un tipo que había hecho amago de escupir a Mélanie.

Luego se había levantado sin decir nada y se había encerrado en el dormitorio, dejando a Mélanie sentada en el sofá del salón, completamente inmóvil.

Cuando Bruno volvió a salir, con los ojos enrojecidos, le habló con un tono de voz que ella no le había oído nunca. Un tono que no admitía ni la duda ni la réplica. Él, siempre tan dulce, tan conciliador, había dictado sentencia. Kimmy era hija suya, estaba seguro de ello. Fin del asunto. En aquella pesadilla que estaban viviendo, debían mantenerse unidos. No podían perder energías con discusiones estériles o movimientos en falso. Tenían una batalla mucho más importante que librar.

Bruno miraba ahora por la ventana. Mélanie le oía respirar. Fuerte, demasiado fuerte. Mientras esperaba que se llenara la bañera, encendió la televisión y en la pantalla apareció un canal de noticias. Empezó a ordenar por inercia algunas cosas y, de pronto, oyó la voz de su madre. Se acercó al televisor con desconfianza.

Le habían puesto un micrófono en la boca y daba muestras de preocupación.

–Sí, es un golpe terrible para mi hija y para mi yerno. No bajan los brazos, por supuesto, pero estamos todos muy preocupados por la niña. Si por lo menos supiésemos las condiciones en que la tienen secuestrada. Ya sabe usted cómo encuentran a veces a los críos... La investigación sigue en punto muerto, esa es la verdad. Los pedófilos están por todas partes, oiga. No puedo quitármelo de la cabeza.

La cámara la enfocaba de cerca, en ligero contrapicado. Tenía el rostro exageradamente rojo.

–¿Ha hablado con su hija?

–Ella sigue resistiendo. Están a la espera y nosotros también. Es duro..., muy duro...

Con un gesto brusco, Mélanie Claux apuntó hacia el televisor con el mando a distancia, apretó el botón de apagado y se dejó caer en el sofá. Bruno seguía en la ventana y Mélanie no pudo contener los sollozos. Desde la desaparición de su hija, había vertido más de una lágrima, pero cada vez que el llanto amenazaba con estallar, había conseguido dominarlo. Varias veces se había sentido al borde de un punto de no retorno –de la quiebra o del colapso–,

229

pero siempre había conseguido sobreponerse a la ola, a la corriente, a la fuerza oscura que pretendía arrastrarla hacia el fondo, hacia lo más profundo, allí donde ya no había nada a lo que aferrarse, ninguna ayuda, de donde ya no habría forma de levantarse. No podía permitírselo. Tenía que guardar fuerzas y resistir. Tenía que sobrevivir.

Pero esta vez la embestida fue más poderosa. Su pecho se agitaba espasmódicamente, con una violencia inusitada, como si todo su organismo intentara librarse de un cuerpo extraño o de una molécula tóxica, y un dolor insoportable le dificultaba la respiración.

Un lamento antiguo, lejano, un lamento procedente de su infancia o de todas las infancias, salió de su garganta. Nunca había experimentado algo tan horrible. Nunca se había sentido tan sola. Se dejó caer al suelo. Entonces le pareció que salía de su propio cuerpo y se vio allí, hecha una bola en aquella habitación de hotel, como una pobre niña abandonada, y sintió una lástima inmensa por sí misma. No se merecía todo aquello.

Al cabo de unos minutos, Bruno se apartó de la ventana. Se acercó a ella, la ayudó a levantarse y la abrazó.

–Si lo he entendido bien, un enfermo secuestra en pleno día a una cría de seis años, le arranca las uñas y los dientes para mandárselos a su madre y seis días después seguimos con la misma cara de tontos.

Lionel Théry era conocido por su capacidad de síntesis. Vista la situación, no había lugar para los matices.

Cédric Berger tomó la palabra.

–Mélanie Claux nos ha dicho que a Kimmy se le movían los dos dientes de abajo pocos días antes de desaparecer. El doctor Martin nos ha confirmado que el diente que había en el sobre era el incisivo central mandibular derecho, el 41 para ser exactos. Resulta verosímil que simplemente se le cayera, como es habitual que ocurra con los dientes de leche a esa edad.

–A eso lo llamo yo estar bien informado.

Clara intervino.

–Quizá no sea un simple detalle. El secuestrador ha enviado un diente, pero no pretende haberlo arrancado. Se limita a demostrar que tiene a la niña. En la foto, Kimmy lleva unas mallas y una sudadera de su talla, pero no es la ropa que llevaba el día de su desaparición. Si nos fijamos bien, las prendas no son nuevas. Así que o bien el secuestrador tenía ropa de su talla, ya usada, o bien la ha comprado en una tienda de segunda mano. En cualquier caso, ha tenido la delicadeza de darle ropa limpia a la niña, lo cual no deja de ser interesante.

Lionel Théry tuvo que reconocer que estaba en lo cierto.

–Efectivamente. ¿Y qué pasa con el puñetero coche?

Cédric Berger retomó la palabra.

–Los testigos no acaban de ponerse de acuerdo: un Twingo, un Clio, tal vez un Peugeot 206... Un modelo de lo más corriente. Insisto en que ninguna de las personas que actualmente tienen plaza en el parking es titular de un coche rojo y que ninguna ha prestado su mando a nadie del exterior. Por lo que respecta a los expropietarios o exinquilinos que tuvieron acceso en el pasado, el antiguo administrador de la finca, que ha sido destituido, se declara incapaz de encontrar dicha información. Al parecer, han tirado o perdido parte de los archivos.

Tras la intervención de Berger, se hizo el silencio. Clara dudó un instante, pero acabó tomando el relevo.

–El secuestrador ha visto suficiente tele como para ponerse guantes cuando manda las cartas a la madre (y no a los padres). Unas cartas en las que hace alusión al canal que Mélanie Claux gestiona en YouTube. Las peticiones llegan por correo postal, escritas a mano. En una época en que cualquier camello puede comprar un teléfono desechable con una tarjeta SIM de prepago, el método tiene un punto *old fashion* que no me desagrada. Además, el secuestrador no pide el rescate para sí mismo, sino para una buena causa. Podemos ponerlo en duda, desde luego, y habría que corroborarlo, pero en principio lo que le está exigiendo a Mélanie Claux es que ingrese medio millón de euros en la cuenta de una asociación que goza de buena reputación desde hace veinte años: Infancia en Peligro. Podría tratarse de un mensaje. Un mensaje evidente desde el momento en que menciona de manera explícita el canal Happy Break. Porque cuando el secuestrador escribe: «No es Instagram quien controla tu vida, soy yo», la referencia a la serie de vídeos *Instagram controla nuestro día,* que tienen un éxito increíble en el canal, es más que probable.

Clara calló un instante, dudando si seguir o no. Con un gesto, Lionel Théry la animó a continuar.

–Me explico. Más o menos una vez al mes, durante todo un día, Mélanie Claux lanza encuestas a sus seguidores. Ellos son los que lo deciden todo: qué cereales van a tomar Kimmy y Sammy para desayunar, qué dibujos animados van a ver, qué sudadera se van a poner. Mélanie cuelga la pregunta en Instagram y, al cabo de unos minutos, obtiene el resultado. El propio día es objeto de un nuevo vídeo, montado y adornado con efectos especiales, que luego cuelga en YouTube. Los últimos han recibido cinco o seis millones de visitas cada uno. Mélanie Claux no se ha inventado nada. Lo que pasa es que ahora no son los fans los que controlan su vida, sino el secuestrador de su hija... Y le está pidiendo una bonita suma.

Lionel Théry escuchaba a Clara en tensión. Berger retomó la palabra.

–La asociación es una institución seria, resulta difícil pensar que pueda tener algún tipo de relación con el secuestrador. De todos modos, tanto el presidente como el tesorero y el secretario general pasarán por aquí a lo largo del día a prestar declaración. Evidentemente, los padres quieren pagar. He conseguido convencerlos para que no se precipiten, en un rato volveré a reunirme con Bruno

Diore. Parece haber tomado el control de la situación y entiende nuestros argumentos.

Lionel Théry carraspeó.

–Tienen el dinero, supongo.

–Sí. Pueden disponer rápidamente de esa cantidad.

Lionel Théry reflexionó un instante antes de concluir.

–Estoy de acuerdo en que hay algo de amateur en todo esto. De hecho, podría tratarse de una broma de mal gusto si no fuera porque la niña lleva realmente desaparecida seis días. Pero no olvidéis que el amateurismo no está reñido con la perversión. Y que la improvisación no es incompatible con la barbarie. Así que no descartemos nada, ni hagamos nada hasta que tengamos la certeza de que la asociación es de fiar y que está dispuesta a devolver el dinero si los padres lo piden. Solo entonces, llegado el caso, nos mostraremos dispuestos a negociar. Ya habrá tiempo, si sueltan a la niña, de pensar en la manera de hacer pública nuestra estrategia. Pero lo primero es obligar al tipo a salir de su guarida.

Empezaba a declinar el día y Mélanie seguía leyendo las muestras de apoyo y de amor que no dejaban de llegar a su cuenta desde la publicación del primer vídeo y la confirmación por parte de los medios de la desaparición de su hija. Sus *queridos* seguidores no se olvidaban de ella. Saber que estaban allí, a su lado, la reconfortaba. Decenas de madres se declaraban dispuestas a cocinar para ella, a ocuparse de Sammy, a acogerlos en sus casas. Decenas de niños y niñas expresaban su preocupación y su tristeza con flores, corazones de colores y emojis maravillosos.

Mélanie había creado una comunidad. Y no era una simple palabra. Era una realidad. Una comunidad cuyo epicentro era ella. En un mundo tan duro, tan violento, aquello significaba mucho. «*It means a lot*», había dicho un día Kim Kardashian en su Instagram, y tenía razón. Desde el primer momento, Mélanie se había dirigido a sus seguidores llamándolos *queridos*. Porque deseaba expresarles su amor. Porque los quería de verdad.

Le habían dado tanto.

Todo.

Sus *queridos* eran tan numerosos que no podía imaginárselos de uno en uno. Sus *queridos* formaban una especie de familia inmensa y sin rostro. Una familia bondadosa, intergeneracional, donde tenían cabida los pequeños y los mayores. A Mélanie le gustaba la idea de un público al que satisfacer, al que contentar, al que complacer. Le gustaba aquella recompensa inmediata, tan cálida, tan entusiasta, que le ofrecían cada vez que se manifestaba. Necesitaba su atención. Sus halagos. Gracias a ellos sentía que era única. Que era digna de encomio. No tenía por qué avergonzarse de ello.

Echaba terriblemente de menos a su hija. El recuerdo de su cuerpecito acurrucado, pegado a sus caderas, con los bracitos aferrados a su cintura, le resultaba insoportable. Su Kimmy bonita. Tan salvaje, tan independiente. No se parecía en nada a la niña que Mélanie había sido. No se parecía a ninguna niña que Mélanie conociese.

Por supuesto que a veces se enfurruñaba. O se ponía a llorar. De hecho, Kimmy llevaba un tiempo malhumorada. Protestaba a la hora de grabar determinados vídeos, pero no porque no le gustara hacerlo, sino porque algunos compañeros de clase se burlaban de ella. La señorita Chevalier había citado a Mélanie en el colegio para hablar del tema. La maestra le había hecho preguntas sobre los rodajes, sobre cómo eran las sesiones, a qué hora tenían lugar, con qué frecuencia... Quería saberlo todo: cuánto tiempo a la semana dedicaba Kimmy a Happy Break y cuánto tiempo le dejaba para jugar y para aburrirse. «¿Aburrirse? ¡Pero si mi hija no se aburre nunca!», había respondido orgullosamente Mélanie. Happy Break era su vida. Aquella mujer no podía entenderlo. La señorita Chevalier le dijo que Kimmy empezaba a tomar conciencia de algunas cosas, en particular del hecho de que había mucha gente que veía aquellos vídeos, gente que ella no conocía. Según la maestra, eso le producía cierto desasosiego. En los últimos tiempos había notado a Kimmy cansada, incluso algo deprimida. «Esta mujer está mal de la cabeza», pensó Mélanie. No tenía ninguna prueba de lo que estaba diciendo, se basaba en impresiones que no ocultaban más que sus propios prejuicios. Pero la maestra había insistido. Según ella, Kimmy se tapaba los oídos en el patio cuando algún niño le hablaba de Happy Break. Algunos alumnos mayores la llamaban *bebé-sucio* o *bebé-dudú*. Un día, Kimmy se había puesto a llorar porque un chico de un curso superior le había dicho, reproduciendo sin duda fielmente las malintencionadas palabras de sus padres: «Van a denunciar a tu madre al tribunal de menores.»

Mélanie escuchó a la profesora con educación y, cuando hubo terminado, puso las cosas en su sitio: era absolutamente inadmisible que sus hijos sufrieran semejantes calumnias. Si los llevaba a un colegio privado era precisamente para evitar problemas así, de modo que si Kimmy o Sammy eran víctimas de aquel tipo de burlas o de mofas –fruto por supuesto de los celos–, correspondía al profesorado y a la dirección del centro tomar las medidas necesarias para evitarlo.

Así le había respondido a la señorita Chevalier, no sin cierta dureza.

En las semanas que siguieron, Kimmy se mostró cada vez más reacia a grabar los vídeos, hasta el punto de que Mélanie llegó a preguntarse si la maestra no le estaría metiendo ideas raras en la cabeza. Kimmy se hacía de rogar por todo. Se olvidaba del texto, no escuchaba las consignas, fingía no entender lo que se le pedía. El principal motivo de conflicto tenía que ver con la ropa. A sus seis años, la hija de Mélanie se negaba categóricamente a llevar faldas, vestidos, leotardos y, en realidad, cualquier prenda con connotaciones femeninas. No quería oír hablar del color rosa, ni de encajes, ni de volantes. Y esto sacaba de sus casillas a Mélanie, más aún cuando acababa de firmar un importante contrato con Disney de cara al estreno de la película *Frozen 2.* La marca les había mandado un montón de disfraces, de juguetes y de productos de *merchandising* que debían ocupar un lugar preferente en su canal de YouTube y en sus redes sociales. Pero Kimmy se había negado en redondo a llevar el vestido y la capa de la Reina de las Nieves, y Mélanie había tenido que ponerse ella misma la corona, los guantes de satén y los pendientes.

Por no hablar del día en que Kimmy se encerró en el cuarto de baño de aquel hotel. A una niña de su edad no podía habérsele ocurrido algo tan retorcido. El origen de semejante idea estaba sin duda en otra parte. La maestra tenía algo contra ella. Algo personal. Aquella mujer estaba celosa de su éxito, de su ropa, de su vida. Saltaba a la vista. Y aquella forma de mirarla cuando iba a buscar a su hija. Aquella sonrisa irónica. De superioridad. ¿Por qué se metía en sus asuntos?

Mélanie había estado a punto de ir a ver a la directora del centro para denunciar a la maestra, pero Bruno la había disuadido. Podía armarse un escándalo y no tenían pruebas. Mélanie acabó aceptando la postura de su marido. Bruno era menos impulsivo que ella, menos emocional. Y había conseguido hacerle entrar en razón.

No podía evitar pensar en aquellos momentos de conflicto y su recuerdo le rompía el corazón. Pero no iba a dejarse arrastrar por los pensamientos negativos, ni por todos

238

aquellos rumores con los que habían intentado hacerles daño. Tenía que mantenerse fuerte, tan fuerte como siempre.

Bruno esperaba el visto bueno de la Brigada Criminal para realizar la transferencia a la cuenta de la asociación. Qué más daba el dinero. Ella habría dado el doble si hubiera hecho falta.

Ya había anochecido cuando Mélanie corrió las cortinas para contemplar la calle. Mirar a la gente andar, hablar, ir y venir, apaciguaba un poco sus nervios.

De pronto, pensó que no había dado las gracias a sus *queridos* seguidores por sus numerosas muestras de apoyo. Llevaba varios días sin responder. Ni un solo mensaje. No podía dejarlos así, sin noticias, sin palabras.

Cogió el móvil y escribió:

«Gracias a todos por vuestro apoyo y por todo el amor que nos dais. Sois nuestras estrellas en la noche oscura, nuestro horizonte en esta prueba tan difícil.»

Añadió una decena de emojis de ruego, dos manos juntas apuntando al cielo, y un emoji de estrellas en los ojos.

A los pocos segundos empezaron a aparecer los primeros corazones y los primeros emojis de besos. En pocos minutos había recibido ya setecientos dieciocho *me gusta*.

Mélanie sonrió.

Durante mucho tiempo Clara se preguntó si se podía ser policía y llevar una vida normal. Aceptando que existiese una vida «normal», la respuesta era no. Ciertamente, Clara hacía vida de poli, en una residencia de polis, con amigos polis, conversaciones de polis y problemas de polis. De hecho, la mayoría de los policías se casaban entre sí, pero ella era una excepción, pues había dejado escapar al poli de su vida.

Tal era la conclusión a la que llegaba en las noches de *azul*, como las llamaba su madre cuando Clara era pequeña, pidiéndole siempre que precisara el tono, del azul más pálido al azul más oscuro –del mismo modo que evaluamos el dolor propio en una escala del 1 al 10–, esas noches de *azul*, pues, en las que Chloé, su amiga de la universidad, no estaba disponible para ir a tomar una copa. Los otros días, Clara consideraba su existencia con algo más de indulgencia.

Aquella noche le habría gustado pensar que las cosas pintaban bien. Kimmy Diore estaba viva y no parecía haber recibido malos tratos. Infancia en Peligro era una asociación reconocida por un amplio círculo de patrocinadores privados y públicos, y tenía todos los papeles en regla. La implicación de la asociación o de alguno de sus miembros en el secuestro de Kimmy Diore había sido descartada. Su presidente había aceptado de buena gana seguir las instrucciones de la Brigada Criminal y se había comprometido a devolver el dinero si hacía falta. Los padres de Kimmy habían realizado la transferencia aquella misma noche, pero Cédric Berger los había convencido de que esperasen a la mañana siguiente para hacerlo público.

Nadie en la Brigada parecía creer realmente en aquella historia. ¿Quién sería capaz de secuestrar y retener a una niña para que el rescate acabase en manos de una asociación? Claro que tampoco había que descartar la idea de un secuestrador perverso y desorganizado que multiplicara las exigencias para alargar el placer.

Clara, por su parte, no podía dejar de pensar que se trataba antes que nada de poner fin al sistema que Mélanie Claux había erigido.

Lo cierto era que Kimmy y Sammy llevaban varios días sin extasiarse al abrir los paquetes, sin lanzar gritos de júbilo al probar chips o refrescos, sin comprar a discreción en los supermercados y sin pedir a ciegas unas hamburguesas que no podrían comerse en una semana entera.

Lo cierto era que Mélanie ya no contaba su vida, hora a hora y minuto a minuto, a miles de desconocidos.

Alguien había dicho basta. Y la máquina se había detenido.

A las nueve de la noche, justo cuando empezaba a escribirle una carta a Thomas, Clara recibió un mensaje de Cédric diciéndole que pusiera la tele. En France 2 volvían a emitir un reportaje sobre los niños estrella de YouTube. Dejó lo que estaba haciendo y se arrellanó en el sofá.

A juzgar por la edad de los niños, el magacín debía de tener ya algún tiempo. Se mencionaban distintos canales, pero lo esencial de la investigación estaba dedicado a Happy Break. Kimmy debía de tener cuatro años y Sammy seis. La periodista y el cámara los habían acompañado a un gran centro comercial, donde varios cientos de niños y niñas los estaban esperando. Como una encantadora muñeca vestida de rosa, Kimmy caminaba al lado de su hermano, haciendo esfuerzos por mantener su ritmo. Como un joven guardaespaldas, Sammy no le quitaba el ojo de encima. Las imágenes mostraban su llegada al lugar del encuentro, recibida con un estruendoso aplauso, y la sesión de dedicatorias y selfis posterior, que había durado varias horas. Durante todo el tiempo, Mélanie había estado vigilando y organizando el asunto, gestionando la fila de espera y las prioridades, teniendo cuidado de los más pequeños y poniendo especial atención en que nadie se demorase más allá del tiempo establecido.

Antes de irse, había aceptado una pequeña entrevista. Sí, desde luego, se alegraba de su éxito y agradecía sobre todo a los *happy fans* su entusiasmo y su fidelidad. La periodista le preguntaba si entendía que algunas personas, incluidas algunas muy jóvenes, pudiesen escandalizarse al ver a unos niños tan pequeños expuestos de aquella manera. Mélanie sacudía tristemente la cabeza en señal de incomprensión, antes de responder con voz dulce y tranquila. Como madre, sabía perfectamente qué era bueno y qué era malo para sus hijos. Porque eran *sus* hijos, precisaba, haciendo hincapié en el posesivo. Y *sus* hijos eran muy felices haciendo lo que hacían. La periodista se volvía entonces hacia ellos para recoger sus impresiones. Con voz parsimoniosa, como una muñeca activada a distancia cuyas pilas empezasen a fallar, Kimmy aseguraba que le parecía genial contentar a los *happy fans* y «ver la felicidad en sus ojos». Con algo más de convicción, Sammy afirmaba que aquello era su sueño y que quería dedicarse a ello.

Radiante, Mélanie añadía: «Son sus palabras, ¿acaso se puede añadir algo más?»

Y luego, sonriendo de oreja a oreja, concluía: «¿Qué quiere usted? Son los reyes de la casa.»

La mañana del octavo día tras la desaparición de Kimmy Diore, Clara fue de las primeras en entrar en las dependencias del Bastion. Se había despertado a las cinco y no había podido volver a dormirse. Una extraña impaciencia la había sacado de la cama.

Pasó por el detector de metales y continuó hacia los ascensores. Pero el agente de la recepción, desde el otro lado del cristal, le hizo un gesto para que se acercara.

—Acaba de llegar una mujer que dice que quiere hablar con alguien de vuestro equipo.

Clara se volvió hacia las salas de espera, que solían estar vacías a aquellas horas. En la sala número 4 había una mujer de su edad, envuelta en un impermeable de tonos claros, que daba muestras de fatiga. Se acercó hacia ella.

Solo entonces se fijó en la niña que estaba sentada a su lado.

La muchacha levantó la vista y sus miradas se cruzaron.

El pulso se le aceleró de golpe y el corazón le empezó a dar brincos en el pecho.

Había estado observándola tanto últimamente que fue como si la conociera.

SECUESTRO Y RETENCIÓN DE LA NIÑA KIMMY DIORE

Asunto:

Acta de la declaración de Élise Favart.

Tomada el 18 de noviembre de 2019 por Clara Roussel, oficial de la Policía Judicial de la Brigada Criminal de París, y Cédric Berger, subinspector de policía de la Brigada Criminal de París.

Sobre los hechos:

Élise Favart se presenta el 18/11/2019 a las 8.05 h en las dependencias de la Brigada Criminal acompañada por la pequeña Kimmy Diore, desaparecida el 10/11/2019. Sin esperar a que le tomen declaración, le cuenta a la oficial de la Policía Judicial Clara Roussel que ella es la responsable del secuestro y la retención de la menor Kimmy Diore y que la niña ha estado en su casa los siete últimos días.

Sobre su identidad:

Me llamo Élise Irène Favart.

245

Nací el 10/09/1985 en Suresnes.

Vivo en el número 209 de la rue Lafayette, en el distrito X de París.

Estoy divorciada y tengo un hijo de seis años nacido en 2013.

Soy secretaria médica, pero no ejerzo desde hace un año.

(Extractos.)

Poco después de casarme con Norbert S., nos fuimos a vivir al complejo residencial Le Poisson Bleu. Mi compañero trabajaba para una empresa de seguridad, ocupándose de la contratación y gestión de los equipos. Conocí a Mélanie Claux cuando Ilian, mi hijo, tenía apenas unos meses. Habíamos dado a luz la misma semana y nos cruzábamos a menudo con los cochecitos o los arneses. Era su segundo hijo y Mélanie conocía bien la ciudad, así que me dio un montón de consejos, para el pediatra, para la inscripción en la guardería... Tras el nacimiento de Ilian, retomé mi trabajo a tiempo parcial como secretaria en uno de los centros médicos psicológicos de Antony. Nos hicimos amigas. Íbamos juntas al parque, o quedábamos en París para ir de compras. Mélanie era muy simpática. A veces la veía un poco triste y llegué a pensar que se aburría por no trabajar. Kimmy se llevó bien con mi hijo desde el principio. Le encantaba jugar con los coches, con el circuito eléctrico o con los solditos. Siempre ha tenido un puntito «marimacho» que a su madre no le gusta nada. Durante algunos meses nos vimos con frecuencia, yo me quedaba con sus hijos cuando Mélanie tenía algo que hacer. Y a Ilian le encantaba estar en su casa. [...]

Mi marido me dejó en 2015. Se fue a vivir a Marsella porque le salió una oportunidad profesional. Yo creo más bien que entendió antes que nadie que Ilian tenía algún problema. Aproximadamente por entonces, Mélanie empezó su actividad con Kimmy en YouTube. Ella no me dijo nada, me enteré por los vecinos cuando la cosa empezó a ir bien. Se convirtió en el tema de conversación estrella. En aquella época la informática no se me daba bien y lo que ocurría en internet no me interesaba demasiado. Mélanie empezó a estar muy ocupada con los rodajes y los montajes, a veces me pedía que me quedara con sus hijos porque tenía que ir a determinadas agencias o marcas en París, y a mí no me importaba. Kimmy hablaba muy bien, era una niña graciosa y despierta. Ilian y ella tenían la misma edad y enseguida vi que no se desarrollaban al mismo ritmo. Al principio no le di mayor importancia, pasaban muchos niños por el centro médico y eran muy distintos los unos de los otros. Yo trabajaba tres días a la semana, y esos días mi madre se ocupaba de Ilian. Acabé por preguntarle a la psiquiatra infantil si podía visitarlo. Mi hijo tenía dos años y medio. Con mucha delicadeza me explicó que Ilian sufría un retraso importante y que había que hacerle pruebas adicionales. Mi hijo era un discapacitado, esa es la palabra con la que tuve que aprender a convivir. Cuando se lo conté a Mélanie, se mostró realmente empática. Intentó tranquilizarme, me dijo que nunca había que perder la esperanza. La medicina podía evolucionar e Ilian era un niño tan bueno, tan fácil, eso era lo más importante. Y tenía razón. Mi hijo es una fuente de felicidad inmensa. Pero, poco a poco, Kimmy e Ilian dejaron de jugar juntos. Siempre había algún motivo. Su hija estaba cansada, tenía que grabar un nuevo vídeo, había que llevarla a la peluquería, debía probarse ropa nueva... Fue por entonces cuando Happy Break despegó definitivamente. Mélanie estaba siempre ocupada. Yo creo que ya vivía en otro mundo. De vez en cuando me daba juguetes, se les empezaban a acumular, y también ropa, pero siempre iba con prisas... Nos cruzábamos y ya está. Reconozco que me sentí herida. Pensaba que éramos amigas. Cuando Ilian cumplió tres años, encontré una escuela especializada para él. Varios meses después dejamos el complejo residencial y nos fuimos a vivir cerca del nuevo centro educativo. Apenas mantuve el contacto con nadie. La discapacidad da miedo, espanta a la gente. La única con quien me relaciono es la señora Sabourin, a la que voy a ver una o dos veces al año, para tomar el té. Está jubilada y siempre se ha portado muy bien con nosotros. [...]

El 10 de noviembre, la señora Sabourin me había invitado a tomar el té en su casa y le dije que iría con Ilian. Alguna vez lo hemos hecho al revés, pero como ella no tiene coche es más complicado. Además, me gusta volver a Le Poisson Bleu. Aunque siento cierta nostalgia de la época en que Ilian era un bebé y todo parecía tan sencillo.

Cuando voy a ver a la señora Sabourin, dejo el coche en el parking. Olvidé devolver el mando de acceso al irme y al final me lo quedé. Hay un hueco junto a la entrada del cuarto de la basura donde se puede dejar un coche pequeño sin molestar a nadie. No soy la única que lo deja ahí, una o dos horas, nunca ha supuesto ningún problema. [...]

Estaba aparcando el coche cuando vi a Kimmy salir del cuarto de la basura. Ilian se había quedado dormido durante el trayecto. La pequeña me reconoció al instante. Bajé la ventanilla para saber qué estaba tramando y me preguntó si podía esconderse en el coche. Le dije que sí y salí para abrirle la puerta de atrás. Kimmy estaba encantada de haber encontrado un escondite tan bueno. Se encajó entre los asientos delanteros y los traseros sin hacer ruido, para no despertar a Ilian, y me preguntó si podía ponerle por encima alguna prenda de ropa para disimularla mejor. No había cambiado, siempre ha sido una niña muy lista. Le di mi abrigo y ella misma se las apañó para cubrirse por completo. Apenas habían pasado unos segundos, estaba perfectamente acurrucada y era imposible verla desde el exterior. [...]

No, ya se lo he dicho. No había ido para eso. No había visto las *stories* de Mélanie en las que decía que los niños estaban

248

jugando en el jardín. Había ido a ver a la señora Sabourin y las cosas sucedieron tal como se las he contado. No había planeado nada. [...]

No le sabría decir cuánto duró la cosa. Ya no me acuerdo. Dos minutos, tal vez. Solo sé que en un momento dado arranqué el coche y le dije a Kimmy: «Vamos a escondernos mejor, ya verás. Sobre todo no te muevas.» Di marcha atrás, maniobré y salí. No me apresuré. Tenía la mente en blanco. Oí cómo Kimmy se reía a mi espalda, encantada de hacerles una jugarreta a su hermano y a sus amigos. Al salir del parking, tuve un momento de duda. No sabía hacia dónde tirar.

No me dije «estoy llevándome a la niña» ni «pero ¿qué estás haciendo?». No. Fue muy raro. Me sentía vacía y al mismo tiempo tenía la sensación de estar obedeciendo algún mandato. Al final tomé el camino de siempre y me dirigí a mi casa. Recuerdo la conversación que mantuvimos en el coche, Kimmy me preguntó si la maestra de Ilian era buena con él y si tenía muchos amigos en la escuela. Ilian se despertó durante el trayecto, ¡y se puso tan contento al verla! Me hizo muy feliz que la reconociera. Aparqué en una calle cercana. No hice nada por disimular la presencia de Kimmy, entramos en casa tranquilamente. No nos cruzamos con ningún vecino. Llamé a la señora Sabourin para disculparme por no haber acudido a la cita, alegando un imprevisto de última hora.

Cuando empezó a anochecer, le dije a Kimmy que había llamado a su madre y que me había pedido si podía quedarme un tiempo con ella, pues tenía que viajar a Vendée. No quería que se preocupara. A Kimmy no le pareció raro, solo me preguntó si Mélanie no se había enfadado por culpa del vídeo que tenían que grabar. Le dije que no y la tranquilicé: su mamá le mandaba un beso enorme y pensaba mucho en ella. [...]

Los primeros días durmió un montón. Se levantaba tarde por las mañanas y a veces se quedaba dormida después de comer. Me llegué a plantear si no estaría enferma, pero no tenía ningún síntoma. Los niños no han salido de casa en toda la semana y han estado jugando a todo tipo de juegos. A Ilian le encanta pintar y a Kimmy también. Han hecho un fresco precioso, con peces, pulpos y algas de todos los colores. He llamado dos o tres veces a la tienda de abajo para encargar comida y he bajado a buscar las bolsas. No he dejado a los niños solos más que unos minutos y he dicho que Ilian estaba enfermo. La gente del barrio nos conoce. [...]

Hace unas semanas, Ilian se pilló el dedo con una puerta. La uña se le puso negra y se le cayó cuando Kimmy estaba en casa. Un día vi en la tele una serie policíaca en la que decían que las uñas no contienen ADN. Al parecer, solo se pueden encontrar rastros en la fina capa de células que las cubre o en los restos de sangre que pueda haber. Dejé toda la noche la uña en un recipiente de agua con lejía y la froté a conciencia. Luego la metí en un sobre con la polaroid. Hasta ese momento, no había pensado en nada. A partir de entonces, ya no sé lo que pensé. Me dejé llevar... Sabía que corría un riesgo enorme, pero no podía detenerme. [...]

Sí, las cartas las escribí yo. Solo le pedí a Kimmy que copiara la dirección en el sobre y le hice creer que era para mandarles un dibujo a sus padres. Ya sé que es ridículo. No puedo explicarlo. No sé si quería hacerle daño a Mélanie. A lo mejor sí. Sobre todo quería obligarla a hacer algo que no tenía ganas de hacer. Quería que tomara conciencia de lo que significaba todo aquello.

Eché las dos cartas en el buzón que hay al final de mi calle. Y he procurado no encender nunca la tele en presencia de los niños. [...]

Sí, miro los vídeos de Happy Break y sigo el Instagram de Mélanie Claux. Al principio solo quería saber cómo estaban los niños, tener noticias suyas y de Mélanie. Pero luego me enganché. Es algo que te atrapa y te horroriza a la vez. No quería hacerlo y, al mismo tiempo, no podía evitarlo. Es difícil de explicar. Las últimas semanas había visto que Kimmy estaba harta, que ya no podía más. Solo me fijaba en eso. La pequeña evitaba mirar directamente a cámara y, cuando lo hacía, me daba la sensación de que estaba pidiéndome ayuda. De que estaba implorando que la fuera a buscar. Me pasó en varias ocasiones. Y pensé que se me estaba yendo la cabeza. Pero siempre me quedaba con una sensación horrible, que me perseguía durante todo el día. Tenía la impresión de ser como esa gente que, ante un niño que está sufriendo maltrato en sus propias narices, mira hacia otro lado y prosigue su camino. Y es que yo percibía su desasosiego, y era culpable por no estar haciendo nada. [...]

Cuando la noté más descansada, ya no supe qué hacer. Esperaba una señal..., un mensaje. Busqué en internet. La asociación Infancia en Peligro se ocupa de todas las formas de maltrato, incluso de las menos visibles. Eso es lo que pone en su web. Por eso lo hice. No hay otra razón. Mandé el segundo mensaje, pero no pensé ni por un momento que pudiera funcionar. [...]

No creo que Kimmy se haya sentido cautiva. Ha preguntado varias veces por su hermano o por sus padres, pero creo que siempre he conseguido tranquilizarla. Excepto anoche. Anoche entendió que estaba pasando algo raro. Empezó a sentir miedo. Fue como un... electrochoque. De repente me di cuenta de que Kimmy llevaba una semana en mi casa y que... yo..., que yo era la única que lo sabía... Fue como si tomara conciencia de ello, como si... volviera de una realidad paralela. Y me entró el pánico.

Así que esta mañana he dejado a Ilian en casa de mi madre y una maleta con todas sus cosas. Ella me ha preguntado qué pasaba, pero me he ido sin responder. Me daba miedo hundirme. He vuelto a subir al coche y he venido hasta aquí. Estoy agotada. [...]

Quería ayudar a Kimmy. Ofrecerle un momento de paz, de libertad. Era... Es tal como se lo he dicho. No fue algo premeditado. Y esta mañana me he dado cuenta de que no iba a servir de nada. Que no iba a cambiar nada. No sé si me entiende. Lo cierto es que, cuando veo esas imágenes, siento miedo por los niños.

2031

Presentíamos que en el tiempo de una vida surgirían cosas inimaginables a las que la gente se acostumbraría como lo había hecho en tan poco tiempo con el móvil, el ordenador, el iPod y el GPS.

ANNIE ERNAUX, Los años

Vinculado durante muchos años a la escuela freudiana, Santiago Valdo es psiquiatra y psicoanalista, una especie en vías de extinción, como él mismo añade al presentarse. Ejerce la mitad del tiempo en un hospital y reparte la otra entre su actividad liberal y la redacción de artículos académicos o de ensayos dirigidos al gran público. Conocido por sus trabajos sobre la incidencia de la revolución digital en los trastornos de ansiedad, es autor de, entre otras, dos obras de referencia: *En caso de exposición prolongada* y *La violencia de las redes*. Desde hace algunos años, se ha liberado de la obediencia debida y se dedica a investigar la aportación de las neurociencias, aunque sin renegar del psicoanálisis.

En este día de mayo de 2031, cuando está a punto de volver a casa, el reloj de Santiago Valdo vibra y muestra un número desconocido. Duda un momento antes de aceptar la llamada. Una voz emerge de los altavoces conectados al reloj: un joven quiere asegurarse de que ha marcado el número correcto. Solo entonces, con un tono desprovisto de cualquier afecto, como si el asunto no le incumbiera, añade: «Me llamo Sammy Diore y necesito ayuda.»

255

Santiago Valdo repite para sus adentros *Sammy Diore,* el nombre le suena vagamente, pero no es capaz de recordar de qué. En realidad, su memoria, que cada vez le falla más, lo asocia a una persona femenina.

–¿Llama recomendado por alguien?

–Una doctora del hospital Sainte-Anne me dio su contacto.

–¿Ha estado usted hospitalizado?

–No. Me atendió en urgencias y me aconsejó que lo llamase.

La voz pertenece a alguien bastante joven. Su entonación sigue resultando extrañamente falsa (como si recitara o leyera un texto), hasta el punto de que Santiago se pregunta si no se tratará de una broma. Sus datos personales están en internet y no sería la primera vez que le gastan alguna de mal gusto.

–En estos momentos no acepto nuevos pacientes –se disculpa–, pero puedo recomendarle a alguien.

El joven parece entrar en pánico y exclama con voz aguda:

–¡No, no, tiene que ser usted, usted! Se lo suplico...

Ante semejante reacción, Santiago Valdo echa un vistazo a su agenda electrónica, programada para abrirse automáticamente en la pantalla del ordenador cada vez que alguien llama a su número de trabajo.

–Mire, le propongo que venga a verme a la consulta mañana a las ocho de la tarde para contarme qué le ocurre. Después, lo derivaré a un colega o a una colega. Lo más importante es que encuentre ayuda, ¿no le parece?

–Pero yo no puedo salir.

–¿No puede salir de casa?

–No. Ya no. En absoluto.

–¿Por qué motivo?

—Porque están en todas partes... En la calle, en las tiendas, en los taxis. Por todas partes.

—¿A quién se refiere?

—A las cámaras. Las esconden, pero yo las veo. Me graban todo el tiempo, haga lo que haga. Empezaron pirateando los sistemas de videovigilancia que había cerca de mi casa, pero ahora tienen sus propios sistemas, escondidos allá donde vaya. Y cuando no me encuentran, envían drones.

Al oír su resuello, Santiago comprende que respira por la boca. Tal vez sea una señal de que ya se está medicando.

—Y... ¿por qué motivo estarían grabándolo?

—Para vender las imágenes.

—Ya. ¿Y cuánto tiempo hace que dura, según usted?

—No lo sé. Al principio mandaban a gente con cámaras ocultas. No los detecté. Eso duró algún tiempo. Cuando me di cuenta, se vieron obligados a poner en práctica otros métodos, menos visibles.

—¿Y es por eso por lo que ha dejado de salir?

—Sí.

Debatiéndose entre las ganas de poner fin a la conversación (pues los entresijos del asunto le parecen algo disparatados) y el miedo a estar pasando por alto una angustia real, Santiago Valdo guarda momentáneamente silencio.

Tras escuchar unos segundos la respiración agitada del joven, continúa:

—¿Y cómo se alimenta sin salir de casa?

—Hago la compra por internet. Le digo al repartidor que deje las bolsas en la puerta y no abro hasta que se va.

—¿Qué edad tiene, Sammy?

—Veinte años.

—¿Cuenta con un círculo de personas cercanas? ¿Padres, hermanos o hermanas, amigos o amigas?

–No. Bueno, está mi madre, pero... No.

–¿Cuánto lleva sin salir de casa?

–No lo sé... Tres meses. Puede que cuatro.

–¿Me está diciendo que lleva cuatro meses sin poner un pie en la calle?

–Sí.

–¿Y no ha recibido visitas?

El joven pierde de pronto la paciencia.

–¡No lo entiende! Tengo que desconfiar de todo el mundo, de los comerciantes, de los taxistas, de mis amigos, ¡no hay ningún sitio en el que esté seguro! ¡Han implantado cámaras en los ojos de la gente de mi entorno para que me graben!

–Sammy, un médico o un enfermero podrían ir a buscarlo y llevarlo a un hospital, donde estaría a salvo. Prohibiríamos las visitas y se sentiría protegido.

–¡No, no, no! ¡Ellos estarían allí! ¡O enviarían a alguien!

Santiago percibe su miedo. Por no decir su pavor.

–¿Quiénes son *ellos?*

Sammy Diore duda un segundo antes de responder.

–Eso es lo que tengo que descubrir. Tengo que saber dónde se difunden las imágenes. A quién se las venden, ¿entiende? Lo que está claro es que las venden caras. Muy caras...

–Sammy..., ¿puedo tutearte?

–Sí.

–¿Sabes a qué me dedico?

–Sí.

–Si me has llamado, a lo mejor es porque no tienes la seguridad de que esa gente esté realmente ahí para grabarte, ¿no?

–Sí. Yo sé que están ahí. Le he llamado porque la doctora del Sainte-Anne me ha dicho que es usted especialista en entornos digitales y en redes sociales. Así que he pensado que podría ayudarme a descubrir quién está detrás de todo esto.

–Sammy, yo soy psiquiatra. Es cierto que me he especializado en patologías asociadas al desarrollo de las redes sociales, de la realidad virtual, de la inteligencia artificial. Pero soy médico. Así que te propongo una cosa: iré a verte a tu casa, para asegurarme de que vives en condiciones adecuadas y de que no corres ningún peligro. Luego decidiremos entre los dos qué hacer para ayudarte. ¿Te parece bien?

El alivio del muchacho lo conmueve.

–Sí, doctor, muchas gracias. Pero sobre todo no le diga a nadie que va a venir a verme.

Santiago Valdo no ha tenido el reflejo de grabar la conversación. Ahora lo lamenta, pues le habría gustado volver a escucharla. Le gusta analizar *a posteriori* el discurso de sus pacientes, sus asociaciones, sus entonaciones. Descubrir sus referentes. Hoy en día, para la mayoría, son los videojuegos o las series. Normalmente, les pregunta si puede grabar la sesión. Pero a veces prescinde de semejante formalidad y lo hace a escondidas, por mucho que sea contrario al código deontológico.

Se ha hecho tarde. Tiene que volver a casa a una hora decente para cenar con su compañera y leer el proyecto de tesis que le ha mandado una de sus alumnas, cuyo enfoque le interesa especialmente.

Antes de salir del despacho, se dirige a su asistente personal, al que ha apodado «Jaimito el Jactancioso», en homenaje a Jacques Lacan.

–Oye, Jaimito...

La voz sintética responde al instante.

–Dime, Santiago, ¿qué puedo hacer por ti?

Como siempre, es ese tono afable, un pelín sumiso, el que lo exaspera. Ya podrían haber propuesto otras opciones... Está a punto de responderle: «¡Que te jodan!» –aunque debe reconocer las ventajas de la asistencia de voz, especialmente cuando tiene las manos ocupadas en otra tarea (como ordenar la cantidad de dosieres que se le amontonan en la mesa) o cuando está haciendo varias actividades a la vez (algo que le ocurre con tanta frecuencia que ya ha dejado de intentar evitarlo)–, pero se contiene. En la época en que quiso poner a prueba los límites del aparato, tuvo su ración de conversaciones absurdas y estériles con Jaimito, y sabe que se niega a responder a los insultos.

–¿Quién es Sammy Diore?

El procesador se pone en marcha y, en menos de dos segundos, la pantalla muestra los resultados de la búsqueda. Afelpada y pedantesca, la voz de Jaimito reproduce la respuesta que considera más pertinente:

«Sammy Diore es un *youtuber* francés. Nacido en 2011, se da a conocer gracias al canal Happy Break, creado por su madre, Mélanie Claux. Entre 2016 y 2023, el canal publica más de 1.500 vídeos en YouTube. Según distintos medios, los ingresos de la familia habrían alcanzado los veinte millones de euros.

En 2019, Kimmy, la hermana de Sammy, que por entonces tiene seis años de edad, es secuestrada por Élise Favart. Tras siete días de intensas búsquedas, la secuestradora acude voluntariamente a la Brigada Criminal, acompañada de la pequeña.

Entre 2019 y 2020, el canal Happy Break pasa de cinco a siete millones de suscriptores.

En previsión de la anunciada ley sobre la explotación

comercial de los niños *youtubers,* la familia Diore crea nuevos canales con el nombre de sus hijos. El canal Happy Sam, dedicado a Sammy Diore, conoce un éxito fulgurante. En pocos meses, la cuenta oficial de Sam en Instagram alcanza el millón de seguidores.

El 19 de octubre de 2020, el Parlamento aprueba definitivamente la ley para controlar la actividad de los niños *influencers.* Sin embargo, Happy Break y Happy Sam continúan con su actividad al mismo ritmo.

En su canal particular, Sammy se especializa en el test de videojuegos.

En 2023, una investigación llevada a cabo por el diario *Le Monde* desvela las estrategias y artimañas financieras utilizadas por los padres de niños *influencers* para esquivar las exigencias de la ley.

En 2029, a la edad de dieciocho años, Sammy desaparece sin explicación alguna. Deja de subir vídeos en su canal de YouTube y en las redes sociales asociadas. A partir de entonces, tampoco vuelve a aparecer en los vídeos de su madre. Varios periodistas han intentado conocer los motivos de esta interrupción tan brusca de su actividad, pero ha sido en vano.

No obstante, los vídeos de Happy Break y de Happy Sam siguen estando disponibles en YouTube y continúan generando visitas e ingresos.»

–Gracias, Jaimito –dice Santiago.

–De nada, Santiago –dice Jaimito–. Ha sido un placer poder ayudarte.

–Ya, ya.

Santiago ordena varios dosieres y repite el nombre para sus adentros: *Diore...* Claro..., por supuesto... El caso salió en todos los medios. De hecho, a uno de sus colegas del hospital lo llamaron para evaluar a Élise Favart, la secuestradora de la niña. Si no recuerda mal, la mujer no presentaba ningún trastorno psíquico. Tras varias evaluaciones, a pesar de algunos síntomas de despersonalización, fue considerada penalmente responsable de sus actos. Acabó pasando por lo menos dos años en la cárcel sin ninguna orden de tratamiento.

Mientras apaga las luces de la consulta, los detalles del caso van volviendo poco a poco a su memoria: la mujer quería salvar a la niña. Una especie de Don Quijote con faldas luchando contra molinos de oro. Durante varias semanas, los debates sobre los niños *influencers* y la responsabilidad de los padres ocuparon buena parte del espacio mediático. Por azares del calendario, la ley fue sometida a votación poco tiempo después del secuestro. Luego, como suele suceder, decayó el interés por el asunto.

Santiago sale de la consulta. El sistema de cierre automático se pone en marcha tras él, y un pitido anuncia la llegada del ascensor.

Levanta la cabeza para el reconocimiento facial y se abren las puertas del aparato.

Clara Roussel tiene cuarenta y cinco años. Sigue viviendo sola y sin hijos. En un paradójico contexto de agotamiento de recursos y de multiplicación de aparatos conectados, su vida, en apariencia, no ha cambiado mucho. Sin embargo, tiene la sensación de haber iniciado una lenta y necesaria metamorfosis. A la innegable barbarie de los casos en los que trabaja, contrapone una distancia emocional lograda a base de tesón y exigente disciplina. Su ascetismo se ha ido consolidando: no le dice que no a unas copas, pero no come demasiado y no posee gran cosa, más allá de algunas joyas que pertenecían a su madre, entre las que destaca un antiguo reloj de la marca Lip, del que no se separa nunca. Clara aspira a cierto ideal de despojamiento, por no decir de pobreza, y no tiene miedo de encerrarse en sí misma: le parece una forma de evitar la violencia y la tristeza. Es su manera de protegerse. O así lo cree ella.

Sus relaciones pueden contarse con los dedos de una mano. Su amiga Chloé se ha hecho jurista y tiene dos hijos pequeños de los que Clara se ocupa de vez en cuando y que la adoran. Sus vecinos, dos parejas de policías a los que

263

conoce desde hace quince años, la invitan a cenar casi todas las semanas. Es la típica amiga soltera a la que mortificar con preguntas sobre sus conquistas o su vida sentimental, a quien siguen viendo como una eterna adolescente y a quien sus hijos consideran una de las suyas.

Más que nunca, Clara tiene la sensación de estar al servicio de una Razón Superior, a la que prefiere no poner nombre. Ni Dios ni amo, más bien un camino. Y el suyo, inevitablemente, está manchado de sangre. Aunque a veces se deje llevar por sueños teñidos de nostalgia, no hay sitio para el arrepentimiento. Está donde debe estar.

En el Bastion, sigue ocupando el cargo de *procédurière,* ahora en el grupo Lasserre. Tradicionalmente, a los grupos se los conoce por el nombre de quien los dirige y Cédric Berger dejó la Criminal hace algunos años por un puesto de jefe de sección en la Brigada de Protección de Menores, donde había empezado su carrera. Su fiesta de despedida ha pasado a los anales, y no solo por la cantidad de botellas vacías que aparecieron al día siguiente: las palabras que le dirigió a Clara en su discurso de despedida han entrado a formar parte de la mitología de la unidad. Probablemente jamás se había pronunciado una declaración de amor profesional más hermosa en la Policía Judicial. Tras la marcha de Cédric, a Clara le propusieron el puesto de ayudante del jefe de grupo, pero lo rechazó. Cada vez más exigente y cada vez más complejo, lo que de verdad le interesa es el oficio de *procédurière.* Le gusta formar a los más jóvenes y no es extraño que vengan a pedirle consejo de otros grupos.

Excepto cuando tiene que acudir a las escenas del crimen para constatar los hechos o asistir a las autopsias, Clara pasa la mayor parte del tiempo en su despacho, redactando informes y enviando solicitudes, catalogando pruebas y análisis, tomando o releyendo declaraciones. Entre todas las tareas de su profesión, las actas siguen siendo su caballo de batalla. Eliminar las ambigüedades y las imprecisiones, conseguir un relato de los hechos lo más fiel posible, he ahí su principal preocupación. Y quiere crear escuela.

De vez en cuando, si se harta de tanto papeleo (que persiste a pesar de la digitalización exhaustiva de documentos y datos y de la aparición constante de nuevos programas informáticos), decide pisar la calle.

Hace unos años, mientras participaba en una detención sin riesgo aparente –y sin refuerzos–, Clara cayó en una emboscada junto a otros dos compañeros. Permaneció varios minutos inmovilizada, con el brazo de un desconocido alrededor del cuello y una pistola en la sien. Recuerda que se le ralentizó el ritmo cardíaco y que todo su cuerpo se concentró en sus funciones vitales, como si hubiese detectado una caída brusca de energía. Los ruidos, las palabras, los gestos, todo lo que ocurría a su alrededor parecía proceder de un mundo acolchado, lejano, incapaz de alcanzarla. No tuvo miedo. A uno de sus compañeros lo hirieron en la pierna, al otro en el hombro y ella salió del apuro con varios hematomas en el cuello y un pinzamiento cervical. Los dos sospechosos lograron huir. Los detuvieron dos días después en el área de servicio de una autopista.

Tras un breve paso por el hospital, Clara buscó en su interior la huella de aquel momento suspendido en el tiempo, a la vez irreal e indeleble. Unos hombres armados habían disparado, uno de ellos incluso la había encañonado, pero no había sentido miedo. No estaba orgullosa de ello. No era normal. Aquella noche le asaltó una idea azul marino: la falta de miedo reflejaba la falta de amor.

Clara ya no piensa tan a menudo en sus padres. Cosas de la edad, sin duda, o del paso del tiempo. Los recuerdos que conserva de ellos están cubiertos por una fina pátina, como esas fotos que amarillean por el contacto prolongado con el aire. Pertenecen a otra época, una época *predigital*, que a veces le parece tan lejana como la prehistoria que estudiaba con pasión en la escuela primaria.

En un mundo en el que cada gesto, cada desplazamiento, cada conversación deja huella, Clara desearía no dejar ninguna. Nadie mejor que ella para saber hasta qué punto los *smartphones* (adopten la forma que sea, hoy en día múltiple), los asistentes de voz, la domótica y las redes sociales son soplones sin escrúpulos e inagotables fuentes de información, tanto para el comercio como para la policía. Actualmente, y no solo en la Brigada Criminal, buena parte de la investigación se basa en el *tracking:* videovigilancia, reconocimiento facial, seguimiento en tiempo real o retroactivo de los desplazamientos, análisis de las comunicaciones, de las facturas, de los discos duros y de los historiales de búsqueda, estudio de los comportamientos. Ya nada escapa al control del ojo que todo lo ve.

De modo directamente proporcional, cuanto más utiliza estas herramientas en su profesión, más se esfuerza Clara Roussel por desaparecer.

Si, como acostumbra a decirse, la sociedad actual se divide en dos, ella está del lado de los recalcitrantes. De los que se niegan a ser vigilados como pollos criados en serie e inventariados como paquetes de pasta, de los que han renunciado, en la medida de lo posible, a todo lo que permita conocer sus gustos, sus amistades, sus horarios y sus actividades, de los que no pertenecen a ninguna red social, a ningún grupo, y prefieren abrir libros y periódicos antes que páginas de Google. Desconectados. Una opción minoritaria pero que va ganando terreno. Una opción difícil de sostener, pero con un credo común: lo mejor es enemigo de lo bueno. De todos modos, Clara no es una ingenua: hoy en día resulta imposible escapar por completo a los radares. Aunque solo sea para comunicarse con sus colegas, está obligada a usar una aplicación de mensajería instantánea cuyos datos, supuestamente encriptados, son conservados por la empresa que la comercializa y están al alcance de cualquier hacker medianamente avispado. Aun así, Clara no quiere renunciar al combate que supone limitar su rastro, disminuir el halo que produce, borrar su estela digital.

En el día a día, intenta reducir sus huellas. No tiene coche, va en bici o a pie, evita el plástico, no coge aviones y solo come carne cuando la invitan. En líneas generales, consume poco, compra la ropa en tiendas de segunda mano, recicla y reutiliza todo lo reutilizable.

El nuevo mundo, anunciado durante la pandemia de covid en 2020, nunca llegó. Como predijo por entonces un famoso escritor, el mundo sigue siendo el mismo, pero en peor, y más ajeno que nunca a su propia destrucción.

En sus ratos libres, Clara participa en un movimiento internacional de lucha contra el cambio climático y el colapso ecológico. Ha asistido a algunas manifestaciones y encuentros organizados en asambleas locales para debatir la estrategia a seguir. Es partidaria de una movilización ciudadana y solidaria, que implique acciones no violentas, y no está en contra de cierta forma de desobediencia civil. Durante las asambleas, ante la sorpresa generalizada, no esconde su condición de policía: no teme ni el debate ni la confrontación.

Thomas se ha casado con una forense y tiene dos hijos. De vez en cuando le manda a Clara mensajes escritos a mano en trozos de papel, signos arcaicos, obsoletos, que franquean el muro del tiempo y la distancia, y que siempre empiezan así: «Clara, guapísima, ¿cómo estás?»

Clara está bien. O eso le contesta. Lo cierto es que no presenta síntomas de depresión o de melancolía, aunque recientemente ha descubierto una desagradable atracción por el vacío. En dos ocasiones, la primera al borde de los acantilados de Étretat y la segunda en el balcón de una víctima que vivía en un décimo piso, ha tenido la visión de su propia caída, sin saber si se trataba de una posibilidad, de una llamada o de un recuerdo de la infancia.

Le habría gustado poder vivir al menos una *gran historia de amor* –le hace gracia la expresión, por manida que sea, cuando se la oye decir a sus colegas más jóvenes–, pero algo así habría requerido cierta forma de abandono de la que nunca se ha creído capaz. Quizá debería haberse tendido en un diván para comprender los motivos, pero ha decidido permanecer de pie, pase lo que pase. Que ella recuerde, siempre ha vivido en ese estado de tensión, de vigilancia, por no decir de desconfianza, que ya le parece indisociable de su metabolismo. Y no puede dejar de pensar en lo que vendrá después: la caída o la traición.

Ahora más que nunca, ha hecho suya esta divisa de la Brigada Criminal, cuyo emblema, desde que fue creada, es el cardo: *Quien se arrima se pincha,* que es como decir que quien juega con fuego se quema los dedos.

En este día de junio del año 2031, en el que el verano parece haberse adelantado varias semanas –se han vuelto a batir todos los récords de calor del año pasado–, Clara llega justo a tiempo para asistir a la breve sesión informativa que su jefe de grupo celebra todos los días a la misma hora, alrededor de un café que tiene fama de ser el mejor del edificio y cuya procedencia se mantiene en secreto. Últimamente todo ha estado bastante tranquilo, pero el grupo empieza esta noche su semana de guardia. Hasta el próximo lunes, si hay algún *marrón,* tendrán que comérselo ellos.

Nada más salir de la reunión matutina, mientras se dirige al despacho que ahora ocupa ella sola, Clara recibe en su reloj un mensaje procedente de la recepción: su cita de las diez acaba de llegar. Al instante, salta una alarma: la cita no estaba programada en la agenda de la unidad. Clara maldice en voz alta el nuevo programa informático que, con la excusa de identificar a toda persona que entra en las dependencias, se preocupa por cualquier nadería, hasta el punto de que sus colegas de la Sección Antiterrorista lo han apodado «el cobardica». Ciertamente, «el cobardica» no tiene la sangre fría necesaria y está a punto de activar el nivel escarlata del plan Vigipirate.

Clara se sienta y teclea varias palabras para reiniciar su ordenador.

En efecto, la cita no figura en su agenda del día. Lo cual, unido al hecho de que el sistema de reconocimiento facial no ha conseguido identificar al intruso, hace que el programa lo considere como peligroso y malintencionado. Afortunadamente, no está fichado por la policía. Unos segundos más tarde, aparece en la pantalla el rostro de una joven con la siguiente mención: NO VÁLIDA. Una voz pregrabada le pide que identifique de inmediato al *individuo* o, en su defecto, que active la alerta 1. Irritada, Clara aplica el viejo método de llamar a la centralita, cuya eficacia está fuera de toda duda: no hace falta que manden a los helicópteros, ya baja ella enseguida...

Mientras espera el ascensor, vuelve a mirar la cara de la joven que aparece intermitentemente en su reloj. Una cara que no está segura de reconocer, pero que le resulta extrañamente familiar.

Entra en el aparato y aprieta el botón de la planta baja.

En lo que dura el trayecto, su cerebro asocia varias imágenes y acaba por hacerse la luz: vigilada por las dos cámaras que hay en la sala de espera número 4, sentada en la misma silla de hace doce años, Kimmy Diore la está esperando.

Fiel a su rutina matutina, Mélanie Claux se levanta todas las mañanas a las 7.45 h. Antes de prepararse un zumo natural de frutas frescas (con su exprimidor Juna, el no va más del mercado, pues la marca le envía cada año el nuevo modelo a cambio de una mención elogiosa en alguna de sus redes sociales), abre el ventanal y contempla el mar. «Gozamos de unas vistas privilegiadas», se regodea, una frase que le gusta pronunciar en voz alta casi tan a menudo como «esto es un paraíso en la tierra». Podría pasarse horas hablando de su casa, construida en la parte alta de Sanary, así como del florido y exuberante jardín que la rodea, cuyo mantenimiento le cuesta una fortuna, pero que constituye uno de los decorados más apreciados por sus fans.

Hace ya algunos años que decidieron irse de Châtenay-Malabry e instalarse en una masía típica, al más puro estilo provenzal, que remodelaron y ampliaron a partir de los planos diseñados por Killian Keys, un joven arquitecto convertido en la estrella del sector inmobiliario gracias a *Casas de famosos,* uno de los últimos *reality shows* emitido por una cadena herciana.

En su día, Mélanie y Bruno fueron elegidos para formar parte de la decena de celebridades que compartirían con los telespectadores tan formidable aventura. Los tres episodios dedicados a la transformación de su casa, emitidos el domingo por la tarde, batieron un récord histórico de audiencia. Por supuesto, Killian Keys acabó convirtiéndose en un amigo y la pareja dejó la región parisina sin pesar. La presión, fruto de la notoriedad, se había vuelto insoportable.

No es que en el sur sean menos conocidos, pero pueden aislarse en su terreno, en su jardín, en su «nidito de amor», como le gusta decir a Mélanie en sus redes, lejos de la promiscuidad inevitable de Le Poisson Bleu, donde los vecinos parecían haberse aliado para propagar chismes y calumnias contra ellos. Cuando años atrás empezaron a circular los peores rumores, fueron muy pocos los que les brindaron su apoyo.

El secuestro de Kimmy aparece como una sombra, una fisura en el maravilloso edificio que Mélanie ha construido. Un momento terrible que le gustaría borrar de su memoria, y de la memoria de los suyos, cuyas consecuencias se prolongaron mucho más allá de la liberación de la niña. Hoy está convencida de que todo lo malo que les ha ocurrido desde entonces tiene su origen ahí, en la locura de esa mujer. Esa mujer mancilló sus vidas. Esa mujer es una mancha imborrable en la historia ejemplar de su familia. No quiere ni pensar en todo lo que vivieron aquellos días, y los años que siguieron, en las terribles secuelas que sufrió su hija, que sufrieron los cuatro. Es una época que se esfuerza por borrar y que se niega a recordar. Porque, para salir adelante, a veces hay que actuar como si las cosas no hubiesen sucedido nunca.

Actualmente, aunque sus hijos ya no viven con ella, a Mélanie Claux la siguen más de tres millones de personas, sumando todos sus perfiles: New Mélanie en Instagram (ha cambiado el nombre de su cuenta y, por mucho que la plataforma haya perdido fuelle y esté algo demodé, sigue teniendo una fiel comunidad de seguidores) y With Mélanie, que creó hace un par de años en Back Home. Más *cocooning,* más *stay safe,* esta nueva red social, en plena expansión, le ofrece un público más amplio todavía, con el que comparte sus recetas, su filosofía, sus *rutinas* y, por supuesto, sus estados de ánimo.

Por otra parte, preocupada por estar al día y siempre atenta a las novedades, Mélanie ha sido de las primeras en abrir su propio canal de *reality home,* Mel Inside, disponible en la plataforma de pago Share the Best. Gracias a este concepto, los suscriptores pueden pasarse días enteros con sus celebridades favoritas. Mélanie goza de un éxito enorme en este nicho tan prometedor. Eso sí, hay que reconocer que se lo curra. Se lleva a sus fans a todas partes y les promete que no van a perderse nada: ni la visita al médico, ni la sesión de peluquería, ni el desayuno con alguna colega bloguera o *influencer.* Lo *comparte* todo. Y el *compartir* se ha convertido, más que nunca, en su razón de ser.

Diversas marcas de cosméticos y de ropa le piden habitualmente que haga promoción de sus productos en las redes sociales, difundiendo códigos promocionales que comparte con sus *queridos* seguidores. La remuneración que percibe por estos servicios está a la altura de su popularidad, que sigue al alza, y de su capacidad de prescripción. Su entusiasmo, sus consejos, sus confidencias obtienen siempre recompensa. Además, tras su aparición en *Casas de famosos,* una archiconocida marca de muebles la ha elegido como imagen y renueva su contrato año a año. Si sus beneficios anuales no alcanzan las sumas de la época dorada de Happy Break, su fama le asegura unos ingresos nada desdeñables. Pero ella se niega a dar más detalles sobre este asunto.

Bruno continúa siendo su más fiel sostén, el hombre fiable y honesto con el que se casó en 2011, hace ya más de veinte años.

En una sola ocasión, durante el juicio a Élise Favart, Mélanie tuvo miedo de que flaquease. Ante la nueva oleada de calumnias, su marido, por lo común tan sólido, empezó a dudar. De pronto fue como si no estuviese seguro de nada. «¿Y si estuviéramos equivocándonos?», murmuró una noche en la cama, antes de apagar la luz. Él, que siempre se había mostrado inmune a los celos y al rencor, de repente parecía preocupado por lo que dijeran de su familia en las redes sociales. Él, que siempre había tenido una confianza ciega en ella, en su buen juicio. Él, que siempre había seguido la dirección que ella marcaba.

Bruno tuvo un momento de debilidad. O de desánimo. Y empezó a sufrir pesadillas.

Una tarde, al volver del juicio, se puso a llorar. No dejaba de repetir: «Acabemos con todo, acabemos con todo, por lo que más quieras», mientras recorría a grandes zancadas el salón. Mélanie no lo había visto nunca en semejante estado y pasó la noche preguntándose qué habría querido decir con *todo.* ¿Se refería al juicio o, de un modo más amplio, a todo lo que habían construido juntos?

Al día siguiente, su marido parecía haberse recuperado. No hablaron más de lo ocurrido y Mélanie se guardó muy mucho de volver a sacar el tema. Una vez más, Bruno le ofrecía una prueba de su lealtad.

«Sí», piensa Mélanie, «hay que superar los obstáculos y no volver la vista atrás.» Eso es, en realidad, lo mismo que aconseja a sus seguidores, mientras montones de minúsculas estrellas revolotean alrededor de su rostro y una luz cálida la envuelve como un halo. «Tenemos tanta necesidad de poesía», concluye a menudo, hablando directamente a cámara.

Por razones que Mélanie no puede entender (al parecer causaba trastornos psíquicos en algunas personas, obsesionadas por una búsqueda de reconocimiento y de aceptación susceptible de provocar depresiones), la opción *me gusta* ya no está disponible en Instagram. Afortunadamente, Back Home ha inventado un nuevo sistema de aprobación que resulta igual de gratificante: sus *followers* le mandan miles de «*Yes, I'm in*» o de «*Yes, me too!*» y dejan comentarios limitados a cincuenta caracteres, que la plataforma filtra gracias a un sistema de reconocimiento semántico. Todo lo que es negativo o despectivo se suprime automáticamente.

Mélanie sigue recibiendo todos los días una cantidad de amor que la emociona y la llena. Sin duda, esa es la razón por la que se siente tan feliz. Porque ella es feliz, sí, aunque sus hijos ya no estén en casa. Se han hecho mayores. Así es la vida. De hecho, *Todas las mamás oso del mundo tienen que prepararse para ver partir a sus hijos* ha sido uno de sus vídeos más virales. Con lágrimas en los ojos y la voz ligeramente trémula, Mélanie grabó las habitaciones de Kimmy y Sammy, con los armarios vacíos y las camas intactas. Ese día, su corazón de mamá oso estaba terriblemente triste. A los suscriptores les encanta cuando se confiesa o da rienda suelta a sus sentimientos. Quieren saberlo todo sobre ella y se extasían por cualquier cosa.

Allí donde sus rivales optan por títulos cortos y en inglés, Mélanie se ha especializado en todo lo contrario: títulos poéticos, en francés, y sin miedo a que sean demasiado largos. Animada por el éxito del primer vídeo, siguió con *Las mujeres de más de cuarenta años tienen secretos muy bien guardados* (dedicado a la belleza y la juventud interiores) y *Madre un día, madre para siempre: los hijos permanecen en nuestros corazones.*

Tras la publicación de estos vídeos, Mélanie recibió ataques por parte de Clean Up!, una web de *bashing* que pretende sacar a la luz las contradicciones de las estrellas de internet. Alegando que utiliza filtros reparadores y antiarrugas, le reprochan la falta de coherencia entre su discurso y sus actos. Esa gente no se entera de nada. No saben qué es la magia, lo maravilloso, la armonía. «El mundo necesita ternura, purpurina y colores pastel», les respondió ella, al tiempo que decidía usar la frase como título para su siguiente vídeo. Más daño le han hecho las repetidas e infundadas insinuaciones sobre la relación que mantiene actualmente con sus hijos. La web llegó a afirmar que Kimmy y Sammy no querían saber nada de sus padres. La gente hace cualquier cosa con tal de conseguir un clic, el fenómeno no es nuevo pero ha alcanzado límites insospechados. Mélanie sueña con un mundo rosa y azul, donde ya no existan ni la violencia ni la envidia, un mundo donde cada cual pueda cumplir sus sueños, mostrar sus gustos y reivindicar su optimismo sin ser el blanco de las críticas y de las burlas.

Y a veces se pregunta si no es ella quien debería crearlo.

Hace ya algún tiempo que tiene pocas noticias de Kim y Sam. No es que sus hijos no quieran saber nada de ellos, claro que no, pero a menudo le cuesta localizarlos. No puede compartir algo así con sus seguidores. Primero, porque teme las calumnias; y después, porque sin duda sus fans se sentirían decepcionados si se enterasen de que sus hijos se han alejado de ella, con todo lo que les ha dado. Mélanie ha sido una madre tan abnegada, tan presente. Ha trabajado tanto para darles un futuro. Gracias a Happy Break, el imperio que ella creó desde la nada, Kim y Sam no solo se han convertido en auténticas celebridades, sino que ahora cada uno tiene su propio apartamento en París. Y los dos viven del dinero que hay en la cuenta que ella abrió en la Caja de Depósitos y Consignaciones y a la que, como preveía la ley, pudieron acceder en cuanto alcanzaron la mayoría de edad. Desafortunadamente, como si el dinero les quemara en las manos y se hubieran puesto de acuerdo para dilapidarlo, ninguno de los dos sigue los consejos que ella les ha dado.

Se han ido de casa. Así son las cosas. «Todas las mamás oso del mundo tienen que prepararse para ver partir a sus hijos.» Sí, es ley de vida.

Mélanie llama a Sammy al menos una vez por semana. Su hijo acostumbra a responder, pero habla en voz baja y cuelga al cabo de pocos segundos. Es un chico raro. Ella no tiene ni idea de lo que hace, ni de cómo vive. Siempre parece tener prisa. Dice que ya se lo explicará más tarde. Pero no les cuenta nada. Y Bruno se preocupa.

Últimamente, Bruno se preocupa por todo. Por los niños, pero también por un montón de cosas insignificantes a las que da una importancia desmedida. Se hace preguntas todo el rato, da vueltas a historias del pasado, se descarga libros sobre psicología. Es la crisis de los cuarenta. A veces, Mélanie se pregunta si no empezó a comportarse de un modo tan extraño cuando se enteraron por la radio de la muerte de Grégoire Larondo. Greg se suicidó. Una triste y horrible noticia, desde luego. No sabía nada de él desde hacía años. Tras la liberación de Kimmy, dejó de llamarla. En 2025, intentó en vano recuperar la notoriedad perdida participando en la primera (y última) temporada de *Veteranos de Supervivientes*. El programa fue un rotundo fracaso.

La noche en que se enteraron del triste suceso, Mélanie pensó que su marido sentiría un gran alivio. Se miraron en silencio. Bruno parecía muy afectado. La noticia debía de haber hecho aflorar los malos recuerdos. Pero desde entonces –aunque quizá sea una simple coincidencia– se preocupa por todo.

Respecto a Sammy, Mélanie cree que está pasando por una crisis de adolescencia tardía. No es extraño que les ocurra a los niños mimados. Porque, a diferencia de Kimmy, que se las hizo pasar canutas por culpa de aquella mujer, Sammy nunca les dio problemas. Fue siempre un alumno aplicado y se las apañó siempre la mar de bien.

A Mélanie le encanta acordarse de aquel niño tan bueno, tan amable, siempre entusiasta, siempre sonriente, capaz de empezar a grabar cinco o seis veces la misma escena sin rechistar. Lo cierto es que Sammy se apuntaba a un bombardeo. A los retos, a las bromas, a los viajes. Al contrario que su hermana, él nunca se hacía el remolón ni cuestionaba nada. Y siempre tuvo a sus propios fans. De niño le encantaba desenvolver juguetes, pero a medida que fue haciéndose mayor y empezaron a ponerse de moda, se volvió un apasionado de los *pranks*. Él mismo escribía los guiones. Y cuando creó su propio canal, dedicado a los videojuegos, tuvo un éxito enorme. Logró formar su propia comunidad. Sus seguidores adoraban su sonrisa, sus ojos verdes y la pinta de osito de peluche que había heredado de su padre. Sammy era el hermano mayor ideal y el mejor amigo. Las chicas soñaban con conocerlo y los chicos con parecerse a él.

Mélanie nunca ha sabido qué ocurrió para que lo dejara todo de la noche a la mañana, sin dar ninguna explicación, sin mandar ningún mensaje a sus fans.

Kimmy espera a Clara sentada bajo un cartel que alerta contra los peligros de la suplantación digital.

En cuanto la ve llegar, se levanta y va a su encuentro. Es alta, de porte altivo, y el cabello ondulado le cae sobre los hombros. «Parece sueca», piensa Clara, y de pronto le viene a la memoria el pelo rubio de Grégoire Larondo y su historia enterrada para siempre.

Kimmy Diore se presenta y le tiende la mano. Recorre la sala con mirada inquieta y a Clara no le cuesta relacionar a la joven que tiene enfrente con la niña que hace más de diez años estuvo observando durante horas.

—No sé si se acordará de mí...

—Por supuesto que sí, Kimmy. ¿Qué te trae por aquí?

—Me gustaría poder consultar mi historial. Mis declaraciones. Me gustaría saber qué dije. Todo lo que dije. Lo que conté cuando Élise Favart me trajo aquí. Si no estoy equivocada, usted se dedica a eso, a verificarlo y archivarlo todo, ¿no es cierto? Supongo que aún conservan la información.

Clara le propone subir a su despacho para hablar más tranquilamente del tema. Kimmy parece dudar un segundo y Clara aprovecha para disculparse.

–No te habrá molestado que te tutee, ¿verdad? Supongo que es por haberte conocido de pequeña.

–No es usted la única. Todo el mundo me tutea.

Ya en el ascensor, Kimmy observa a Clara en silencio. Al salir del aparato, la joven la sigue hasta su despacho. A su espalda, Clara oye el taconeo sordo de las Dr. Martens y tiene la certeza de que Kimmy Diore no ha acabado de saldar cuentas con su pasado.

Una vez en el despacho, la joven vuelve a mirar a su alrededor, visiblemente interesada en saber dónde se encuentra. Pero no hay demasiadas pistas, a decir verdad. Ni plantas ni retratos enmarcados, tan solo un montón de dosieres pendientes, dispuestos en una sola pila más o menos estable, y una decena de fotos cruentas sobre la mesa que Clara se apresura a retirar de su vista.

–¿Cómo has encontrado mi nombre?

–En unos papeles de mi madre, hace ya tiempo. De todo lo que pasó, su cara es lo único que recuerdo bien. Lo demás está borroso. Los psicólogos, los médicos, los otros policías, se me ha borrado todo..., excepto usted. Usted se me acercó y se puso en cuclillas para hablarme. Al oír su tono de voz, recuerdo que pensé: «No será tan grave.» Tenía miedo de que le pasara algo a Élise. Creo que había entendido que, a pesar de su calma y su serenidad, era muy probable que se hubiera metido en un buen lío. No la he vuelto a ver, ¿sabe? Usted se quedó a mi lado toda la mañana. Me consta que durante el juicio se reprodujeron algunos fragmentos de mi declaración, pero jamás he tenido acceso a esos documentos ni a ningún otro elemento del caso. Mis padres nunca han querido enseñarme nada.

–¿Hay algo en particular que quieras saber?

–Todo.

Clara se abstrae un instante recordando aquella época y vuelve a notar el regusto amargo que le dejó el asunto.

–Puedes encontrar muchas cosas en la prensa...

Kimmy la interrumpe.

–No puedo vivir con la idea de que esa mujer, la única que entendió lo que estábamos viviendo, la única que intentó ponerle remedio, se pasara dos años en la cárcel por mi culpa.

–No fue culpa tuya, Kimmy. Élise Favart estuvo dos años en la cárcel porque infringió la ley. Te secuestró y te retuvo durante varios días. Luego se demostró que no había hecho uso de la fuerza y que no tenía ninguna intención criminal. Ella misma se entregó y los jueces lo tuvieron en cuenta. No tienes nada que reprocharte, créeme, al revés: tu testimonio ayudó a reducir su condena. Se exponía a una pena mucho mayor.

–¿Lo dice en serio?

–Totalmente. Si no recuerdo mal, tu relato de los hechos y el suyo coincidían plenamente, y eso jugó a su favor.

–He leído los periódicos. El relato del secuestro y de mi «cautividad», como decían los periodistas... Pero lo que me alucina es que nadie se preguntara si yo no estaba aliviada por haber pasado varios días a salvo. Sin ser grabada desde la mañana hasta la noche y sin que mi vida fuera contada hora a hora y minuto a minuto a toda mi clase, a toda mi escuela y a cientos de miles de personas que no conocía de nada.

La rabia provoca pequeñas descargas nerviosas bajo la superficie lisa de su cara.

–Ahí te equivocas, Kimmy. Esa cuestión salió en el juicio. Élise Favart declaró que había detectado en tu comportamiento señales evidentes de fatiga, por no decir de angustia y...

–Pero me devolvieron a casa.

–Eso es verdad.

–¿Y sabe lo que pasó después?

Para no interrumpir su discurso, Clara se limita a negar con la cabeza.

–Mi madre esperó un tiempo. Hasta que amainara la tormenta. Hasta que los medios se interesaran por otros asuntos. Dejó pasar la Navidad y luego el invierno entero. Durante varias semanas, durante varios meses vivimos una especie de paréntesis. ¿Sabe? Era tan raro tener tiempo libre. Tiempo para aburrirse, tiempo para preguntarse qué íbamos a hacer, tiempo para no hacer absolutamente nada. Mi madre lo pasó fatal. Sentía pánico por si sus seguidores se olvidaban de ella. No estar continuamente visible significaba desaparecer. Hacia el mes de marzo, si no recuerdo mal, nos propuso un Yes Challenge. Para pasarlo bien. Pero no para pasarlo bien entre nosotros, en la intimidad, como hace la mayoría de las familias, no. Para pasarlo bien y grabarlo. Ganar dinero pasándoselo bien. Antes del secuestro, el último vídeo de este tipo que grabamos había recibido veinte millones de visitas. A los críos que nos seguían les encantaban estas cosas. ¿Se imagina ver, durante todo un día, a unos padres diciendo que sí a todo? Es el sueño de cualquier chaval. Por no hablar del regreso de la pobre niña secuestrada. El guión era una mina y el éxito estaba asegurado. De hecho, fue colgar el vídeo y batir todos nuestros récords.

Kimmy hace una pausa, como si quisiera darle tiempo a Clara de imaginarse los hechos, y luego continúa.

–Así que volvimos a empezar. Al principio, una pequeña *story* de vez en cuando. Para tranquilizar a los fans.

«Claro que sí, queridos, Kimmy está estupendamente y os manda un montón de besitos amorosos. ¿Verdad que sí, pichoncito, que les mandas besitos amorosos?»

Kimmy imita a la perfección la voz de su madre, modulando a voluntad su alegría gangosa e impostada. Clara sonríe, pero la joven no busca su sonrisa.

–El ritmo se fue acelerando. El juicio a Élise Favart no iba a tener lugar hasta varios meses después y los medios ya se habían olvidado de nosotros. Pero los fans no. Los fans tenían síndrome de abstinencia. ¿Usted cree que yo podía decirle a mi madre «sal de mi cuarto con tu puto teléfono y tus putos seguidores, incluidos esos que se hacen pajas mirando las imágenes que compartes con todo el mundo»? No, claro que no, una niña no habla así. No piensa en esos términos. Pero ahora ya tengo dieciocho años y hablo así. La mitad de las personas que conozco creen saber mejor que yo quién soy. Y si tengo la suerte de que no me siguieran en su día, les basta con cuatro clics para verme en bragas o en tutú, o comiendo patatas sin usar las manos, directamente del plato, como un animal.

El rostro de Kimmy se ha endurecido.

–¿Usted cree que un niño de dos años, de cuatro, de diez puede *querer* realmente algo así? ¿Que se da cuenta de lo que hace?

Clara permanece inmóvil, sin dejar de mirarla a los ojos.

–¿Algún miembro de la Brigada siguió viendo Happy Break después del secuestro? ¿Alguien vio nuestro formidable *Chupa o mastica* o nuestra fabulosa *Batalla de papel de váter* durante el confinamiento? ¿Alguien vio a Sammy esposado a los barrotes de su cama en aquella estúpida puesta en escena que le valió las peores burlas? ¿Alguien se atrevió a hablar de humillación?

Kimmy Diore no espera respuesta.

—Supongo que usted tenía mejores cosas que hacer. Pero lo cierto es que el canal ganó de un plumazo un millón de seguidores. Así que, poco a poco, volvimos a empezar. Sí, al cabo de unos meses, los rodajes, los parques de atracciones, las dedicatorias, todo había vuelto a empezar.

Kimmy apenas se detiene a tomar aliento.

—¿Cómo hacer amigos cuando no sabes nada de su vida y ellos miran la tuya a través de una pantalla? Estábamos solos. Marginados. Admirados o detestados, idolatrados o insultados. «El precio de la fama», decía mi madre... Y eso no era lo peor. Lo peor era que no estábamos a salvo en ningún sitio. En ningún sitio estábamos fuera de su alcance.

Esta vez, Kimmy se calla. En sus sienes palpitan sendas venitas azules, donde retumba su rabia.

Kimmy acepta un vaso de agua y Clara sale del despacho, no sin cierto alivio. La emoción de la joven ha reavivado la incredulidad que sintió al ver las imágenes de Happy Break y la violenta sensación de desfase, de inadaptación, que experimentó entonces.

Una sensación que, pensándolo bien, nunca la ha abandonado.

Se olvidó de Kimmy Diore, es cierto. O más bien puso su interés en otros asuntos. En los cadáveres, básicamente. Cuerpos aún calientes o completamente fríos, cuerpos torturados o esqueletos desperdigados, hallados en lo más profundo de un bosque. Ha estado haciendo su trabajo. Un trabajo de precisión, que requiere concentración y perspicacia.

Pero Kimmy tiene razón. No ha vuelto a ver Happy Break. Tras la aprobación de la ley, pensó que el problema estaba resuelto. Y cerró los ojos, como todo el mundo.

Clara vuelve al despacho con un vaso en la mano.

Durante su ausencia, Kimmy se ha levantado y está mirando por la ventana.

La joven se bebe el agua de un trago y vuelve a sentarse. Ha venido para hablar y aún no ha terminado.

–A los ocho o nueve años empecé a tener un tic nervioso. Un parpadeo incontrolado que puede verse en los vídeos cuando hablo directamente a cámara. Tras consultar con diversos especialistas (que me aconsejaron reposo y paciencia, pues la mayoría de los tics infantiles son transitorios), mi madre decidió que a partir de entonces Sammy saldría solo en los vídeos de *unboxing*. Yo me limitaría a participar en otros formatos en los que el problema fuese menos visible. Durante algún tiempo, Sammy fue el único que abría paquetes y huevos sorpresa. Fue por entonces cuando grabamos casi todos los Challenge 24 horas, que arrasaban en los otros canales familiares: *24 horas en una caja, 24 horas en la ducha, 24 horas en un castillo hinchable, 24 horas en la cabaña de tela...* Nos lo pasábamos pipa, vamos.

Clara no se atreve a mirar la hora. Tiene una cita y está convencida de que ya va con mucho retraso, pero tiene que dejar que Kimmy llegue hasta el final.

–¿Y luego qué pasó?

–Cuando el tic desapareció, empezaron a salirme ronchas en la cara. En pocas semanas, el eccema se extendió por todo el cuerpo: por las manos, por el cuello, por la barriga, una piel de cocodrilo que daba miedo. Mi madre intentó arreglarlo con maquillaje, pero no había producto cosmético que no agravase el problema. Así que, poco a poco, Sammy se convirtió en la estrella de Happy Break y yo desaparecí del canal. Con trece o catorce años empecé a fumar porros y me tiré a la mitad de los chicos del institu-

to que había al lado de casa. El eccema había desaparecido, pero yo ya no era la niña modélica que mi madre quería exhibir. El vestido de princesa estaba hecho polvo y mi
humor ya no era compatible con la escenografía. Me con-
vertí en una adolescente bastante parecida a las demás, in-
solente y en continua rebeldía contra mis padres. Cuando
quería cabrearlos de verdad, les decía que me encantaría
vivir con Élise, aunque sabía perfectamente que seguía vi-
gente la orden de alejamiento. Tras varias discusiones
fuertes y en contra de la opinión de mi madre, mi padre
aceptó que ingresara en un internado. Una vez allí, me
teñí el pelo de color negro azabache y decidí llamarme Ka-
rine. Advertí al director y a los profesores, y les dije que
era una cuestión de vida o muerte. Cuando me pregunta-
ban si era Kimmy Diore, contestaba que Kimmy Diore
era mi prima y una auténtica gilipollas. Mis compañeros
entendieron enseguida que no serviría de nada insistir. Algunas chicas siguieron burlándose de mí, en voz baja o a
través de las redes sociales, pero me daba exactamente
igual. Tenía la piel lisa y podía respirar. Mi madre cerró
Happy Break. Por supuesto, mantuvo su cuenta de Instagram para todos los *happy fans* que quisieran tener noticias
de la familia. Y siguió contando su vida soñada, adornada
con filtros y lluvia de purpurina. Luego estaba Sammy.
Tenía su propio canal y cada vez le iba mejor. Cuando yo
me fui, mi madre se convirtió en su coach, en su estilista,
en su directora financiera. Sammy nunca se ha cuestionado nada. Ella le dijo que su vida era excepcional, fabulosa,
y él se lo creyó.

Por un instante, vuelve a la mente de Clara el niño de
ocho años que conoció, vivo e inquieto, e intenta imaginar el joven adulto en que se habrá convertido.

—¿Y a Sammy cómo le va?

Kimmy tarda unos segundos en responder.

–No lo sé. No sé dónde está, ni lo que hace. Mientras estuve en el internado, nos vimos bastante poco. Los fines de semana nos cruzábamos en casa, pero apenas hablábamos entre nosotros. Es triste decirlo así, pero no peleábamos en el mismo bando. Yo había declarado la guerra y estaba convencida de que él pactaba con el enemigo. No paraba de grabar vídeos para su canal, siempre bajo el control de mi madre, y con ella como estrella invitada. Para mí no era más que un colaboracionista. Nos alejamos el uno del otro. Firmó suculentos contratos con diferentes marcas y se embarcó en un montón de proyectos con otros *influencers,* las cosas le iban francamente bien. Vino a vivir a París porque quería estar donde pasaban las cosas. Mi madre controlaba todo lo que hacía, releía los contratos, le daba consejos. Seguía estando presente en la distancia. Cuando me vine a París, lo llamé. Me citó en una cafetería. Enseguida vi que no había nada que hacer. Algo se había roto entre nosotros. Era imposible hablar con él. Supuse que estaba molesto conmigo por haber abandonado el barco, por no haberme solidarizado. Incluso me dio la sensación de que desconfiaba de mí. Con lo unidos que habíamos estado de pequeños. No se lo puede imaginar. Era mi hermano mayor. Yo lo adoraba, lo admiraba. Me entristeció mucho. Pensaba que, lejos de nuestros padres, volveríamos a estar unidos, que podríamos recuperar nuestra complicidad. Pero sucedió todo lo contrario y siento que lo he perdido para siempre.

Se detiene un instante para tomar aliento y continúa con un tono de voz más bajo, más grave.

–Hace cosa de un año lo dejó todo. Cuando estaba en la cresta de la ola, sin ninguna explicación, de la noche a la mañana. Ya no tiene redes sociales, ha eliminado todas sus cuentas. Solo quedan los vídeos de Happy Break, que controla mi madre. Sammy se ha cambiado de casa y de número de teléfono, no tengo ni idea de dónde está. Nadie lo sabe, ni siquiera mis padres. Yo también hace tiempo que no los veo. De vez en cuando le mando un email a mi padre, un email cortito, solo para dar señales de vida. Nunca tarda más de media hora en responder, quiere saber cómo estoy, cuándo iré a verlos. A veces, después de tantos años, me da la sensación de que empieza a tener dudas. De repente dice o recuerda algo, y me parece leer entre líneas su arrepentimiento o su tristeza. Ahora hace tiempo que no voy a verlos a su casa, en el sur.

Kimmy se interrumpe y mira a su alrededor, como sorprendida de seguir ahí. Luego, con un hilo de voz, añade:

—¿Sabe qué? En el fondo, mi madre ha conseguido lo que quería. Para toda una generación ella es, y seguirá siéndolo, *Mélanie Dream,* la madre de Kim y Sam... De lo que no estoy tan segura es de que Sammy sea feliz.

Se hace un silencio tan rotundo como su propio relato.

La tristeza se ha apoderado de su rostro. La emoción circula bajo su piel en pequeños impulsos eléctricos que le cuesta controlar.

Clara mira el reloj. A estas horas debería estar ya en el Instituto Médico Forense para asistir a la autopsia de un joven al que encontraron anoche en una escena de suicidio poco convincente. Ahora sí que debe poner fin a la conversación.

—Lo siento, Kimmy, pero tengo un compromiso... Veré lo que puedo hacer. No prometo nada, pero te llamaré.

El semblante de la joven se ensombrece.

Mira el papel y el bolígrafo que Clara le tiende como si acabasen de salir de una excavación arqueológica, hasta que entiende que le está pidiendo su número de teléfono.

Cuando las puertas del ascensor se cierran y la alargada silueta de Kimmy Diore desaparece, Clara pronuncia en voz baja una frase tan diáfana como las que aún la despiertan de vez en cuando por las noches:

«A quien ha venido a buscar es a su hermano.»

Al salir del Bastion, Kimmy se dirige a la estación de metro. Con algo de suerte, encontrará una bici eléctrica estacionada. Ha conseguido hablar con Clara Roussel, pero no está segura de haberla convencido. Le ha faltado tiempo. Le habría gustado contárselo todo, desde el día en que Élise Favart la llevó a ese laberíntico edificio de cristal, hasta el día en que cumplió dieciocho años y decidió volver. A menudo se ha preguntado por qué se acordaba de ella y no de los demás, por qué su memoria ha borrado los rostros de todos aquellos adultos, amables y precavidos, que examinaron su cuerpo mientras le hacían preguntas. Al verla esta mañana, tan bajita y a la vez tan magnética, ha pensado que quizá fuera porque tenía la altura de un niño.

A Kimmy le habría gustado quedarse todo el día en el despacho de Clara Roussel y liberar su rabia, su culpabilidad, su tristeza. Dejar entre esas cuatro paredes tantos años de falsa alegría y de indescriptible malestar.

Pero no ha encontrado las palabras.

Cuando intenta recordar los momentos felices de su infancia, siempre piensa en Sammy. Inevitablemente aparece él. Su hermanito mayor.

Cuando se colaba en su cuarto, una vez acostados, para desearle buenas noches «de verdad».

Cuando le contaba las aventuras de Scotch, el niño invisible que se había inventado.

Cuando la defendía si se olvidaba del texto o si se negaba a llevar un tutú rosa. Algunos días, él era el único que podía convencerla para que se pusiera un vestido que se negaba en redondo a llevar.

Cuando le daba el trozo más grande de tarta o de pastel.

Y aquellos juegos que solo les pertenecían a ellos: no pisar las rayas de la acera, contar los coches eléctricos, esconder a Dudú-sucio en algún sitio imposible de encontrar para librarlo de la lavadora.

Un día, en la época de los tics, Sammy se peleó con un chico de la escuela por burlarse de ella delante de varios compañeros.

Durante mucho tiempo consiguieron mantener su propio universo fuera del alcance de los demás, y también su propio lenguaje. Un pequeño mundo de hermano y hermana, codificado, del que sus padres no sabían nada. Pero poco a poco Happy Break fue colonizando sus juegos, su espacio vital, imponiendo su estilo, su vocabulario, sus muletillas mil veces repetidas. Happy Break acabó ganando la partida.

Sammy siempre cumplió los deseos de su madre, sin oponerse jamás. Era el hijo perfecto, el niño de mamá. Siempre de acuerdo, siempre dispuesto. Trabajaba duro y no se quejaba. A medida que Kimmy se desentendía, él iba volviéndose cada vez más dócil. A medida que ella consolidaba su rebelión, él multiplicaba sus muestras de adhesión. Si ella decía que no, él decía que sí. Y porque él decía que sí, ella podía decir que no.

A lo largo de todos aquellos años, Sammy había encajado los insultos, las parodias y los motes. Oleadas de odio y de sarcasmo. Sin replicar jamás. Como si nada pudiera hacerle dudar. Explicaba a quien quisiera oírlo que estaba labrándose un futuro. Que sería famoso y ganaría mucho dinero.

Kimmy le había reprochado que fuera el hijo modélico. Lo había odiado por ser tan obediente, sin darse cuenta de todo lo que asumía. De todo lo que compensaba.

Ha tardado en entenderlo, pero por fin lo ha hecho.

Cediéndole el terreno de la rebeldía, le ofreció una vía de escape.

Santiago Valdo ha comprado recientemente un software de reconocimiento de voz cuyas prestaciones, hay que reconocerlo, son bastante asombrosas. El micrófono es tan sensible que puede pasearse por el despacho mientras dicta su artículo. Con un simple vocablo, puede abrir archivos o documentos adicionales durante el dictado, buscar citas o ilustraciones. El programa le indica las repeticiones, las eventuales faltas de sintaxis o de concordancia, y hasta le sugiere soluciones.

Santiago lleva varios días trabajando en un artículo sobre la evolución del *homing,* una tendencia consolidada y conceptualizada por un sociólogo estadounidense.

A medida que pronuncia las frases, las ve aparecer en la página como por arte de magia, sin errores ni faltas de ortografía.

Si quiere corregir algo, le basta con decir «marcha atrás» y el número de letras o palabras implicadas.

Mientras da vueltas por el despacho, intenta elaborar las conclusiones:

«Hoy en día podemos vivir otras vidas desde el sofá. Basta con suscribirse a una plataforma de pago, escoger la fórmula –más o menos inmersiva según el material del que dispongamos– y dejarnos llevar. El mercado está en plena expansión. Si en esta oferta de vidas vicarias el éxito de la realidad virtual sigue siendo incontestable (por unos cuantos euros podemos pasar veinticuatro horas en una mansión construida sobre pilotes en las Maldivas, con unos acabados cromáticos excelentes), la *real story* (también llamada *reality home*) ocupa un nicho de mercado cada vez más importante.

El catálogo Share the Best ofrece en la actualidad más de dos mil vidas reales, anónimas o célebres: mujeres y hombres solteros o en pareja, de cualquier condición u orientación sexual, familias más o menos numerosas, personas jubiladas. Las tarifas *premium* permiten vivir dos o tres vidas a la vez.

Mucha gente...»

Santiago se interrumpe para corregir.

«Marcha atrás: dos palabras.»

Reflexiona un instante y sigue dictando:

«Cada vez hay más jóvenes adultos que no salen de sus casas. Trabajan a distancia, o ya no trabajan, no van al teatro, ni al cine, ni siquiera al supermercado. Consumen productos (alimenticios, cosméticos, electrodomésticos, culturales...) que reciben a domicilio y se comunican a través de interfaces o de videojuegos, cada vez más sofisticados. Es el precio que pagan para sentirse seguros.»

Santiago se detiene. Piensa que ya lo terminará más tarde. Necesita dejarlo reposar y encontrar una conclusión más contundente.

Las patologías que Santiago estudia, unidas a una sobreexposición precoz a las redes sociales, aparecen en la adolescencia o, con mayor frecuencia, al entrar en la edad adulta. La adicción es uno de los principales síntomas. Aunque suele ser de carácter conductual (juego, internet), acostumbra a derivar también hacia el consumo de sustancias psicoactivas (alcohol, drogas). Los trastornos adictivos suelen aparecer cuando el sujeto tiene la sensación de que su audiencia o su alcance mediático disminuyen (como si el sujeto en cuestión, al verse privado de su dosis de gratificaciones –número de visitas, comentarios y muestras diversas de adhesión–, quisiera compensarlo con otras sustancias más asequibles), pero también aparecen en el apogeo de la celebridad, para aliviar la ansiedad que esta suscita y el aislamiento que provoca en algunos casos.

Además, otros trastornos psiquiátricos, hasta ahora descritos en el continente americano, empiezan a observarse en Europa y a suscitar nuevos estudios, capitaneados entre otros por Santiago Valdo, que trabaja junto a una veintena de colegas universitarios y profesionales de la salud.

Tras haber mantenido dos conversaciones con Sammy Diore, Santiago está prácticamente convencido de que el joven presenta los síntomas más característicos del llamado síndrome del show de Truman, observado por primera vez en Los Ángeles durante la primera década del siglo. Hay constancia de que, por las mismas fechas, se produjeron varios casos en Europa, pero ninguno fue objeto de publicaciones académicas. El síndrome, considerado en sus primeros tiempos como indicador de un trastorno psiquiátrico no diagnosticado (delirio paranoide, esquizofrenia, bipolaridad), ha pasado a tratarse como una patología en toda regla. Debe su nombre a la película de Peter Weir estrenada en 1998, cuya trama resume así Jaimito el Jactancioso:

«*El show de Truman* cuenta la historia de un joven que descubre, cuando está a punto de cumplir treinta años, que desde que nació lo han estado grabando y vive rodeado de actores. Su mujer y su mejor amigo llevan un pinganillo y reciben un salario por darle la réplica, y toda su existencia está orquestada por el chiflado demiurgo que dirige el programa. Sin que él lo sepa, Truman Burbank es el protagonista de un gran *reality*, conocido e idolatrado internacionalmente. Al enamorarse de una figurante, decide huir al mundo real.»

Santiago lleva tiempo trabajando en el tema. Los pacientes que sufren el síndrome del show de Truman están convencidos de que los están grabando continuamente y de que su vida está siendo retransmitida minuto a minuto en alguna parte: en un *reality show* virtual, en una plataforma de contenidos compartidos, en las profundidades de la *darknet*... Consideran que todo su entorno se ha vuelto cómplice de la maquinación: los amigos, los compañeros del trabajo, los miembros de sus propias familias interpretan roles previamente asignados, los ponen a prueba o contribuyen a ocultarles la verdad.

La angustia extrema que sienten estos pacientes –que habitualmente viene de lejos– encuentra una explicación racional en la idea de un complot generalizado. Convencidos de que todo el mundo está pendiente de ellos y de que un público invisible los está observando, su angustia parece legitimarse.

En el caso de Sammy Diore, el trastorno no es solo

una fantasía: se alimenta de recuerdos de infancia precisos y a todas luces traumáticos.

En los estadios más agudos de la patología, el sujeto cree que su mente y su cuerpo están siendo controlados por tecnología punta o en fase de experimentación. Rodeado por aparatos conectados, el propio paciente se ve a sí mismo como un objeto controlado a distancia por una instancia invisible y malvada. El paciente puede llegar a oír voces y a creer que existen diversos sistemas de transmisión encargados de producirlas directamente en su cerebro, mientras que sus propios recuerdos se le antojan como imágenes implantadas sin su consentimiento. Así, termina por convencerse de que ningún órgano de su cuerpo puede escapar a dicho control.

En los últimos cinco años, se han diagnosticado en Francia una veintena de casos de síndrome del show de Truman, correspondientes todos ellos a pacientes nacidos después de 2005 y expuestos desde su más tierna edad a las plataformas de contenidos compartidos o a las redes sociales. Con los datos actuales en la mano, la influencia de esta exposición precoz en el desarrollo del trastorno sigue siendo, no obstante, una hipótesis de trabajo.

Clara vuelve a casa a pie. Camina a velocidad constante, no conoce mejor método para quitarse el estrés. Poco a poco se le libera el plexo y desaparece la sensación de opresión. Escucha el silencio. Un silencio insólito, al que la ciudad no está acostumbrada. Tras una larga batalla parlamentaria, acaba de entrar en vigor la ley que prohíbe la circulación de vehículos de gasolina en los veinte distritos de París. Es otra percepción del espacio, piensa Clara, que le recuerda los días de invierno de su infancia, cuando aún nevaba.

Con el vaivén regular de su cuerpo al andar, los pensamientos se suceden, circulan. Gracias al movimiento, le parecen más fáciles de manejar, de circunscribir, incluso de sortear. Obedecen al mismo impulso que la propulsa hacia delante, y en su propia inercia, desaparecen o se despejan.

Clara piensa en Kimmy Diore y en su extraña petición.

Piensa en el cadáver del joven y en su falso suicidio.

Piensa en el vestido bermellón que podría ponerse esta noche, y en el pintalabios que combinará mejor.

Piensa en la propuesta que le hizo Cédric la última vez que comieron juntos. Quiere que se vaya con él a la Brigada de Protección de Menores. Un puesto de jefe de grupo va a quedar pronto vacante en su equipo. Clara esgrimió una serie de argumentos para negarse (hace mucho tiempo que no trabaja a pie de calle, no tiene hijos...), pero Cédric zanjó rápidamente el asunto: la necesita sí o sí.

Mientras Clara bordea el parque, un tipo la adelanta.

El hombre se da la vuelta, la mira de arriba abajo sin disimulo y sigue su camino, visiblemente decepcionado. Vista de espaldas, Clara sabe que conserva esa silueta adolescente, juvenil, que atrae las miradas. Vista de frente, no es más que una mujer sin maquillaje y rasgos cansados. Sonríe.

Ya cerca de su casa, acelera el paso. Le gusta la ligera embriaguez que le produce el cambio de ritmo cuando consigue mantenerlo durante el último kilómetro.

Al llegar al portal, la puerta se abre automáticamente. A partir de las siete, el conserje de noche está en la portería. A través de la cámara, Clara lo saluda con un gesto y le sonríe. Comparten un pequeño secreto. Una noche en la que Clara volvió muy borracha de una cena, se paró a charlar un rato con él. No tenía ganas de irse a dormir. Estuvieron hablando de lo humano y lo divino, de un macabro suceso ocurrido unos días antes, del bajón que te entra a las cuatro de la madrugada cuando trabajas de noche, del invierno que ya no es lo que era. Y entonces, por una extraña asociación de ideas, el conserje le preguntó si sabía jugar al póquer. Con la cara súbitamente iluminada, la invitó a entrar en la portería como si la invitara a entrar en un castillo. De un cajón, sacó una baraja de cartas y una botella de whisky. La partida duró toda la noche.

Acabó ganando el conserje y, al amanecer, acompañó a Clara a su casa *sin intenciones deshonestas.*

Desde aquel día, por lo menos una vez al mes quedan para echar una partida. Él es el rey del farol, pero ella es mejor estratega. Se acicalan y se visten para la ocasión: vestido y zapatos de tacón para ella, camisa clara y zapatos negros para él. No solo juegan al póquer, y Clara lo sabe. También juegan a gustarse. Él es bastante más joven y todo un seductor. La cosa podría írseles de las manos. Pero ninguno de los dos rebasa nunca los límites, saben mantenerse al borde del abismo. Con los pies en el suelo. Han visto caer a otros. Sin duda saben que tienen más que perder que ganar. Y que no hay nada más delicioso que ese momento que se alarga y no se parece a ningún otro, ese momento de promesa y de deseo, y ese vínculo único, singular, que se crea a través del juego, y del peligro.

Hoy, Clara se pondrá su vestido rojo y, al filo de la medianoche, bajará las escaleras.

En la vigésima planta de la torre Khéops, en la frontera del barrio chino, Santiago Valdo llama a la puerta 2022. Tras haber intentado una última vez que el joven fuera a su consulta –en vano–, acabó aceptando desplazarse.

La mirilla se oscurece un instante y Sammy Diore abre la puerta. Durante unos segundos, mira de frente al psiquiatra, inmóvil, como si dudase en hacerlo pasar. Lleva unos pantalones de chándal viejos y una camiseta blanca que tampoco parece acabada de estrenar, pero sus inmaculadas zapatillas deportivas tienen pinta de no haber traspasado nunca el umbral de su apartamento. Tras unos instantes de observación mutua, lo invita a entrar. Antes de volver a cerrar la puerta, alarga el cuello y mira a ambos lados del pasillo, en un gesto que a Santiago le parece una parodia de las películas de espías, aunque sabe perfectamente que el histrionismo del chaval no tiene ni una pizca de ironía.

El mobiliario se reduce a lo estrictamente necesario (un sillón, una mesa, dos sillas) y las paredes están desnudas. «Ligera fobia a la saturación», anota mentalmente Santiago. Un vistazo al dormitorio le basta para constatar que el principio de despojamiento se hace extensivo a toda la casa. Cualquiera diría que el lugar está deshabitado.

Sammy Diore lo invita a tomar asiento y se sienta frente a él, con los codos apoyados en las piernas, las manos juntas y la espalda dibujando una curva pronunciada que parece poder arquearse más todavía. «Ha doblado el espinazo», piensa el psiquiatra.

El joven lo observa con sospechosa atención y Santiago entiende enseguida por qué: está verificando que no lleve oculto ningún aparato que le permita grabar su voz o tomar imágenes.

Parece cansado, tiene ojeras, su rostro es la viva imagen de aquellos para quienes el sueño es un auténtico combate. A pesar de llevar ropas anchas, o quizá precisamente por ello, se adivina su delgadez.

El psiquiatra recuesta la espalda sobre el respaldo de la silla, en actitud de escucha, y deja que el joven tome la palabra.

El silencio se alarga aún unos segundos, hasta que Sammy se decide a hablar.

—No sé cómo escapar, doctor.

Santiago asiente con la cabeza, consciente de estar rozando la caricatura, pero es el mejor truco que conoce para animar a un paciente a seguir hablando sin condicionar su pensamiento.

—No puedo seguir así. Acosado todo el tiempo. En cualquier parte. No puedo más... ¿Sabe que me están grabando desde que tenía seis años?

Santiago comprende que se trata de una pregunta que no puede soslayar.

—Sí. Bueno, lo que sé es que rodaste muchos vídeos con tu familia para diferentes plataformas, sobre todo en YouTube y en Instagram.

Sammy parece aliviado por no tener que contar la historia desde el principio.

–El problema es que ha perdido el control.

Guarda silencio mientras sus ojos buscan un lugar donde posarse. Parece buscar la forma de continuar, visiblemente confuso.

–Mi madre...

Santiago se fija en el leve temblor de sus manos, se pregunta si no estará ya bajo tratamiento y, con una sonrisa, lo anima a seguir hablando.

–Ella lo gestionaba todo. Fue así durante mucho tiempo. Pero hoy ya no controla nada. Ahora mi vida se retransmite en directo, sin que yo sepa dónde ni por quién. Lo más probable es que sea en una plataforma de pago. No sé en cuál de ellas, ni cómo esa gente se comunica con sus suscriptores. Haga lo que haga y vaya a donde vaya, me están grabando. Me he refugiado en mi apartamento porque es el único lugar en el que no han conseguido colarse. Lo he revisado todo: los muebles, las paredes y los pocos objetos que he tenido que conservar. Pero no estoy seguro de que no nos estén grabando en este preciso instante, mientras hablamos. Tal vez sea usted uno de los suyos... Todas las personas con las que me he relacionado últimamente iban equipadas con cámaras retinianas. Todas. Ni siquiera puedo estar seguro de usted, pero llegados a este punto, no tengo elección.

Santiago considera que ha llegado el momento de intervenir.

–Puedes tener plena confianza en mí, Sammy. No pertenezco a ninguna organización, ni voy equipado con ningún material, y por si fuera poco debo respetar el secreto profesional. ¿No te parece suficiente?

Sammy se limita a asentir.

—Cuando hablamos por teléfono me dijiste que habías entrado en contacto con una doctora del Sainte-Anne..., ¿os visteis en el hospital?

—Fue por lo de la panadería.

—Cuéntame...

—Allí también hay cámaras. Se supone que son de videoprotección, pero hoy en día ningún sistema escapa al pirateo. Lo mismo ocurre en los transportes o en los servicios públicos. La gente cree que la Comisión Nacional de Informática y Libertades puede protegerla, pero no es así. Hace mucho tiempo que está sobrepasada. Todas las empresas ven cómo les roban las imágenes, y a menudo cómo las venden... Hace unos meses bajé a comprar cruasanes. Nada más entrar en la tienda vi cómo la cámara se volvía hacia mí y cómo su ojo se abría de golpe. Dispuesto a devorarme. No sé qué pasó. Me derrumbé. Solo me acuerdo de los gritos. Pensaba «pero ¿quién está gritando así?», era insoportable. Más tarde supe que era yo. Vinieron los bomberos y me llevaron al hospital. Se lo conté todo a la doctora. Me dijo que tenía que quedarme un tiempo ingresado, para recuperar fuerzas. Que necesitaba dormir. Tenía razón. Pero me negué. Eran capaces de drogarme y vender las imágenes.

—¿Crees que la doctora era cómplice?

—No, ella no, lo dudo. Ella solo forma parte de toda esa gente que mira hacia otro lado. Que no quiere conocer la verdad. Pero cualquiera de los que trabajan allí podría ser de los suyos. Así que me fui a casa. Y desde entonces no he vuelto a salir.

—¿Te recetó algún medicamento?

—Ansiolíticos, pero no me los he tomado. Podrían afectar a mi capacidad de vigilancia, ¿no cree?

—Luego me enseñas la receta y lo vemos.

Santiago sabe que ha llegado el momento de jugar sus cartas. De demostrar que es capaz de entender los argumentos de su paciente, pero sin reafirmarlo en su delirio.

—Sammy, me gustaría que me explicaras con más detalle un par de cosas, si no te importa, para poder entender qué te ocurre exactamente. De pequeño, aparecías en los vídeos del canal Happy Break que gestionaba tu madre. Luego abriste tu propio canal, que tuvo un gran éxito. Si he entendido bien, te dedicabas a probar videojuegos y a dar consejos a quienes querían convertirse en *influencers,* ¿es así?

—Sí, así es. Entre otras cosas.

—Y hace unos años lo dejaste todo, de la noche a la mañana.

—Sí.

—¿Podrías contarme por qué?

—Cuando yo iba al colegio y al instituto, todo el mundo quería ser *youtuber.* La mayoría soñaba con vivir mi vida. Con hacerse un selfi conmigo, con que los invitara a casa... Por supuesto, siempre había quien me tomaba el pelo. Quien me lanzaba una pullita, como quien no quiere la cosa. «Qué, Sammy, ¿te queda papel de váter?», o bien «¿Quién controla tu vida, Sammy, Instagram o tu mamá?», o bien «Que pague Sammy, que está forrado». No tardé en darme cuenta de que nunca podría ser como ellos. Era el precio que tenía que pagar. Y en las redes sociales me odiaban. Llegué a recibir amenazas de muerte. Me mantuve firme, que conste. No lo dejé por eso. A la gente le gusta inventarse historias. La gente quiere pensar que sufrí una depresión por culpa de los *haters* o porque Michou tenía más *followers* que yo. Pero es mentira.

—¿Qué ocurrió entonces?

—El año pasado conocí a una chica que tomaba el café por las mañanas en el mismo bar que yo. Era guapísima y me di cuenta de que me miraba. Un buen día nos pusimos a charlar en la barra, y luego empezamos a vernos en otras partes. Era la primera vez que me sentía cómodo con alguien. Ella sabía quién era yo, pero no parecía darle demasiada importancia. Muchas fans me mandaban mensajes privados por Instagram: fotos, declaraciones de amor, proposiciones eróticas. Pero nunca me aproveché de ello. Yo lo que quería era conocer a alguien de verdad. Una noche, después de tomarnos unas birras, me propuso ir a su casa.

A Sammy se le quiebra la voz y carraspea antes de continuar.

–Vivía en un estudio bastante grande. Lo primero que vi al entrar fueron las tazas, tenía toda la colección en una estantería... Las tazas de Happy Break. Con mi foto y la de Kimmy, prácticamente a lo largo de toda nuestra vida. Y la foto de mi madre. También tenía las agendas, los pósters, los bolígrafos, los estuches, toda una colección de objetos expuestos como en un museo.

Sammy se interrumpe, afectado por la emoción. Santiago espera un instante antes de preguntar:

–¿Y cómo reaccionaste?

–Me puse a llorar. Me sentía incapaz de decir una sola palabra. Supongo que la chica pensó que me llevaría una buena sorpresa, que me encantaría todo aquello. Pero le confieso que me mató. Me largué de su casa, no volví nunca más a aquel bar y no he vuelto a verla.

Sammy se endereza en la silla.

–Me quedé tan hecho polvo que prácticamente no salí de la cama en una o dos semanas. No colgué ni un solo *post* en Instagram, ni un solo vídeo en YouTube o en TikTok. Ahí es donde empezó la cosa. Estoy convencido. Pensaron que lo mandaría todo a paseo. Solo necesitaba un *break,* pero se acojonaron. Contactaron con gente y empezaron a acosarme. Al cabo de poco tiempo, me di cuenta de que habían reclutado a mis vecinos, a la portera de mi edificio e incluso a algunos de mis amigos.

Santiago observa al muchacho, cuya ansiedad es cada vez más visible.

–¿Y entonces cancelaste todas tus cuentas?

–Sí. Pero no es tan sencillo. Cuando la gente necesita verte, saber dónde estás, lo que haces, cuando necesita tus consejos, tus bromas, cuando miles de personas dependen de ti, de tu vida, de tu humor y están dispuestos a pagar por ello, no tienes derecho a desaparecer.

Sammy se interrumpe e intenta calmarse con un ejercicio que parece destinado a acompasar su respiración. Cierra los ojos. Llena y vacía los pulmones varias veces, tomándose el tiempo necesario. Santiago permanece en silencio. Tras cuatro inspiraciones, Sammy continúa hablando como si tal cosa.

–Pero aún se puede sacar mucho dinero. Y si no me beneficio yo, otros lo harán en mi lugar.

–¿Quiénes?

–No lo sé, ya se lo he dicho. Lo único que sé es que se han organizado muy bien y que están por todas partes. Es imposible esconderse. Eso es lo que entendí en la panadería. Han activado todas sus redes, los sensores ópticos, táctiles y térmicos, los drones y la artillería pesada de escuchas.

–¿Y qué ha sido de tu hermana?

–Lo último que sé es que está en París, pero no tenemos relación.

–¿Crees que ella también forma parte de ese..., de esa... organización?

–No. Seguro que no.

—¿Y a qué se debe vuestro alejamiento?

—A que no me quiere.

—¿Y tú la quieres a ella?

La pregunta coge a Sammy por sorpresa. De pronto, los ojos se le llenan de lágrimas. Y entonces, con un gesto infantil, se cubre la cara con las manos.

Clara ha dedicado parte de la jornada a buscar información sobre cómo terminó el caso Diore y qué fue de sus diferentes protagonistas. En unas pocas horas, con la cooperación de varios colegas, ha descubierto bastantes cosas. Ha hecho algunas llamadas, ha fotocopiado diversas páginas, ha recopilado varios documentos. Con todo ello ha constituido un pequeño dosier que interesará sin duda a Kimmy.

Todas las noches, lo primero que hace al entrar en casa es quitarse la ropa como quien se deshace de una piel muerta. Tanto si ha pasado el día encerrada en el despacho como si ha salido al exterior, la echa al cesto de la ropa sucia.

A veces Clara se pregunta qué porcentaje de gente se cambia al volver a casa, como ella hace. Cuántos se ponen un viejo pantalón de chándal, ropa interior, unas pantuflas, cuántos se enfundan un jersey holgado o una camiseta dada de sí. Cuántos eligen más bien una bata, un picardías de encaje o un camisón de seda. Cuántos se quitan las lentillas para ponerse las gafas. Cuántos consiguen disociar así su yo de fuera de su yo de dentro.

El vestuario interior de Clara depende de su estado de ánimo. Le gustan los vestidos largos y los pantalones de algodón.

Cédric la ha llamado esta mañana para insistir en su propósito. No cesa de multiplicar las líneas de ataque. Le dice cosas como «Tienes que cambiar de marcha», «Tengo unos asuntos que te apasionarán» o «Piensa en tu carrera».

También le dice: «Es un puesto a tu medida.»

O, más directo todavía: «Ya va siendo hora de que salgas de la oficina.»

Tal vez Cédric sea el único capaz de entender el alcance de sus dudas. No se trata simplemente de trabajar en una unidad, de estar destinada a un departamento u otro. Es una elección mucho más relevante.

Tal vez Cédric sea el único en saber que Clara ha dejado de crecer nuevamente.

Desde hace algún tiempo, Clara tiene la sensación de vivir a la contra, en un repliegue imposible, al margen de esas redes supuestamente sociales, repletas de amores artificiales y de odios auténticos, al margen de esa Red de ilusiones, atiborrada de selfis y de frases lapidarias, al margen de todo lo que circula a la velocidad del sonido.

Es una mujer desfasada en una ciudad que ya no ama, donde todo el mundo se apresura a volver a casa para pedir y consumir en línea, para obedecer al imperioso dictado de los algoritmos. Es una mujer inquieta, a quien le cuesta conciliar el sueño por culpa del exceso de vigilancia, una mujer inconfesablemente melancólica que va a la zaga del movimiento generalizado.

¿Tal vez sea por no haber visto envejecer a sus padres por lo que se siente tan desplazada, tan anacrónica, cuando solo tiene cuarenta y cinco años?

La verdad es que no le interesa nada vivir colgada de una pantalla, dialogando con una inteligencia artificial y levantando la cabeza solo para cumplir con las exigencias del reconocimiento facial. No se conforma, como hacen los demás, con arrellanarse en el sofá, con el móvil enganchado al dedo, a la palma de la mano, a la muñeca, en busca de sensaciones fuertes, al acecho del drama, del atentado o del protagonista de la jornada, para olvidarlos al día siguiente.

El mundo va más rápido que ella y no tiene dónde agarrarse. El mundo está loco y ella no puede hacer nada.

Tal vez lo que se ha vuelto insoportable sea esa sensación de impotencia. La sensación de llevar demasiado tiempo sin poner a prueba sus músculos, su valor, su resistencia, de no estar ya en primera línea. La sensación de haberse dejado caer por una pendiente y de sentirse demasiado cansada como para subirla de nuevo.

Tal vez Cédric tenga razón. Tal vez sea hora de hacer algo. De buscar otra forma de asumir su responsabilidad.

—¿Tienes ideas suicidas? —le preguntó hace unos días el médico del trabajo durante la revisión anual.

—No, no conscientemente —respondió.

—¿E inconscientemente?

Inconscientemente... procura no acercarse a las ventanas abiertas.

Pero no fue eso lo que le respondió.

Todas las noches, cuando entra en casa, Clara tiene la sensación de encontrar un refugio. Y sabe que no es buena señal.

Sabe que el interior (el sofá, las cortinas echadas, el calorcito de su apartamento) es un privilegio y una trampa.

Esta noche, nada más llegar, selecciona en su reloj el número de Kimmy Diore.

La joven solo deja que suene una vez.

En cuanto oye su voz, se le disipan las dudas.

Al día siguiente, al caer la tarde, Clara atraviesa el Sena. La luz brilla de un modo extrañamente intenso para la hora que es, blanca y deslumbrante, como si hubieran instalado proyectores para iluminar el río, piensa Clara escudriñando el cielo.

Mientras camina a paso rápido y haciendo visera con la mano, Clara se acuerda de su tío Dédé, sin motivo aparente. Según la mitología familiar, que no renuncia al folclore, murió el mismo día en que Renaud besó a un madero. También se acuerda de su prima Elvira, que se fue a vivir al Caribe, y de su primo Mario, que se ha hecho economista. Piensa en los amigos que ha perdido de vista porque no tenía tiempo para ellos.

Clara ha quedado con Kimmy Diore.

En un bar del Boulevard Raspail que ha elegido porque en la parte de atrás hay una sala con poca luz y poco tránsito, ambas mujeres están sentadas cara a cara.

Clara se enfrenta por segunda vez a la huraña seriedad de la joven, a su mirada huidiza, a su rabia a flor de piel.

Ha empezado diciéndole que no tenía derecho a compartir con ella semejante información, pues Kimmy era menor en el momento de los hechos. Lo que Kimmy debería hacer es acudir a la Comisión de Acceso a Documentos Administrativos, una gestión bastante pesada que podría demorarse algún tiempo. En realidad, Clara tampoco tiene derecho a utilizar los medios de la Policía Judicial para acceder a los datos personales de nadie con fines privados.

Al oír esto, la mirada de Kimmy se ha ensombrecido al instante, ha fruncido los labios, su respiración se ha acelerado y ha empezado a mover las piernas por debajo de la mesa.

«No es capaz de disimular sus emociones», piensa Clara, poniendo fin al preámbulo.

—Pero bueno..., en algunos casos conviene hacer la vista gorda.

La joven cambia de expresión y se mantiene a la expectativa.

—He localizado las actas de tus dos declaraciones, tomadas por la Brigada de Protección de Menores. También he encontrado las de Élise Favart, hay unas cuantas, ya lo verás. Y he descubierto su paradero. Al salir de la cárcel, recuperó la custodia de su hijo, del que se ocupó su madre mientras ella estaba encerrada. Se fue a vivir al Morvan, donde conoció a su actual marido, que es educador especial. Trabajaba, y sigue trabajando, en el centro para niños discapacitados que acogió a Ilian. Se casaron y ella adoptó su apellido. Tuvieron una hija que ahora tiene cinco años. Y Élise ha encontrado un trabajo a tiempo parcial en un consultorio médico.

Una sonrisa fugaz ilumina la cara de Kimmy, visiblemente aliviada.

—Verás también que hay varias actas cruzadas y de síntesis que yo misma redacté en su momento y que reconstruyen las líneas principales de la investigación. Ah, y tengo una última cosa para ti.

Kimmy se inclina hacia delante, prestando mayor atención si cabe. Clara espera un instante antes de continuar.

–He encontrado el rastro de Sammy. No ha sido fácil, pues tu hermano está seriamente empeñado en desaparecer. Lleva varios meses sin ver a nadie, con la excepción de un psiquiatra que ha ido a visitarlo a su apartamento en dos ocasiones. No creo que esté muy bien. De hecho, me atrevería a decir que necesita ayuda.

Kimmy coge los papeles y los mete en el bolso. Durante varios segundos, sus ojos recorren la sala, desorientados, antes de posarse de nuevo en Clara.

Con un murmullo apenas audible, le da las gracias.

Luego se levanta y se va.

La rabia no siempre ha estado ahí. Apareció el día en que Kimmy decidió saber. Cuando empezó a hurgar en el asunto. El día en que encontró los artículos de los principales periódicos de la época sobre el proceso a Élise Favart. El día en que descubrió, leyendo las crónicas de las audiencias redactadas por una afamada reportera judicial, que su madre no había mirado ni una sola vez a Élise. A lo largo de todo el proceso, según diversos testigos, Élise estuvo buscando en vano la mirada de su antigua amiga. Incluso mientras le pedía perdón, con la voz quebrada.

Fue al leer este detalle, varios meses atrás, cuando se le despertó la rabia. Hasta entonces había estado latente. O había adquirido otras formas, secretas y soterradas.

Ya es de noche cuando Kimmy termina de leer el dosier que Clara Roussel le ha entregado.

Ha descubierto las palabras que usó siendo una niña. La manera en que contó, en dos ocasiones, los ocho días pasados en casa de Élise. Experimenta cierta sensación de alivio. Todo quedó registrado en las actas. Sus vacilaciones, sus silencios. Su afecto manifiesto por la mujer. Des-

317

cribe lo ocurrido como un paréntesis sin conflictos, sin miedo. Hasta que habla de la última noche, mencionada también por Élise en su primera declaración, la noche en que comprendió que algo raro pasaba.

La emoción la embarga al descubrir, protegida por una funda de plástico, una foto del fresco que pintó con Ilian. Y la rabia regresa por un instante.

En el acta de síntesis que le ha dado Clara se dice que, al día siguiente de la liberación de Kimmy, sus padres solicitaron al presidente de Infancia en Peligro la devolución inmediata de los quinientos mil euros transferidos a la cuenta de la asociación. No habían llegado a colgar el vídeo exigido, por lo que nada los obligaba a mantener la donación.

Kimmy cierra el dosier.
La rabia ha vuelto redoblada.

Todas las mañanas, al sonar el despertador, Mélanie se dirige al cuarto de baño para refrescarse. Se pasa por la cara un algodón empapado en agua de flores, se peina, se aplica un producto antiojeras y una pizca de colorete en los pómulos, y se vuelve a acostar. Entonces, desde la cama, inicia la retransmisión de su vida cotidiana.

La jornada empieza en Share the Best. El despertador suena otra vez y Mélanie se despereza, iluminada por los rayos del sol. Se sienta en la cama y da los buenos días a sus seguidores.

Gracias a un mando minúsculo que le cabe en la mano, Mélanie controla todas las funciones del dispositivo: activa o desactiva los micros a distancia y puede conmutar el ángulo de grabación. Hay una veintena de cámaras repartidas entre el interior de la casa y el exterior, y todas ellas son capaces de detectar y de seguir los movimientos en un perímetro de cuatro o cinco metros. Son increíbles los avances técnicos que se han hecho en los últimos años. El pequeño mando cumple las funciones del «mezclador» utilizado antiguamente por los realizadores de televisión. Mélanie ni siquiera necesita llevar un micro encima. El material de captura de sonido distribuido a lo largo y ancho de la casa tiene la potencia suficiente como para captar y transmitir un susurro a varios metros de distancia. La función *vlog*, que ha empezado a comercializarse hace poco, le permite dirigirse a su público en todo momento: le basta con mirar directamente a una cámara determinada para que la difusión de esas imágenes sea la prioritaria. Además, sus palabras aparecen sobreimpresionadas, transcritas en directo por un sistema de dictado vocal, para que los suscriptores puedan disfrutar de la retransmisión en cualquier momento, incluso cuando no pueden activar el sonido.

A Mélanie le parece un invento maravilloso.

Ahora vive en una especie de *Loft Story* reservado para ella sola, donde los demás concursantes habrían sido eliminados. Eso es lo que pensó la otra noche al irse a la cama. Un *Loft Story* que maneja con maestría y del que es a la vez productora, realizadora y actriz principal. La línea editorial se centra en la vida práctica y doméstica, aunque sin descuidar los aspectos psicológicos. Sus estados de ánimo, sus reflexiones y sus aforismos con connotaciones filosóficas son muy del agrado de sus seguidores y Mélanie se documenta mucho para enriquecer sus observaciones.

Un jueves al mes, a las 20.45 h, tiene lugar el *Live Dream*. Entre cientos de candidatos, Mélanie escoge a varios suscriptores de Mel Inside para que mantengan un diálogo en directo con ella. Los escucha con atención y les responde con empatía, siempre pródiga en consejos y confesiones. A veces, Bruno se une al encuentro e interviene cuando tratan temas supuestamente masculinos (elección de robots domésticos, seguridad y protección del hogar, mantenimiento de la piscina...), por lo general a petición de los esposos. Últimamente, Bruno se hace de rogar, pero Mélanie insiste, sabedora de que su comunidad lo adora y de que la audiencia sube cuando él está. La gente necesita soñar. Y ver a una hermosa pareja como la suya, estable y compenetrada, tranquiliza a la gente. Hace que se sienta mejor. Mélanie hace sentir mejor a la gente. Eso es todo. Se ha convertido en un hada, en un hada moderna, sí. Y no necesita ninguna varita mágica, le basta con unas cuantas cámaras y mucho amor que repartir.

Desde hace un par de años, por Navidad, Mélanie cuelga un *best of* de su vida. Un auténtico espectáculo pirotécnico que bate todos los récords de audiencia.

Tras tomarse el desayuno (un ritual patrocinado por una marca de mermeladas dietéticas, cuyas etiquetas debe procurar que estén bien visibles en todo momento), Mélanie se mete en la ducha. Durante ese lapso, la retransmisión se interrumpe y un *Álbum Recuerdo* sustituye al directo. Su asistente de producción se ocupa de los montajes, realizados a partir de imágenes grabadas cuando Kimmy y Sammy eran pequeños. Con una música nostálgica de fondo, libre de derechos, Wilfrid mezcla los archivos con especial sensibilidad: pícnics, visitas a parques de atracciones, vacaciones, encuentros con los fans. La mayoría de los suscriptores de Mel Inside fueron seguidores de Happy Break y adoran revivir aquellos momentos. Se sienten conmovidos.

Una vez vestida, Mélanie reanuda el directo: con tono de confidencia, revela el nombre de las marcas de la ropa que lleva (se la cambia todos los días y nunca se pone dos veces lo mismo), luego finge que se maquilla por primera vez y comparte con su comunidad los productos que utiliza, elogiando con entusiasmo sus beneficios. Luego tiene

321

que tomarse un primer expreso del surtido Friendly. Su contrato estipula dos degustaciones al día; tras veinte años posicionándose como un producto de gama alta, con cápsulas que se presentan como piedras preciosas en sus estuches, la marca ha adoptado en los últimos tiempos un enfoque más familiar, más respetuoso con la naturaleza, y cuenta con Mélanie Diore para alcanzar a un público más *next door*. El problema es que su médico le ha desaconsejado beber café. Por culpa de los nervios. Así que a la mínima que puede, discretamente, deja su taza a medias o, con un gesto furtivo, la vacía en el fregadero.

Esta mañana, mientras termina de vestirse, Mélanie no encuentra su energía habitual. Una leve fatiga, «o una bajada de tensión», piensa, y retrasa el momento de volver al directo. Desde hace algún tiempo, tiene la sensación de encontrarse en una montaña rusa. Tanto puede estar llena de energía y echa un manojo de nervios, como sentirse agotada y extrañamente decaída. La última vez que el doctor Roques la trató por videoconferencia la vio más cansada que de costumbre, pero los parámetros que aparecen en su reloj son normales. El doctor le diagnosticó fatiga psíquica.

Afortunadamente, Wilfrid prevé siempre un margen de seguridad en los montajes, por lo que Mélanie dispone de al menos veinte minutos.

Mélanie se abandona, con la mirada perdida. Luego enciende la radio para oír algunas noticias, que eventualmente podrá comentar a lo largo del día. A los *happy few*, como ahora los llama, les gusta conocer su opinión sobre los grandes temas que agitan el planeta.

El noticiario de las nueve acaba de empezar, Mélanie presta atención a los titulares y luego su mente se dispersa y se pone a divagar. Piensa en el programa del día, en las variantes que podría introducir en su *rutina* de la mañana, en el contrato que está a punto de firmar con una gran marca de maquillaje, en el ángulo de la cámara número 8, que le favorece bastante más que el de la número 9..., hasta que, de pronto, la voz del periodista la arranca bruscamente de la burbuja en que se había refugiado.

«Acabamos de enterarnos de que Kimmy Diore, exestrella de YouTube, ha demandado a sus padres por vulneración del derecho a la imagen, violación de la vida privada y malas prácticas educativas. Kimmy Diore se convierte así en el quinto niño *influencer* que lleva a juicio a sus padres al alcanzar la mayoría de edad. Trataremos con más detalle esta información en el noticiario de la una, pero disponemos ya de las declaraciones de la señora letrada Buisson, del colegio de abogados de París, que lleva los casos de varios ex niños *influencers* y *youtubers,* especialmente el de Little Dorothy, que ahora tiene veintidós años, cuya fortuna se estima en cuatro millones de euros y que acusa a su padre de no haber respetado la ley.»

Sin pensárselo dos veces, Mélanie apaga la radio.

Durante varios segundos, en el silencio reinante, tiene dificultades para respirar.

No está segura de haberlo oído bien. Seguramente lo ha entendido mal. Escribe varias palabras clave en el móvil y constata horrorizada que el comunicado de prensa ha sido difundido ya varias docenas de veces.

¿Kimmy? No es posible.

Mélanie no puede volver al directo. Se siente incapaz.

Ya ha vivido en otras ocasiones el show mediático. Sabe perfectamente lo que le espera.

El montaje de Wilfrid sigue emitiéndose. Tiene que avisarlo para que se haga cargo de la situación y añada otros archivos.

Pero ahora mismo no encuentra las fuerzas.

Antes tiene que tranquilizarse.

Su hija..., su hijita querida..., su pequeña Kimmy los ha denunciado...

Mélanie se siente terriblemente sola.

Bruno ha salido de casa a primera hora de la mañana para visitar un salón de jacuzzis, con la idea de escoger uno de los modelos que la marca les ofrece para su jardín. ¿Acaso lo sabía y no le ha dicho nada?

¿O tal vez fuera la carta certificada que ella no ha ido a buscar a Correos?

No, no es posible. No puede creerlo.

Su pequeña Kimmy los ha denunciado...

Un mensaje de Wilfrid la saca de su ensimismamiento: él toma el relevo.

Mélanie se quedará sentada a esperar a su marido. En silencio.

Sus queridos seguidores se preocuparán.

Recibirá un montón de mensajes, pues se alarman por cualquier cosa.

Que se aguanten sus queridos seguidores por una vez, joder, no van a morirse por esperar un poco. Solo faltaría. Con todo lo que ella ha hecho por ellos. Sus queridos seguidores a veces se ponen muy pesaditos.

Mélanie se hace un café. Qué más da. Que sea lo que Dios quiera. Está tan cansada que lo necesita.

Y, ya puestos, probará todas las cápsulas, las amarillas, las verdes, las rosas y, sobre todo, las doradas. Montones de cápsulas doradas.

324

Al fin y al cabo, ella es un hada y no tiene miedo. A las hadas nadie puede hacerles daño. Las hadas no tienen miedo de nada. Las hadas saben lo que está bien y lo que está mal. Las hadas están por encima de las contingencias del mundo y de los viles ataques que engendra.

Los veteranos de la Policía Judicial apodan a Clara «la Académica», perpetuando la tradición. Pero desde que la plataforma Vintage devolvió la popularidad al lingüista Jacques Capelovici, fallecido hace tiempo y famoso en los años setenta y ochenta por su participación en distintos programas televisivos, los jóvenes la conocen como «*Maître* Capello». En la Criminal, igual que en todas partes, se lanzan retos y se hacen apuestas... A menudo se trata de colar en un acta una palabra incongruente o una expresión improbable, generalmente echada a suertes. Al nuevo grupo de Clara le encantan estos juegos. De alguna forma hay que divertirse. Hace poco la retaron a incluir el término «polvoriento» (relativamente fácil) en un acta de síntesis que había que enviar a la Fiscalía. La vez anterior le había tocado «recórcholis» (bastante más arriesgado). En esta ocasión ha tenido que colar un «reconvenir», algo en desuso pero justificable. No hay manera de que pierda.

Hoy se ha pasado buena parte del día haciendo un cursillo on-line sobre el comportamiento no verbal antes de una agresión.

De vuelta en casa, pone la radio. No ha conseguido acostumbrarse a los canales de información continua y, más allá del telediario y de algunos magacines cotidianos, han desaparecido casi todos los programas de las cadenas hercianas o de la TDT.

Mientras abre la nevera para ver qué cenará, el nombre de Kimmy Diore llama su atención.

Clara se acerca a los altavoces para escuchar la noticia.

Una voz femenina, asertiva, experta, aporta algunos datos.

«Las denuncias interpuestas a los padres no provienen únicamente de los ex niños estrella. El movimiento de desconexión y de reducción del rastro digital no deja de crecer entre los jóvenes. Al entrar en la edad adulta, muchos de ellos toman conciencia de que están marcados por un pesado lastre que los priva de cualquier esperanza de anonimato. Apelando al derecho a la imagen y a la virginidad digital, recurren a la justicia para exigir a sus padres que retiren las fotos o los vídeos en que aparecen, publicados y etiquetados en las redes sociales a lo largo de toda su infancia. Algunos llegan incluso a reclamar daños y perjuicios.»

La periodista, cuya voz le resulta a Clara familiar, continúa.

«Pero centrémonos en el asunto que nos ha reunido hoy aquí: el caso de Kimmy Diore, que acaba de denunciar a sus padres por vulneración del derecho a la imagen y malas prácticas educativas. Déjeme preguntarle, señora letrada Corinne Buisson, qué significa eso exactamente.

–Legalmente, hasta los dieciocho años de edad, el derecho a la imagen de un niño recae en sus responsables le-

327

gales. Ellos son los protectores, no los poseedores de dicho derecho. En principio, la autoridad paterna debe ejercerse en beneficio del menor. Pero algunos padres no son conscientes de que su hijo nace con su propio derecho a la imagen. Y se comportan como si fuesen sus propietarios. Los padres que hoy están siendo investigados no solo no han protegido el derecho de sus hijos, sino que en algunos casos podría llegar a decirse que se han aprovechado de él.

—Sin embargo, cabe recordar que en 2020 se aprobó una ley para regular la explotación comercial de la imagen de los niños *influencers* en las plataformas digitales. ¿Quiere eso decir que la ley no ha servido de nada?

—No, yo no iría tan lejos. Francia fue el primer país en legislar esta cuestión, y conviene destacar su valor simbólico. La ley permitió decir a los padres: cuidadito, no podéis hacer lo que os dé la gana. Algunos dieron marcha atrás. Pero, como suele ocurrir, no nos dotamos de los medios necesarios para aplicar la ley.

—¿Quiere decir que no hubo suficiente control?»

La abogada se toma su tiempo antes de responder.

«Para empezar, la ley limita el tiempo de rodaje diario según la edad de los niños. En esta cuestión, se basó en el régimen aplicado a los niños del espectáculo. Por poner un ejemplo, la ley autoriza a un niño de seis años a grabar tres horas al día y a un niño de doce años un máximo de cuatro. Cuando se trata de una sesión de fotos o del rodaje de una película, que por definición están limitados en el tiempo, algo así puede tener sentido. Pero desde la perspectiva de una infancia entera, en la que los niños están siendo grabados a todas horas, la cosa cambia. Y luego está el tema del control que usted comentaba... ¿Qué familia ha visto aparecer por su casa a un inspector de trabajo en los últimos años?

—Pero se han hecho avances importantes en lo relativo a las cuestiones financieras, ¿no es cierto?

—Mire, no voy a detallar en antena las distintas formas de sortear la ley. Son innumerables, y la mayor parte de las familias afectadas no tardaron en descubrirlas. Solo le pondré un ejemplo. Uno de los canales líderes del sector estuvo mostrando a dos hermanitos gemelos durante años, generando así millones de visitas y unos cuantos millones de euros. Una web de noticias reveló hace poco el dispositivo financiero: el responsable legal retribuía a sus hijos a través de una agencia de modelos, declarando y pagando un número determinado de horas por semana, siempre dentro de los límites reglamentarios. Ingresaba los cachés en una cuenta de la Caja de Depósitos y Consignaciones, como exige la ley. Pero el padre, considerándose autor, director y productor de los vídeos —pues, de hecho, lo era— y habiendo invertido en el material necesario para su producción, continuó recibiendo la mayor parte de las sumas pagadas por las marcas y de los beneficios obtenidos en YouTube. ¿Quién controla dicho reparto? Es solo un ejemplo... Por no hablar del *vlogging* familiar, cada vez más extendido, en el que la familia entera participa y el niño ni siquiera es considerado como un actor, sino como un simple figurante..., escapando así completamente al marco legislativo.

—Oigamos ahora la opinión de Santiago Valdo. Es usted psiquiatra y psicoanalista, y lleva tiempo alertando de los daños psíquicos que puede provocar esta exposición precoz. ¿Qué puede decirnos al respecto?

—Se ha condicionado el deseo del niño desde su más

329

tierna edad y a menudo ha acabado creyendo que respondía a su propia voluntad. Pero en realidad no ha tenido elección. Primero vive prisionero de la relación afectiva que lo liga a sus padres, y luego de la dependencia económica de todo el entramado, pues la mayor parte de estas familias viven de los beneficios que genera el niño. Por otro lado, estos jóvenes que hoy en día están denunciando a sus padres se vieron sometidos desde muy pequeños a unas exigencias a las que ningún niño debería verse nunca sometido: seducir, hacer promoción, responder a sus fans, controlar su imagen, etcétera. Muchos están pagando por ello un precio muy alto.

–¿En qué es perjudicial para los niños?

–Se ha constatado que tienen una confianza limitada en sus propios padres y que les cuesta establecer relaciones sanas con sus semejantes. También se ha observado una tendencia a la soledad cuando alcanzan la edad adulta, una gran fragilidad respecto a las adicciones e incluso síntomas más severos en algunos casos.

–Ahora haré un poco de abogada del diablo, pero siempre ha habido niños estrella, ¡no es un fenómeno nuevo! Ahí están Jordy, Britney Spears, Macaulay Culkin, Daniel Radcliffe... Cada generación tiene sus propios ídolos.

–Varios de los nombres que acaba de citar han padecido trastornos psicológicos significativos. La diferencia, pues la hay, es que para aquellas y aquellos de quienes estamos hablando hoy aquí, convertidos desde bien pequeños en estrellas de YouTube o de Instagram, no se trataba de rodar una película o una serie, de promocionarla e irse luego a casa. No. Para ellos se trataba de interpretar un papel, todos los días, en su propia casa. En su propio cuarto, en su salón, en su cocina, con sus padres de verdad.

Ojo, estoy hablando de interpretar un papel, pues en realidad nunca somos nosotros mismos ante una cámara. E interpretar un papel es muy cansado, créame.

–Sin embargo, no puede negarse que algunos de esos niños han acabado triunfando por todo lo alto. El hijo menor de La Banda de los Dudús se ha convertido en un actor de reconocido prestigio y la hija mayor de Minibus Team está teniendo una carrera espectacular.

–No digo lo contrario. Afortunadamente, algunos niños, incluso entre los más expuestos, acaban saliendo adelante.»

Una pausa musical interrumpe la tertulia. Clara aprovecha para sentarse.

Cuando termina la pieza, la periodista retoma la palabra.

«Hace algunos meses, Pablo the Boss consiguió una importante indemnización por parte de su madre en concepto de daños y perjuicios, así como la destrucción o retirada definitiva de toda imagen en la que apareciera. La madre había grabado y publicado todas las etapas de su infancia, el vídeo más conocido sigue siendo uno en el que, imitando a una enviada especial desplazada hasta el lugar de los hechos, la mujer informa a sus seguidores de la "primera caquita en el orinal" de su hijo (cito textualmente, el vídeo ha tenido millones de visitas). Del mismo modo, no sería de extrañar que muchos de los bebés grabados por sus padres en el contexto del famoso *cheese challenge* acaben exigiendo algún día la retirada de los vídeos. Recuerdo a la audiencia que este reto, que conoció un éxito a nivel internacional, consistía en lanzar una loncha de queso fundido a la cara del bebé y grabar su reacción. Santiago

Valdo, ¿podría decirse que los recientes juicios fallados a favor de los niños son una buena señal?

–Sí, por supuesto. Pero el derecho al olvido estaba ya previsto en la ley aprobada en 2020. La verdad es que es inaplicable. Las imágenes de esos niños han sido reproducidas y comentadas hasta el infinito. No se borrarán nunca. Ya sabe usted que en internet nada se borra. Y en este sentido la ley no puede hacer más de lo que hace.

–Gracias por ofrecernos su punto de vista, Santiago Valdo. Déjeme recordarles a nuestros oyentes que es usted psiquiatra psicoanalista y autor del ensayo *En caso de exposición prolongada,* publicado por la editorial...»

Clara apaga la radio y se sumerge en sus pensamientos.

Hacer algo cuando llega el momento. Cuando el viento cambia de sentido. Cuando se presenta la ocasión.

Marca el número de Cédric Berger y, sin molestarse en saludar, dice:

–De acuerdo.

Al otro lado de la línea, se oye un grito de júbilo. Luego Cédric añade:

–Te prometo que no volveré a decir que voy detrás *tuyo.*

Kimmy se viste para la cita con su hermano. Como siempre, se pone ropa neutra, discreta, una manera instintiva de camuflarse, formas y colores estudiados para fundirse con la masa. Nunca será libre, nunca será invisible, y lo sabe. Por mucho que lleve capucha, gorra, colores apagados y grises, siempre habrá alguien que la mire con insistencia o que se ría de ella por la calle. Nunca conseguirá eliminar todas esas miradas que la han embrutecido, desgastado, ajado, pantalla mediante.

Camina por la calle con la cabeza gacha, curvando la espalda para reducir su altura y ocultando el pelo rubio bajo un gorro negro.

Sammy vive en una de las enormes torres del distrito XIII que se ven desde la ronda de circunvalación. En la vigésima planta, recalcó cuando hablaron por teléfono. No quería salir y a Kimmy le costó horrores convencerlo de que la dejara ir. Lo notó inquieto, desasosegado, pues a pesar de la distancia y del tiempo transcurrido sigue siendo capaz de descifrar las más ínfimas inflexiones en la voz de su hermano. Enseguida se dio cuenta de que desconfiaba de ella. Pero consiguió decirle que lo necesitaba.

Le prometió que iría sin bolso y con las manos vacías.

Hasta ahora, los acontecimientos recientes le parecían no haber sido más que un encadenamiento de hechos inestables y confusos dictados por la rabia. Tanto la visita a Clara Roussel (se levantó una buena mañana, tomó un café y se dirigió al Bastion, sin haberlo meditado previamente), como la decisión de denunciar a sus padres no fueron más que eso: impulsos.

Se la suda el dinero. Tiene de sobra. Lo que quiere es que se reconozcan los daños cometidos. La infancia robada.

Pero en este preciso instante se percata de que todo convergía en un solo objetivo: ver a Sammy, estar con él. Pues Kimmy ha comprendido algo: que puede vivir sin sus padres, pero no soporta la idea de haber perdido a su hermano.

Al salir del metro aéreo, una linda mariposa revolotea a su alrededor. Apenas tiene tiempo de fijarse en sus colores variopintos, donde predominan los tonos ocres y anaranjados, y de pensar que ya casi no se ven, sobre todo en esta época del año. En mitad de los grises edificios de la ciudad, Kimmy cree ver en ello una muestra de poesía o de belleza.

En el espejo del ascensor, su palidez delata su aprensión.

En cuanto llama, Sammy abre la puerta. Mira tras ella como para asegurarse de que nadie la ha seguido y la guía hasta el salón.

Los dos hermanos se sientan en las sillas que hay alrededor de la pequeña mesa redonda.

De pronto, Kimmy se siente conmovida por la flagrante semejanza de sus posturas, las piernas cruzadas, el cuerpo contraído y las manos en el regazo, como si temieran perder el equilibrio.

Kimmy empieza a hablar y a recordar los años transcurridos. Los que pasaron juntos y los que han estado separados.

Es un torrente de palabras largo tiempo contenidas, y la cronología no tarda en confundirse, Kimmy quiere compartir sus recuerdos, rememorar los momentos felices, quiere decirle lo mucho que cuenta para ella, todo lo que ella ha podido hacer gracias a él, quiere decirle que entiende que él también ha sufrido.

Sammy la escucha sin decir nada.

Se miran, guardan silencio.

Y entonces Sammy le coge las manos.

Por la ventana entreabierta se cuela una mariposa, la misma de hace un rato. Kimmy piensa por un instante que tal vez la haya seguido, luego se dice: es imposible.

El insecto revolotea sobre sus cabezas, iluminado por un haz de luz.

Entonces, Kimmy oye un leve pitido, apenas perceptible. De hecho, ni siquiera está segura de haberlo oído. El insecto se eleva hacia el techo. Kimmy lo sigue con los ojos y, por un instante, qué cosa más rara, le parece ver una minúscula cámara incrustada entre sus alas.

Cuando ya se ha hecho de noche, le gusta observar su propio reflejo en el vidrio oscuro del ventanal. Normalmente, a esta hora se acomoda en el sofá, frente a la cámara número 3, para compartir con sus seguidores su estado de ánimo, sus impresiones, su visión de la actualidad. Es también el momento de ofrecer algunos consejos relacionados con la vida práctica o el desarrollo personal, pues Mélanie se ha iniciado hace poco en un nuevo método de psicología positiva basado en tres principios fundamentales: *ver, querer, vencer.* Después suele dirigirse a la cocina y se pone a preparar la cena, mostrando diversos productos y cumpliendo así con algunas de las obligaciones publicitarias que tiene contraídas.

Pero hoy se queda callada.

Hoy no ha hecho nada.

Lleva desde ayer sin retomar el directo, lo cual ha provocado un auténtico pánico entre sus fans. En pocas horas, los comentarios, las preguntas y las súplicas se han multiplicado en todas las redes sociales, y quien más quien menos ha elaborado una hipótesis o ha dado su propia explicación de lo ocurrido.

Mélanie no puede responder. No tiene fuerzas.

Necesita este silencio. Ignora por qué, pero hace demasiado tiempo que vive inmersa en el ruido que ella misma genera para satisfacer a quienes la admiran.

Lo que sí sabe es que no quiere volver a oír las palabras *proceso, ley, imputar, justicia,* que le provocan arcadas.

Es todo tan injusto. ¿Por qué la gente no puede entender que ella ha dado siempre lo mejor de sí misma? ¿Que ha sacrificado su vida privada, su juventud, para que sus hijos sean famosos y felices? ¡Como si hubiera matado a alguien!

Esta noche se limitará a colgar un mensaje escrito pidiendo disculpas por la interrupción momentánea de la emisión. Podría titularlo *Bye bye, queridos* o, mejor aún, *Fuck you, queridos,* ja, ja, eso sí que sería divertido, podría decirles «que os den morcilla» o «iros a hacer puñetas» o «anda y que os zurzan», como diría su madre, y a santo de qué se acuerda ahora de su madre, sería tan divertido, vaya que sí, «que os den, queridos», sería tan y tan divertido, pero no, no puede hacerlo, no se lo tomarían demasiado bien.

Bruno no ha vuelto a casa.

Ayer por la tarde, tras varios intentos infructuosos de localizarlo, acabó llamándola para decirle que dormiría en un hotel.

Al principio, Mélanie creyó que lo habían detenido o que se había quedado tirado en la carretera. Pero tras un silencio interminable, solo alterado por la respiración amplificada y entrecortada de su marido, este acabó por confesarle que no quería volver a casa, a su propia casa.

Se limitó a decir:

—Se acabó, Mélanie, no quiero seguir viviendo así.

Al principio, pensó que había oído mal, pero luego él repitió la frase con la misma voz queda, apagada. Se acabó.

Bruno, su soporte, su pilar, su más fiel sostén...

Mélanie no puede evitar pensar en el vídeo que grabará mañana, si se encuentra mejor, podría funcionar la mar de bien. *Las mujeres de más de cuarenta años ven a sus maridos echar a volar...* O tal vez *Las mujeres siempre acaban luchando solas.*

Pero no, qué absurdo, no debe ponerse nerviosa.

Bruno solo necesita ver las cosas con perspectiva.

No es algo definitivo. Volverá mañana mismo. Y hablarán.

Bruno solo quiere respirar.

Eso es, respirar, de hecho ya está tardando en enchufar el nuevo difusor de aceites esenciales que les ha enviado la marca Biolife, con aroma de flores, de bosque, de sotobosque, un auténtico bálsamo. Delicioso.

En realidad, Mélanie no se encuentra demasiado bien. Por primera vez, no consigue gestionar las prioridades, y todo se le mezcla.

Le duele un poco la cabeza. Y el corazón.

Quizá haya bebido demasiado café.

Kimmy los ha denunciado, y es casi peor que su desaparición.

Bruno está herido, eso es todo. Mortalmente herido. Se ha derrumbado. Y con razón. Pero se recuperará, está convencida.

Ella es un hada y él un enorme oso de peluche. Claro, eso es. *El hada y el oso de peluche,* qué gracioso. Para morirse de risa.

Tiene que resistir. Resistir por los dos. El título de su próximo vídeo no debe sucumbir a la tristeza. Todo lo contrario, tiene que ser positivo. Más positivo que nunca.

Hacer frente a la tormenta sería un título magnífico. O bien *Una ráfaga de viento no basta para derribar un árbol.*

Hablará con Bruno.

Esta vez, tomarán juntos la decisión.

Y la vida seguirá su curso, como hasta entonces. Todo volverá a estar en orden. No tiene por qué preocuparse.

Todo va bien.

Todo va bien.

Todo va bien.